De psycholoog

Van Joost Heyink verscheen eveneens bij uitgeverij Anthos

*Proefverlof*
*Het experiment*
*De verzekering*

Joost Heyink

# De psycholoog

Anthos|Amsterdam

ISBN 978 90 414 2289 7
© 2013 Joost Heyink
Omslagontwerp Roald Triebels
Omslagillustratie © Jayne Szekely/Arcangel Images/Hollandse Hoogte
Foto auteur © Merlijn Doomernik

Verspreiding voor België:
Veen Bosch & Keuning uitgevers n.v., Antwerpen

Voor Marjolijn en Frits

# I

'Als blijkt dat je nog leeft na je crematie geeft dat toch scheve gezichten,' zegt schrijver en zelfverklaard private eye Tim Henderson in een artikel in mijn ochtendkrant. De man verdient blijkbaar zijn geld met het opschrijven van zijn spectaculair mislukte projecten. Hij weet er wel het nieuws mee te halen. Dat is mij nog niet gelukt, misschien omdat mijn project spectaculair noch mislukt is, al moet dat laatste nog blijken.

Ik zit achterover in mijn luxe kantoorstoel, voeten op mijn bureau dat leeg is, op een toetsenbord, flatscreen, iPhone en een kop koffie na. Er zijn nog geen aantekeningen, dossiers, kattebellen of andere trivia. Ook mijn computer is dataloos, want er zijn geen data. Ik ben vandaag begonnen, en een serieuze cliënt heb ik nog niet. De hysterische vrouw die vanmorgen haar veertienjarige zoon kwam aanbieden wegens 'ernstige ADHD en dissociatieve stoornissen' tel ik niet mee. Ik heb haar doorverwezen; het zou me niet verbazen als er een gedwongen opname gaat uitkomen. Van de moeder.

Mijn gloednieuwe Nespresso-apparaat maakt overuren. Eigenlijk drink ik net zo lief oploskoffie, maar ik moet aan mijn klanten denken. Het juweel kostte meer dan driehonderd euro maar volgens het beste scenario gaat de staat – ik zet in op een mooie ondernemersaftrek en een rugzakje hier of daar – er flink aan meebetalen. Dat geldt ook voor de geinige kunst aan de muur, de lichtblauwe vloerbedekking en het zitje in de hoek, drie comfortabele stoelen waarin de gelijkwaardigheid van therapeut en cliënt mooi gestalte kan worden gegeven. De stoelen moeten nog wel worden ingezeten, ze zijn een stuk spartaanser dan het exemplaar dat ik uitprobeerde in de dure meubelzaak. Volgend jaar zal alles anders zijn. De stoelen zachter, het tapijt ingewijd met tranen, een databank vol rouw, scheiding, bedrog en angst, en een accountant die me maant om belastingtechnische redenen een nieuwe Audi aan te schaffen. Laat ze maar komen, de klanten.

De openingsboeketten heb ik weggegeven. Je moet niet uitstralen dat er iets te vieren valt als er een man binnenkomt die als het ware in het spoorboekje heeft aangekruist wanneer hij een afspraak heeft.

JOEP DUVALIER, PSYCHOLOOG staat er op het bordje naast mijn voordeur. Helder, duidelijk, genoeg. Geen 'spreekuur', laat staan 'spreekuur volgens afspraak', een tegenstrijdigheid die mijn tandarts klanten heeft gekost.

Ik ben me ervan bewust dat ik me met mijn praktijk op een nichemarkt begeef. Weliswaar ben ik psycholoog, maar niet officieel geregistreerd als hulpverlener, wat betekent dat cliënten hun eigen portemonnee moeten trekken als ze door mij geholpen willen worden. Noem me pastor, ook goed. Ik moet het hebben van lieden die om de een of andere reden het reguliere circuit mijden. Bijvoorbeeld omdat ze er tegenover hun huisarts of partner niet voor willen uitkomen dat ze een probleem hebben. Die zijn er genoeg. Of omdat ze bemiddeld genoeg zijn om hun schouders op te halen over zoiets futiels als mijn honorarium. Verder hoop ik op wat mond-tot-mondreclame. Niet zonder grond: in kleine kring heb ik enige reputatie als luisterend oor, stevige schouder en mediator. Ook heb ik relevante ervaring in het benoemen en analyseren van psychologische problemen, al betreft dat hoofdzakelijk mezelf. Een oud-collega noemde mijn plannen ooit naïef, maar die verkeerde toen midden in de depressieve fase van zijn bipolaire stoornis.

Ik tap nog maar eens een koffie en duik weer in de krant. En zo lees ik dat ze ontdekt hebben dat schizofrenie op latere leeftijd een erfelijke component heeft. Dat wisten ze nog niet toen mijn vader overleed. Hij was midden veertig toen hij wanen kreeg. Dat het wanen waren ontdekten we trouwens pas een paar jaar later, mijn vader kon erg overtuigend zijn. Hoe groot die erfelijke component is weten ze niet precies, wat wil zeggen dat ze ook niet weten hoe groot de kans is dat ík over een poosje complotten zie waar ze niet zijn. Ik ben trouwens van mening dat je helemaal niet schizofreen hoeft te zijn om overal wat achter te zoeken. Er zít overal wat achter.

Ik schrik een halve kop koffie over mijn bureau als de telefoon gaat. Je zit erop te wachten en als het dan gebeurt word je overvallen. Psychologie, wat heb ik toch een mooi vak. Ik kijk op mijn horloge: halftwaalf.

'Praktijk Duvalier.' Een assistente heb ik nog niet, maar dat is een kwestie van tijd.

'Spreek ik met Joep Duvalier zelf? De psycholoog?' Een jonge vrouw, iets geaffecteerd.

'Jawel. Wat kan ik voor u doen?'

'U spreekt met Maja de Ridder. Ik... ik zou graag een afspraak met u maken. Kan dat?'

Graag, daar zit ik hier voor, maar ik realiseer me dat ik in dit prille stadium van de therapeut-cliëntrelatie alvast wel enige autoriteit moet uitstralen, daar staat of valt straks mijn geloofwaardigheid als hulpverlener mee. 'Dat hangt af van de reden van uw verzoek, mevrouw De Ridder. Bovendien heb ik het erg druk.'

'O. Bedoelt u dat er een wachtlijst is of zo? Misschien kan ik dan beter iemand anders bellen?'

Nu moet ik snel denken. 'Nee nee, we hanteren geen wachtlijst. We proberen iedereen zo snel mogelijk in te roosteren, waarbij mensen met acute problemen uiteraard voorrang krijgen. Kunt u iets over uw hulpvraag vertellen?'

Het blijft even stil, alleen haar wat gejaagde ademhaling is te horen.

'Mevrouw De Ridder?'

'Ja, sorry, ik vind het moeilijk er door de telefoon iets over te vertellen. Ik heb iets gedaan... of ga misschien iets doen... ik weet niet hoe ik het moet zeggen.'

Klinkt als iemand die er met de zelfhulpboekjes toch niet uit kwam. Waarschijnlijk weer iemand die rijp is voor de psychiater. Ik help alleen gezonde mensen met een gezond probleem. 'Dat klinkt wat vaag, mevrouw. Kunt u iets concreter zijn? Neem rustig de tijd.'

'Het gaat om… een collega. Nee, meer om een vriend. Ik weet niet of ik… hij is, ik bedoel… ik vertrouw mezelf niet, bestaat dat?'

'Zeker, mevrouw De Ridder. Ik kan u zelfs verzekeren dat het in het algemeen heel verstandig is jezelf niet helemaal te vertrouwen.' Niet slim, deze opmerking, ik moet niet op de zaken vooruitlopen. Ik zit hier niet voor een telefonisch consult, zo bouw je geen zaak op. 'Als u erover wilt praten, dan is dat mogelijk.'

'Dat is fijn. Wanneer schikt het? Kan het snel?'

'Eens even kijken. Om vier uur vanmiddag heb ik nog een gaatje, er heeft iemand afgezegd.'

'Vier uur, ik zal er zijn. Dag meneer Duvalier. U hebt een echte telefoonstem, wist u dat?'

Lichtelijk in de war druk ik mijn telefoon uit en ruim de koffie op. Eén ding is zeker: om vijf uur vanmiddag gaat er een mooie fles open.

Praktijk Duvalier loopt.

# 2

Tegen halfvier, andere consulten hebben zich nog niet aangediend, begin ik toch lichtelijk nerveus te worden. Je begint tenslotte niet elke dag een nieuwe praktijk. Ik dwing mezelf te denken aan een arts-assistent die zijn eerste borstbeen mag doorzagen bij een hartpatiënt die vol vertrouwen het ervaren academisch ziekenhuis is binnengestapt. Die dokter heeft het pas zwaar.

De truc werkt maar even. Twee keer loop ik naar de wc om in de spiegel te kijken. Mijn donkerblonde haar krult langs mijn oren, maar ik ben niet tevreden over het slordig-artistieke dat ik graag uitstraal. Ik oog eerder wat sjofel. Misschien had ik toch naar de kapper moeten gaan voor een strengere coupe en uitstraling. Zulke trivialiteiten steken dus de kop op in tijden van kwetsbaarheid, constateer ik voor de zoveelste keer in mijn veertigjarige bestaan.

Graag had ik als eerste cliënt een niet te heftige rouwverwerker gehad. Die had me direct in mijn element gebracht. Empathie is mijn sterke punt, dat is me tijdens de studie duidelijk gemaakt. Ook gedurende een paar liefdesrelaties trouwens, die daardoor veel te lang hebben voort geëtterd.

Mijn praktijk bevindt zich op de eerste etage van een gerenoveerd pand uit de negentiende eeuw, in een wijk die niet lang geleden nog werd bewoond door de verworpenen der aarde. Driehoog achter woonden grote gezinnen, tegen woekerhuren, ondanks tocht en vocht. De huidige bewoners koesteren het Jordaancliché:

ze waren toen misschien arm, maar het was een hechte gemeen-schap en humor hield ze op de been. Valse romantiek, ze sloegen el-kaar hier de hersens in uit afgunst, achterdocht en drankzucht.

Maar nu niet meer. Inmiddels wemelt het van de traiteurs, an-tiekzaken en 'geinige winkeltjes', waar ze gebatikte hoeslakens en kartonnen boekenkasten verkopen. Alleen de bruine kroegen heb-ben nog iets nostalgisch, al wordt er nauwelijks nog een eerlijke ge-haktbal geserveerd maar vooral geflambeerde oesters in gefermen-teerde waterzooi, met een vlok haringpaté en een dressing van rozenwater. Pin me er niet op vast, ik ben culinair niet sterk. De uit-zondering zit hier aan de overkant, ik kom er een paar keer per week, soms vaker. Kips leverworst, kaasblokken en een paar warme gerechten uit de klassieke Hollandse kroegkeuken, cultuurgoed moet je koesteren. Ik kom er vooral omdat het aan de overkant is en de terugweg in voorkomende gevallen met een paar wankele passen te overbruggen valt. Dan wacht me nog wel een helse beklimming naar mijn bescheiden appartement op tweehoog.

Mevrouw De Ridder is te laat. Het gaat van haar tijd af en ik zal haar ermee confronteren, neem ik me voor. Ze vertrouwt zichzelf niet, vertelde ze, en ik concludeer dat ze in elk geval enige zelfkennis heeft.

Vanuit mijn praktijk kijk ik uit op een smalle straat, die levendig is. Kinderloos, dertig, bakkersfiets, merkkleding zonder merk, Pa-radisovolk, coke, linkse *Telegraaf*-lezers, een bekende Nederlander die op het ijs danst of de mol is, je weet het niet. Wammes met zijn witte haar en gestolde scepsisrimpels die het café aan de overkant binnenstrompelt. Een kleine elegante vrouw met donker haar die blijft staan en om zich heen kijkt.

Ik duik weg, het is niet goed om te etaleren dat ik wat nerveus op een cliënte sta te wachten. Liever kies ik voor een nonchalante zelf-verzekerdheid, een houding die me soms goed afgaat.

De vrouw steekt over op een onthaaste manier; ik moet denken aan een Parisienne uit een Franse nouvelle-vaguefilm, waarom weet ik niet. Ik kijk nooit naar zulke films.

Als er gebeld wordt schrik ik. Uit voorzorg had ik niets in mijn handen.

'Goedemiddag,' zeg ik door de intercom. Mijn stem is lager dan ik hem gewoonlijk afstem.

'Dag meneer Duvalier. Ik heb een afspraak.'

'U bent…?'

'Maja de Ridder.'

'Mevrouw De Ridder, ik open nu de deur. Komt u boven, het is op de eerste verdieping.'

'Dank u.'

# 3

Ik kan niet ontkennen dat haar verschijning me even van mijn stuk
brengt. Donker haar tot op haar smalle schouders, eind twintig, iets
ouder kan ook. Een stuk kleiner dan ik, terwijl ik met mijn een meter vijfenzeventig toch niet langer ben dan de gemiddelde Japanner.
Blauwe ogen, sproetjes op haar kleine neus. Dat alles is mooi, maar
niet imponerend. Wel de manier waarop ze me aankijkt: haar hoofd
iets scheef, met een gezichtsuitdrukking die, wonderlijk, zowel verlegenheid als vastberadenheid uitdrukt. Daaroverheen een zweem
van een glimlach. Ze oogt ongehoord kwetsbaar en toegankelijk,
wat me in verwarring brengt, alsof ik onverwacht de verantwoor-
delijkheid krijg voor iets extreem duurs en breekbaars.

'Mag ik binnenkomen?'

'Eh… sorry, natuurlijk.' Ik ga haar voor naar mijn spreekkamer.
'Als u uw jas wilt ophangen…' Ze draagt een kort strak blauw leren
jasje op een spijkerbroek.

'Nee dank u. Ik voel me naakt als ik hem uitdoe.' De glimlach
breekt even door.

'Prima. Gaat u zitten. Hebt u zin in een kop koffie of thee?' Ik
wijs haar een stoel aan.

Ze gaat zitten, op de rand, alsof ze er nog niet aan toe is.

'Ik zou bijna vragen: hebt u ook iets sterkers? Ik vind het erg
moeilijk om deze stap te zetten, eerlijk gezegd.'

'Dat is begrijpelijk. Niemand komt hier voor zijn plezier, mevrouw De Ridder.' Ik negeer haar behoefte aan een hartversterking, die ik trouwens deel.

'Daar was ik al bang voor. Koffie graag, zwart. Mooie kamer is dit, vooral de kleuren zijn… ik hou van… van lichtblauw.' Ze wijst met een pink naar mijn vloerbedekking. 'En dan uw jasje daarbij, ik bedoel, ik heb iets met kleuren.' Haar stem is zacht maar helder, haar intonatie eerder vragend dan constaterend.

'U hebt iets met kleuren.' Ik zet de koffie op het tafeltje.

Ze knikt en kijkt naar haar handen.

'Mevrouw De Ridder…'

'Alstublieft, wilt u me Maja noemen?'

Geen glimlach, wel iets melancholisch, wat me voor haar in-neemt. Haar kwetsbaarheid maakt sympathie in me los en ik zie te-gelijkertijd de valkuil: dat de Jezus in me wordt opgewekt en red-derfantasieën mijn professionaliteit in de weg gaan zitten. Kop erbij!

'Mevrouw De Ridder ben ik voor de belasting. Bij u zou ik graag Maja zijn. Mag dat?' Nu wel bijna een glimlach.

'Maja. Als je dat prettig vindt zal ik je Maja noemen.'

'Dank u, Joep. Het is toch Joep? Mag ik dan Joep zeggen? Anders is het zo…' Ze haalt even haar schouders op.

'Ik noem jou Maja, jij noemt mij Joep. Ik stel voor dat we aan het werk gaan, Maja. Om te beginnen wil ik je vragen kort te vertellen wat de reden is dat je met me wilt praten en wat je van me verwacht. Daarna zal ik je iets vertellen over mijn aanpak en je een plan voor-leggen voor de volgende sessies. Natuurlijk is het belangrijk dat we het vandaag eens worden over dat traject.' Traject, ik wist niet dat ik het uit mijn mond kon krijgen. 'Wat vind je ervan?'

'Je klinkt zo officieel. Heb je nog een koffie voor me?'

'Natuurlijk.'

'Want je geeft me vast geen wijntje.'

'Nee.'

Ze staat op en loopt naar het raam. 'Heb je me zien aankomen?'

Ik heb weinig ervaring, maar volgens mij had Freud nu ook even gepast. Gaan we liegen? Natuurlijk. Een therapeut liegt voortdu-rend, alles in het belang van de cliënt.

'Welnee. Hoezo?'

Ze draait zich om en kijkt me aan. 'Ik weet dat je net begint, dat staat op je site. Dan is het heel normaal als je benieuwd bent wie er komt, of niet? Ik zou kijken.' Haar stem is nog steeds zacht en vriendelijk, maar er is geen spoor meer van kwetsbaarheid. Ze is even een spontaan brutaal pubermeisje. Heel even. 'Sorry, dit gaat nergens over. Ik zit de boot af te houden, of niet? Volgens mij heb je al lang door dat ik de boot afhou. Dat ik het moeilijk vind. Klopt, of niet?'

Het kost me tijd me in te stellen op een cliënte die binnen seconden verandert van houding en uitstraling, en vooral om mijn gemoedstoestand, een halfuur geleden nog redelijk stabiel, opnieuw op orde te krijgen.

'Het zou kunnen. Ik stel voor dat je me nu vertelt waarom je hier bent.'

Ze zucht. 'Ik weet niet goed wat ik moet vertellen. Het is allemaal zo verwarrend.' Opnieuw een zucht.

'Ja.'

'Omdat ik het zelf niet begrijp weet ik niet hoe ik het moet uitleggen.'

'Neem rustig de tijd. Begin maar ergens.'

'Het rare is dat ik het liever niet vertel. Alsof het er niet is als ik er niet over praat. Je vindt me nu zeker gestoord.'

Niet gestoord, wel wat warrig. 'Nee hoor, veel mensen vinden het moeilijk om over hun problemen te praten. Er is nogal wat schaamte, heel begrijpelijk.'

Ze wijst even naar me. 'Dat is het. Ik denk dat ik me schaam. Het liefst wil ik er niet over praten en me hier veilig voelen. Kan dat ook? Dat ik hier af en toe kom om me veilig te voelen?'

Dit gaat niet goed. Ze zoekt het drijfzand onder mijn professionele basis. Ik laat mijn kop koffie met opzet staan omdat ik bang ben dat mijn hand trilt als ik hem oppak. Altijd als ik bang ben dat mijn hand gaat trillen, begint mijn hand te trillen, dat is de Wet van Duvalier. 'Je bent op zoek naar veiligheid.'

'Zou dat het zijn?'

'Je zei het net zelf.'

Ze kijkt me aan op een manier die ik niet prettig vind. In de kroeg zou ik er eufoor van worden, maar hier niet. Ze straalt. 'Ja! Mag dat?'

'Natuurlijk mag dat, Maja. Maar ik wil je erop wijzen dat je me belde om een andere reden. Je vertelde dat je jezelf niet vertrouwt en dat je daarover wilt praten.'

Nu weer ernstig. 'Heb ik dat gezegd? Het zal wel.'

'Je vertelde dat je misschien iets ging doen of hebt gedaan waar je moeite mee hebt. Wil je me erover vertellen?'

Ze knikt, maar zegt niets.

'Het is goed, je bent hier veilig.'

Ze zwijgt en kijkt naar haar handen.

'Luister, Maja. Je bent vandaag in het diepe gesprongen, ik kan me voorstellen dat het niet makkelijk voor je is. Ik denk dat je tijd nodig hebt. Als je het prettig vindt kunnen we afspreken dat je de volgende keer vertelt waarom je me belde. Zullen we dat doen?'

Ze kijkt me aan en het lijkt of ze volschiet. Ik weet het niet zeker, misschien vul ik het scenario te veel in. 'Graag. Wanneer mag ik weer?'

'Over een dag of twee, zelfde tijd?'

'Woensdag. Fijn dat je me wilt hebben als cliënte. Is het gek om zoiets te zeggen?'

'Je kunt alles zeggen en niets wordt hier gek gevonden. Onthou dat, alsjeblieft.'

Ze staat op. 'Ik ben blij dat ik je gebeld heb, Joep. Je voelt me aan. Dank je.'

Ik leid haar naar de deur. 'Tot woensdag.'

'Ja. Misschien dat ik het dan aandurf.'

'Misschien.'

'Dat ik je dan de blauwe plekken op mijn schouder en mijn rug durf te laten zien.'

# 4

Ik steek de straat over en duik café Muskee in. Ooit vroeg ik de barkeeper of de oprichter-eigenaar misschien familie was van Harry. Of dat hij een fan was van zijn muziek. Welnee, was het antwoord, Muskee rijmt op café, *that's it.*

Ik pak een kruk en laat me inschenken door Willem, een gelooide anorex van achter in de vijftig, in een vorig leven afwisselend landbouwer met cannabis als corebusiness en bajesklant. Hij is een man van weinig woorden. Als je hem iets vertelt reageert hij altijd met: 'So!'

Ik heb iets te vieren, maar de feeststemming wil maar niet doorkomen. Dat is de schuld van Maja de Ridder, die me in verwarring achterliet. Ik heb totaal geen idee waar ze mee bezig was, vanmiddag. Ja, er waren vage praatjes over veiligheid en wel/niet vertellen over wel/geen problemen, maar waarom ze me opzocht, ik heb geen benul. Iemand van haar statuur zou gemakkelijk een paar veilige armen van een veilige knappe kerel moeten kunnen vinden, gratis. Wat zoekt ze? Haar slotwoorden mochten er ook zijn, maar je gaat niet naar een psycholoog om naar je rug te laten kijken. Voorlopig houd ik het erop dat ze gevallen is. Met als goede tweede mishandeling (fout vriendje? vriendin?). Ik neem me voor de volgende sessie goed voor te bereiden: niet zij, maar ik zal de gang van zaken bepalen, wat krijgen we nou.

Dat voelt al beter. Zo gaat het altijd als ik onder begeleiding van witte wijn terugkijk op een uitglijer. Een levensreddend herstelvermogen, waarop ik heimelijk best trots ben. Er zijn mensen met de helft van mijn flaters die hun hoofd in de oven steken.

'Willem, doe even een rondje, ik heb wat te vieren. Ik ben vandaag mijn nieuwe praktijk begonnen.'

'So!'

Er zijn op dit moment twee andere gasten, maar het gaat om het idee. Even later toost de alcoholist van dienst verderop met een fijne grijns en hechtingen van zijn meest recente struikeling. De vrouw met de boodschappentas aan het tafeltje heeft de consumptie afgewimpeld. Willem zelf drinkt niet, zegt hij. 'Alleen pils.'

Ik zou hier niet alleen moeten zitten, maar Claar had een afspraak die ze 'onmogelijk, dat begrijp je ook wel' kon afzeggen. Ze is mijn nieuwe vriendin, onze relatie is vier maanden oud. Ze studeert econometrie, is met haar vijfentwintig jaar helemaal niet te jong voor me omdat ze altijd van me wint met Twee voor Twaalf en Lingo, en ook omdat ze mij beter uitlegt dan ik haar. Ik ben wel sterker en heb veel meer haar. Fijn is dat ze ontzag heeft voor psychologen, want 'die kunnen door je heen kijken', een illusie die ik graag intact houd. Claar kan erg lief zijn, als haar hoofd ernaar staat. Dat gebeurt niet vaak, want ze heeft het razend druk. Vanavond eet ze bijvoorbeeld met de hoogleraar met wie ze volgende maand naar een congres gaat. Jaloers ben ik niet, dat ligt niet in mijn aard. Het helpt natuurlijk wel dat de professor een gerenommeerd deelnemer is aan de Gay Parade. Hij is best gespierd, zag ik op een foto.

Ik ben niet zo goed in relaties met vrouwen. Tien jaar geleden leek het er eindelijk van te komen. We zouden gaan trouwen, de ring ligt nog ergens in een la. Net als de babysokjes die een lieve vriendin had gebreid, ik heb ze nooit weg kunnen doen.

Ik stap er gemakkelijk in, maar kom er moeilijk uit. Afscheid nemen ligt me niet, altijd doe ik de deur dicht en dan weer open, om voor de derde keer 'nou tot kijk' te zeggen, wat niet opschiet. Het helpt ook niet dat je verlangen op zijn hoogst is net nadat je er een eind aan hebt gemaakt. Of het schuldgevoel is, bezitterigheid of pure geilheid, ik weet het nog steeds niet.

'Willem, ik zou er nog wel eentje lusten.'

'So!'

Twee keer maakte zíj het uit, en ik vond dat ze helemaal gelijk had. Overigens was ik beide keren blij dat zij de ijzers uit het vuur haalde. Dat scheelde een hoop schuldgevoel.

Claar is best mooi, op haar manier. Blond, iets groter dan ik, wat zwaarder ook ('I'm the boss!' riep ze een keer toen ze me bereed, en daar had ze gelijk in). Ze heeft beslist borsten, om het zo te zeggen. Billen ontworpen voor mijn handen, een zachte buik en lippen die overal op passen. Er is veel te genieten, maar de rest moet ook meewerken. Zo vind ik dat je tijdens het vrijen niet te hard moet kreunen, je bent tenslotte niet aan het tennissen. Claar kreunt nogal.

We hebben afgesproken bij haar thuis, om elf uur. 'Ik wil alles weten van je eerste dag!' Dat was lief.

Ik kan het niet helpen, het overvalt me. Zou Maja de Ridder kreunen of is ze meer een zuchtmeisje?

# 5

'Proost. Op je eerste cliënt.' Ze buigt voorover en kust me.

'Cliënte, ja.'

'Mooi.'

'Heel mooi, inderdaad.' Stom, besef ik direct, Claar houdt niet van wiseguys. Ze is zelf een wiseguy, dat botst.

'Je neemt alleen mooie vrouwen aan als klant, ik had het kunnen weten.' Ze schenkt zichzelf bij, mij slaat ze over.

'Ze heeft mij gekozen, schat, draai de zaak niet om. Bovendien zit ik daar als professional, niet als een geile single die al jaren droog staat. Je hebt er vanochtend nota bene zelf voor gezorgd dat ik, om het zo te zeggen, moe maar voldaan aan de dag kon beginnen. En ik lust ook nog wel een slok, dank je.'

'Natuurlijk, lieverd. En heb je het meisje een beetje kunnen helpen? Heb je haar aan het huilen gekregen?' Ja, Claar is niet het fijnzinnigste type, maar daar staat veel moois tegenover.

'We zijn begonnen met de inleidende beschietingen.'

'Klinkt sexy. Komt er ook een genadeschot? Een grande finale?'

'Doe niet zo flauw. Hoe was jouw etentje met de prof?'

Ze neemt een slok en kijkt me aan. 'Vruchtbaar.'

'Vruchtbaar.'

'Ja. Leuke vent, Arnoud. En hij is niet gay, maar bi, wist je dat?'

Ik wist het niet.

'Hij kwam er spontaan mee, bij de cognac. Hij heeft nu even

geen relatie, maar je hoeft je geen zorgen te maken, hoor.'

Als mensen zeggen dat je je geen zorgen hoeft te maken wordt het tijd de stormbal te hijsen. 'Dat doe ik ook niet. Ik ben veel aardiger, en bovendien een stuk jonger.'

'Dat zegt niets. Arnoud vertelde dat hij laatst zeven...'

'Zullen we het ergens anders over hebben? Ik vind dit niet gezellig.'

'Je begint er zelf over, lieverd, laten we de zaak wel helder houden. Gaat het wel goed met je? Ik heb het idee dat je niet helemaal tevreden bent over je eerste dag.'

Dat bedoel ik. Ze heeft me beter door dan ik haar. 'Het was wel lastig. Ik kreeg er geen vinger achter, ze ontglipte me.'

'Waar kwam ze voor?'

'Dat weet ik dus niet. Soms straalde ze, wat je niet verwacht in zo'n situatie. Maar ze kon ook intens triest kijken. Ik voelde me nogal machteloos.'

'Waarom heb je haar daar niet op aangesproken? Dat ligt toch voor de hand?'

Claar doet econometrie, en mist dus haar roeping. Ze heeft natuurlijk volkomen gelijk. 'Dat doe ik pas de volgende keer,' zeg ik. 'Ik wilde haar niet direct al confronteren.' Een wat lafhartig leugentje. 'Fijn dat je een beetje meedenkt.'

'Misschien heeft ze een dubbele agenda.'

Dat had ik zelf ook al bedacht. 'Iedereen ouder dan een halfjaar heeft een dubbele agenda, schat. Zelfs jij.'

'Je weet wat ik bedoel. Volgens mij vertrouw je haar niet, klopt dat?'

Ze schiet in het wilde weg, maar raakt wel iets. Maja de Ridder ontroerde me. Tegelijkertijd had ik het gevoel dat ze de regie overnam, me bespeelde, hoe oprecht ze ook overkwam. Dat is wat me verwarde, realiseer ik me nu. En wat me nog steeds verwart. 'Ik weet het niet.'

'Als je niet weet of je iemand vertrouwt, dan vertrouw je diegene niet, psycholoog.'

'Niemand is helemaal te vertrouwen, schat. Het gaat erom of iemand je bewust misleidt.'

'Ik ben uitgeluld. Zullen we wat leuks gaan doen?' Ze lacht en gaat met haar wijsvinger over mijn lippen.

'Rummikub. Of neuken. Of allebei tegelijk, dat hebben we nog niet eerder gedaan.'

Als Claar de volgende ochtend om acht uur uit bed stapt, is ze chagrijnig. Dat is ze eigenlijk altijd, zo vroeg.

Rummikuppen is er niet meer van gekomen, wel is het laat geworden.

Ze is op weg naar college, ik eet een beschuit en lees de krant. Haast heb ik niet, mijn praktijk telt vooralsnog opgeteld één klanten. Bovendien heb ik mijn praktijktelefoon doorgeschakeld naar mijn mobiel.

Tegen halfelf wandel ik naar huis, een tochtje van een halfuur. Als ik in de straat kom waar ik woon, krijg ik een ongemakkelijk gevoel, alsof iets de natuurlijke gang der dingen verstoort. Er klopt iets niet. Ik kijk over mijn schouder.

Er rijdt een auto mee, stapvoets, langs de stoep aan de overkant, schuin achter me. Een grote BMW. Als ik versnel, doet de wagen hetzelfde. Ik heb dit weleens in een film gezien. Er stapten twee regenjassen met hoeden uit en duwden de argeloze voetganger de auto in. Zoiets gebeurt niet in het echt, maar onwillekeurig verandert mijn tred in een houterige variant, in mijn poging uit te stralen dat ik mij niets van dit soort grappen aantrek.

Ik blijf staan, buk en frunnik wat aan mijn schoen. Langs mijn zij kijk ik achter me. De BMW staat nu stil. Vlak voor de bestuurder zijn hoofd wegdraait zie ik een glimp van zijn gezicht: een bonkige kop met donker haar, een jaar of veertig. Herkomst: Karpaten, schat ik. Kaukasus kan ook. Er zit nog iemand naast.

Als ik een minuut later mijn voordeur open kijk ik nog één keer om. De BMW trekt op en verdwijnt om de hoek. Half in trance loop ik de trap op. In mijn appartement prepareer ik een dubbele oploskoffie. Ik ga zitten aan mijn Piet Hein Eek-tafel bij het raam en kijk naar buiten. Van de BMW is niets te zien, ongeregeld en onschuldig verkeer bepaalt het beeld.

Er is niets verontrustends gebeurd, vind ik. Een potentiële klant denkt me te herkennen. Checkt of mijn foto's op internet niet zijn gefotoshopt. Twijfel waarmee hij worstelt – zal ik wel of zal ik niet – ik wil hem vooraf toch even zien. Misschien een kennis van een kennis, je kent tenslotte mensen die jou niet kennen en mensen kennen jou die jij niet kent. Een oude bekende? Kan ook. Eigenlijk een geinig voorval, daar kan ik voor Claar wel iets spannends van maken; ze is gek op Amerikaanse B-films.

De ontregeling glijdt van me af, ik kom tot rust. Ik glimlach om een moeder die haar kleuter de wandelwagen met haar peuter laat duwen, wat eindigt in een frontale patstelling met een scootmobiel, met daarin een plaidbedekte man met geheven middelvinger.

En toch ga je niet met je BMW langzaam achter iemand aan rijden zonder een 'Hoi!' of een claxongroet of zwaai. Wegdraaien als je wordt aangekeken – hij had me door – doen autisten, maar is in andere gevallen op zijn minst een beetje raar. Twijfel besluipt me opnieuw en er kruipt een lichte angst tegenaan.

Ik ken geen mensen met een dure BMW. BMW's zijn voor geslaagde zakenlui en succesvolle criminelen, beiden werkzaam in een bedrijfstak waar ik me niet in thuis voel. Heeft het voorval iets met mijn nieuwe werk te maken? Ik ben net begonnen! Houdt iemand me in de gaten? Waarom in godsnaam? Nauwelijks te geloven. Meestal ben ik geneigd luchtig en ontspannen mijn schouders op te halen, zelfs in situaties waar dat niet passend is, maar ik werd volgens mij toch echt gevolgd. Hoe lang al? Vanaf Claars huis? Het slaat werkelijk nergens op, en de eerste de beste kleuter zal vast een plausibele verklaring weten te fantaseren, maar mij lukt het niet.

Hoe meer ik erover nadenk, hoe duisterder het wordt. Was dit een vriendje van Maja de Ridder, verteerd door jaloezie? Rijdt die lelijkerd daarom achter me aan? Bespottelijk, lijkt me. Bovendien is Maja te mooi en te jong voor hem, tenzij ze er haar beroep van heeft gemaakt, wat me nog bespottelijker lijkt.

Heeft Claar een verborgen donkere kant? Zou kunnen, maar ik heb in al die maanden nooit een dure BMW in haar buurt gezien, laat staan een Sopranoskop. Een handlanger van haar prof? Alles kan, maar er zijn grenzen. Hoewel?

Ik besluit dat ik nog een koffie verdien.

Heb ik in het verleden iets misdaan waarvoor ik nu de rekening krijg gepresenteerd? Moet ik het daar zoeken? Ik peins me suf, maar kom niet verder dan twee mogelijke aanleidingen. Een jaar geleden was ik op een fout feestje, uitgenodigd door een foute vriend. Ik had te veel gedronken, ik geef het grif toe, het gebeurt me een enkele keer en ik trof er een aantrekkelijke vrouw. Ook een foute, maar dat had ik toen nog niet door. Ze was in het gezelschap van een naar vriendje met wie ze ruzie had. Om haar te steunen, zo verantwoordde ik het op dat moment, heb ik op de wc de politie gebeld om te melden dat er een vent amok maakte en coke stond te dealen. Een kwartier later had ik haar voor mij alleen. De triomf duurde trouwens maar een klein uur en behelsde slechts een minimale kus; toen viel haar oog op een oogverblindende jongen die ze, zoals ze zei, 'van zijn geaardheid wilde genezen'. Of haar dat gelukt is weet ik niet, ik heb haar nooit meer gezien. De man in de bmw leek niet op haar vriendje, maar dat zegt niet alles.

Een andere uitglijer dateert van langer geleden. Een kennis had een lucratieve handel in scripties voor analfabete studenten, en aangezien ik in acute geldnood zat en schrijven me gemakkelijk afging werd ik zijn hofleverancier. Of het nu ging om aanwijzingen van pedofiele ontucht bij de jonge Calvijn of om de invloed van leeftijd op het gevoel voor humor ('Oude mannen lachen alleen om grappen van vrouwen als die jonger zijn dan dertig,' was, geloof ik, een van de conclusies), ik schudde de scripties uit mijn mouw. Daarbij schuwde ik een creatieve aanpak van dataverzameling niet; ik heb veel begrip voor een man als Diederik Stapel. Ik verdiende goed in die tijd, tot het kaartenhuis instortte. Laten we het erop houden dat een jaloerse studente me aangaf bij de scriptiepolitie. Ik kan me niet voorstellen dat hierdoor de maffia op mijn spoor is gezet.

Voor de rest heb ik me altijd keurig gedragen, behoudens wat belegen studentengrappen hier en daar. Tot voor kort had ik een degelijke baan als wetenschapsjournalist bij een landelijk weekblad, ondanks of misschien juist dankzij mijn afwijkende kijk op de branche.

Wacht even. Misschien zijn vastgoedjongens bezig mijn pandje, en mogelijk de hele straat voor de hoofdprijs te verpatsen, of op te kopen om de boel plat te gooien en er een kantoor neer te zetten. Het is algemeen bekend dat deze figuren over lijken gaan, afpersen, intimideren, feesten geven in Saint-Tropez en in dure BMW's rijden. Misschien zijn ze bezig hun tegenstanders in kaart te brengen.

Mijn voorlopige conclusie is dat de laatste optie de meest geloofwaardige is, vermoedelijk ook omdat volgens mijn vooroordeel de kop van die man in het profiel past.

Na de derde koffie schiet me te binnen dat ik volgens de krant van gisteren mogelijk erfelijk belast ben met een zweem van een neiging tot het zien van een dreiging waar die niet is. Een gezond mechanisme, lijkt me, naïviteit heeft nog nooit iemand succesvol door de oorlog heen geholpen.

Ik overweeg wat ik vanavond zal eten. Twitteren doe ik nooit, maar dit wil ik wel kwijt: ik heb geen honger.

# 6

Ik heb er twee cliënten bij en ben daar blij mee. Het gaat nog niet hard, maar er zit tenminste groei in.

Over een paar dagen komt een meneer Van der Wal langs, een midlife accountant met een burn-out. Hij is neerslachtig, vindt zichzelf niets waard en is bang dat zijn vrouw hem belazert. Een uitdagende klus, waar in een twintigtal sessies iets aan te doen valt, al zal ik echtgenotes ontrouw niet kunnen verhelpen. Ik heb hem vast huiswerk gegeven door hem naar mijn site te verwijzen, daar staat mijn aanpak beschreven.

Mijn andere nieuwe cliënt is een vrouw die 'niet kan kiezen' en 'steeds tegen dezelfde relatieproblemen op loopt', 'waaraan ze graag wil werken'. Een nogal vaag geformuleerde problematiek, maar ik zal kijken wat ik voor haar kan betekenen.

Overigens heb ik nog drie mensen afgewezen, onder wie een alleenstaande geaffecteerde dame die steun zocht in haar strijd tegen boze geesten en engelen in haar huis. Ik heb haar aangeraden contact op te nemen met de huisarts.

Tegen het eind van de middag duik ik de supermarkt om de hoek binnen om wat snel voedsel in te slaan en te kijken of er nog een doosje mooie witte wijn wordt opgeruimd. Dat is het geval, zodat ik vanwege efficiency twee dozen in mijn karretje zet. Als ik naar de kassa stuur, hoor ik een bekende stem achter me.

'Joep, dat is ook toevallig.'

Ik draai me om en zie haar stralen.

'Doe jij hier ook altijd je boodschappen?'

Het antwoord is: ja. Maar Maja de Ridder heb ik hier nog niet eerder gezien, en ik zou me dat wel degelijk herinneren. 'Soms wel, ja,' stamel ik, lichtelijk van mijn stuk.

'Wat leuk.' Ze werpt een blik op de inhoud van mijn kar. 'Zo, je hebt er zin in. Feestje?'

Les één voor toekomstige therapeuten: vermijd een discussie met een cliënt over de inhoud van je supermarktkarretje. Ik negeer haar vraag, terwijl ik me licht geneer. 'Woon je hier in de buurt, Maja?' vraag ik om de controle terug te krijgen. 'Of ben je hier toevallig?'

Ze schudt haar hoofd, haren langs haar wangen, een open lach. 'Niet echt, maar ik vind dit een prettige winkel. Vooral de vleeswaren zijn zo mooi. Vind jij de vleeswaren ook mooi, Joep?'

Ik krijg het warm en weet uit ervaring dat ik dan bloos, dus kijk ik weg. 'Sorry, ik heb niet veel tijd. We spreken elkaar morgen, goed?'

Ik loop door, maar ze is kennelijk niet van plan me te laten ontsnappen. Ze wandelt gezellig mee naar de kassa. 'Die kant-en-klaardingen, is dat nou een beetje te eten, Joep? Ik bedoel, zorg je wel goed voor jezelf? Of hebben jullie thuis afgesproken: vanavond doen we het makkelijk?'

'Het is altijd handig iets achter de hand te hebben.' Tuin ik er toch nog in.

De rij voor de kassa is lang en ik hoop vurig dat de wet van Murphy nu eens niet opgaat. IJdele hoop, er is verderop iemand in de weer met zegeltjes waar iets aan mankeert. Het loopt hoog op.

'Ik vind het leuk om je te zien, Joep. Mag ik dat zeggen?' Ze raakt even mijn schouder aan, waardoor ik omkijk. Ik schrik bijna; nooit ben ik zo welwillend, zo kwetsbaar vriendelijk vragend door iemand aangekeken. Tegelijkertijd besef ik dat ik die constatering onmogelijk tot me kan laten doordringen. Ik sta hier met een cliënte in een supermarkt en nu past dus uitsluitend een zakelijke en professionele houding. Ik besluit tot een kort knikje zonder glimlach.

Ik ben goddank bijna aan de beurt.

'Ik wil je alleen maar zeggen dat ik het fijn vond gisteren, ik bedoel er verder niets mee, hoor. Wacht even, ik ben nog iets vergeten. Dag Joep, als ik je niet meer zie: tot morgen.' Een paar tellen later is ze verdwenen.

Terwijl ik met een vol rugzakje en met twee zware dozen over de stoep het korte traject naar huis strompel, zie ik een dure BMW mij tegemoetkomen.

Ook word ik door een BMW ingehaald. Door twee zelfs.

Ik heb nog nooit zoveel BMW's in zo'n korte tijd bij elkaar gezien. Als psycholoog weet je dan dat de waarneming verstoord is door vooringenomenheid. Dat is een geruststellende gedachte, maar een andere conclusie is dat BMW zich kennelijk in mijn subbewustzijn heeft ingegraven.

Ik vind dat te veel eer voor zowel het merk als het nogal onbeduidende voorval van vanochtend.

Na een maaltijd *'bami met babi ketjap, prik gaatjes in de folie'*, niks mis mee, drink ik een kop koffie in café Muskee. Daarna een wit wijntje met een feestelijk klontje ijs. Mijn vaste stek wordt bezet door een oudere gezette man. Ik ga op de kruk naast hem zitten, in de buurt van de thuisplaat, om het zo te zeggen.

De man kijkt me aan, hij loddert. 'Jij ziet eruit als een student algebra. O nee, daar ben je veel te oud voor. Leraar algebra dan. Klopt, of niet?' Een warme bluesstem.

'Bijna goed. En u bent vermoedelijk een binnenvaartschipper met een prostaatprobleem die onvrijwillig aan de wal ligt vanwege averij aan de boegschroef, wat vervelend is omdat uw zoon Anton in Harlingen klaarstaat om de lading te lossen. Waarschijnlijk rivierzand uit een bekken bij Venlo. Goed, of niet?' Een wit wijntje doet soms wonderen met me, ik ben niet eens zo'n prater in het café. Ik heb de stille hoop dat de man me voor gek verklaart en zijn kruk aan me teruggeeft, maar niets van dat al.

Ik krijg een klap op mijn rug. 'Jongen, wat knap! Alleen was het niet Anton, maar Kees! Anton zat nog in Venlo! Willem, doe er hier een paar! We hebben hier een pagranos... een paragenos... waarzegger!'

'So!' zegt Willem.

'En om helemaal eerlijk te zijn,' zegt de dikke man, 'het was geen rivierzand, maar grind.'

Met zulke mensen kan ik het vinden en het wordt dan ook laat. Uiteindelijk leid ik hem naar zijn auto.

Een BMW, godbetert.

# 7

Goedgemutst, gisteravond eindelijk weer eens fijn gelachen, ontbijt ik met toast en honing, ondertussen de krant lezend. BMW wil Volvo overnemen, zie ik. Ik word gek.

De ochtend besteed ik aan het ordenen en opbergen van mijn papieren, een stuk of vier. Verder lees ik door wat ik over Maja de Ridder heb genoteerd en kom tot de conclusie dat ik nog steeds geen conclusie heb. Hopelijk komt er vanmiddag wat duidelijkheid. Ik voel een lichte onrust opkomen, wat ik als een symptoom van onzekerheid en onveiligheid zou benoemen als het een ander betrof.

Ze ziet er opnieuw smaakvol, fragiel en beeldschoon uit.

'Dag Joep, fijn dat ik zo snel weer kon komen.'

Na wat beleefdheden van mijn kant, koffie en de mededeling dat we precies een uur hebben, vind ik het tijd worden met de deur in huis te vallen.

'Maja, je sprak de vorige keer over blauwe plekken. Hebben die te maken met het probleem waarvoor je hier bent?' Ik probeer haar scherp aan te kijken.

'Blauwe plekken? Heb ik dat gezegd?'

'Ja, je had het over blauwe plekken op je rug en schouder.'

'Wat raar. Nou ja, ik ben de laatste tijd wel vaker in de war, dan haal ik dingen door elkaar. Heb jij dat nooit? Misschien had ik het over blauwe plekken op mijn ziel?'

Ik zucht. 'Nee, op je schouder en je rug.'

Ze zegt niets en kijkt naar haar handen. Dan begint ze zachtjes te lachen en kijkt me aan. 'Zal ik je mijn rug laten zien? Wil je mijn rug zien, Joep?'

Dit gaat niet goed. 'Nee, ik hoef je rug niet te zien.'

'Gewoon als bewijs. Als hij blauw is heb je gewonnen.' Ze maakt aanstalten.

'Maja, niet doen, ik geloof je wel. Laten we het over andere dingen hebben. Je zou proberen me te vertellen waarom je contact met me hebt opgenomen.

'Ik vind het moeilijk,' zegt ze zachtjes.

Als ik tegenover een lelijke kerel had gezeten zou ik nu waarschijnlijk geïrriteerd zijn geraakt. Maar zij ontroert me. 'Dat weet ik, maar dit gesprek heeft alleen zin als je me in vertrouwen neemt.'

'Ik vertrouw je, Joep.'

'Dat is een goed begin. Probeer het, je bent hier veilig.'

'Zo voelt het ook. Goed, ik zal het proberen uit te leggen, maar ik ben bang dat het chaotisch overkomt, of gestoord, of alle twee.'

Ik knik en kijk haar aan.

'Ik vertrouw mezelf niet, soms heb ik rare neigingen.'

'Zoiets zei je al door de telefoon. Ga verder.'

'Misschien vind je het ongeloofwaardig, maar ik fantaseer erover om iemand iets aan te doen. Iets ergs. En dat gaat heel ver, begrijp je?'

'Mm. Hoe ver?'

Het lijkt of ze volschiet. 'Sorry, ik wil geloof ik iemand vermoorden.'

Alsof ik een knal voor mijn kop krijg. Wie heb ik in vredesnaam mijn praktijk binnengehaald? Ik ben goed in overzichtelijke, comfortabele problemen, niet met gektes als moordlust. 'Je wilt iemand vermoorden,' probeer ik met normale stem te reflecteren, maar ik klink afgeknepen.

'Vermoorden, ja. Ik ben bang voor mijn fantasieën, bang dat ik het ook ga doen, begrijp je? Ik weet wel dat iedereen weleens vreemde fantasieën heeft, maar daar blijft het dan bij. Bij mij is het anders. Ik maak plannen, het maalt door zonder dat ik het kan stoppen, ik droom erover en dan overvalt me de gedachte dat ik het moet doen. Ik ben bang voor mezelf.'

Enigszins hersteld probeer ik mee te gaan. 'Als het je overkomt, is er dan een bepaalde…'

'Ja en nee. Wel en niet.'

'Wat bedoel je daarmee?'

'Dat ik boos ben. Haat. Dan wil ik iemand vermoorden. Dat is natuurlijk gestoord, zo mag je niet denken.'

Ik ga het niet ontkennen. 'Ik wilde je vragen of er een aanleiding is, iets wat je overkomt waardoor je zulke gedachten krijgt.'

'Soms.'

'Wanneer?'

Het duurt even voor ze antwoord geeft. 'Als… daar wil ik liever niet over praten. Sorry.'

'Maja, ik respecteer het dat je niet alles met me wilt delen, maar we kunnen moeilijk verder als het gaat om de essentie van je probleem, begrijp je me?'

'Mm.'

'Daarom vraag ik je opnieuw wat er voorafgaat aan je fantasie over geweld.'

'Lieve Joep. Sorry. Joep, ik ben hier om me veilig te voelen, om een uur bij iemand te zijn die me accepteert en bij wie ik mezelf mag zijn. Ik geloof dat ik je daarom gebeld heb.'

'Dat is goed. Maar ik kan je alleen echt helpen als je me in vertrouwen neemt.'

'Het lijkt nu of jij een probleem hebt, en niet ik. Sorry, dat is gemeen. Zie je hoe ik de dingen door elkaar haal?'

Opnieuw realiseer ik me dat ik een onaangename vent onmiddellijk van repliek had gediend, maar nu even met de mond vol tanden sta. Een volstrekt onprofessionele reactie.

'Goed, het is misschien iets voor later, als we wat verder zijn,' zeg ik, zorgvuldig rechtop zittend. 'Gaat het weer? Iets anders dan. Je fantasie over geweld, je zegt dat je soms iemand wilt vermoorden.'

'Dat klopt, ja.'

'En is dat in algemene zin? Ik bedoel, zou iedereen het slachtoffer kunnen zijn?'

'Nee,' fluistert ze, ze schudt kort haar hoofd.

'Je hebt iemand op het oog. Je weet op wie je fantasie zich richt.'

Ze knikt.

'Wie is het?'

'Mijn man.'

# 8

Ik wandel naar het huis van Claar, ik zou vanavond voor haar koken. Dat is geen romantische daad, maar noodzaak. Ikzelf neem het ook niet erg nauw, maar Claar is het tegendeel van de schijf van vijf; ze heeft meer met de tafel van één, hooguit twee. Als ik niet af en toe iets voor haar klaarmaak, zou ze niet veel verder komen dan pizza. Ze beweert glashard dat ze gezond eet. 'Ik eet elke dag broccoli, kaas, vis, paprika, dat zit namelijk op de pizza, wat zeur je toch over je tafel.' Daar heb ik dan geen weerwoord op. Vandaar het compromis: ik mag één dag per week voor haar koken.

De sessie met Maja de Ridder neemt me nog steeds in beslag, waardoor ik bij het oversteken bijna word geschept door een scooter. Ik heb mijn gedachten nog niet op een rij, een oordeel of diagnose ontbreekt. Een klassieke psychiater zou haar vermoedelijk hysterisch noemen, maar ik neem dergelijke kwalificaties niet graag in de mond. Natuurlijk, ze vraagt nogal nadrukkelijk om aandacht. Het kan zijn dat ze haar gewelddadige fantasieën koestert, om wat voor reden dan ook, en het is of ze soms overdrijft met haar worsteling. Maar ze maakt tegelijkertijd ook een authentieke indruk op me. Ik geloof haar, is misschien beter gezegd. En ja, de invloed van haar verschijning kan ik niet ontkennen.

Er liggen in ieder geval een paar voor de hand liggende vragen te wachten.

Haar man? Waarom haar man?

Ik maak tomatensla, varkenshaas met pepersaus en gebakken aard-appelen. Misschien geen sterrendiner, maar in ieder geval iets anders dan pizza.

'Lekker,' zegt Claar. 'Vooral als je aardappel in de saus sopt.' Ik bedoel maar. 'Hoe is het met je praktijk?'

'Gaat als een dolle! Nee, het moet nog op gang komen, maar dat wist ik van tevoren. Gelukkig kan ik het een poosje uitzingen.' Ik heb een behoorlijk spaarpotje omdat ik geen shopper ben, goedkoop huur, geen auto bezit en niet van exotische vakanties houd. Met principes heeft dat alles niets te maken, ik geef gewoon weinig uit. Misschien wel uit luiheid.

'Hoe is het met het prinsesje, heb je haar alweer op de sofa gehad?'

'Min of meer, en het spreekt vanzelf dat alles wat ik erover vertel tussen ons blijft.'

'Natuurlijk!' Ze straalt. 'Behalve als je het uitmaakt.'

Die kans lijkt me klein, maar niettemin. Netter is natuurlijk helemaal niets te vertellen, maar ik ben ook maar een mens.

'Beloofd?'

'Beloofd. Maar vertel eens?'

Ik maak koffie met haar peperdure espresso-automaat. Ook zoiets. Ik vind Nescafé espressopoeder ook lekker. 'Je hebt me nog niet gekust en hartstochtelijk bedankt voor mijn opwindende diner.'

'Je hebt gelijk, kom hier. Waar wil je hem hebben?'

'Dat weet je donders goed.'

'Ja.'

Binnen twintig seconden is Maja de Ridder vakkundig uit mijn systeem verwijderd.


'Dus ze wil iemand vermoorden,' zegt Claar een halfuur later.

'Nee, dat wil ze niet.'

'Je zegt het net zelf.'

'Ze zegt dat ze het wil, maar ze is nou juist naar me toe gekomen omdat ze het niet wil, begrijp je?'

'Nee. Raar verhaal.' Ook een diagnose. 'Ze wil haar man dus wel en niet vermoorden.'

Ik neem een slok koffie. 'Daar komt het op neer.'

'En waarom haar man?'

'Dat wil ze niet vertellen. Ik hoop dat we er morgen aan toekomen.'

Claar ligt met haar hoofd op mijn schoot en kijkt me aan. 'Ik denk dat haar man op haar vader lijkt die haar ooit in de steek liet. Of nee, ze is verliefd op iemand anders en haar man staat die liefde in de weg. Of wacht, als kind sneed ze al de pootjes van kikkers af en dat sadisme is gewoon erger geworden. Ik weet het! Ze heeft gewoon een hekel aan die vent en wil nu al vastgesteld hebben dat ze niet toerekeningsvatbaar is als ze het gaat doen. Heb je daar al aan gedacht? Of ze is verliefd op je en verzint maar wat om aandacht te trekken.'

Zover was ik nog niet, Claar heeft een rijkere fantasie dan ik. 'Ik ga niet speculeren, lieve schat. Voorlopig moet ik haar verhaal serieus nemen, ik vind het nogal verontrustend.'

Ze strijkt over mijn lippen. 'Ik vind het wel meevallen. Mensen zeggen zoveel gekke dingen.'

'Stel dat die man morgen wordt vermoord. Dan heb ik dus niets gedaan terwijl ik van haar neigingen wist.'

# 9

Ze drong erop aan dat ik bleef slapen, maar ik wilde lopen, langs de grachten, afgeleid worden door anonieme voorbijgangers, fietsers, toeristen, levende standbeelden. Halfbewust hoop ik dat er juist nuttige inzichten opwellen als ik me onderdompel in stadse chaos en andere niet-urgente zaken. Een halfuur later is dat nog niet gebeurd, maar ik geniet wel degelijk van mijn uitstapje. Het voelt als een ultrakorte vakantie.

En zo kom ik als vanzelfsprekend terecht in café Muskee.

Het is drukker dan anders, geen idee waarom. Mijn kruk is bezet en ik kies voor een plek in de luwte, aan het eind van de bar.

Willem komt op me af. 'Hallo Joep, hoe is tie?'

'Goed, Willem. Nog beter dan gisteren.'

'So!'

'Vaste recept graag.'

'Komt eraan.'

Ik zit nog geen tien minuten te genieten van mijn vrije avond als ze binnenkomt en elegant rondkijkt, me ziet en op me af komt.

'Dag Joep, wat leuk om je hier te zien. Mag ik even bij je komen zitten?'

Ik kan moeilijk 'liever niet' zeggen, maar dat denk ik wel. Ik zie haar graag, maar als ze door de therapie heen fietst wordt het ongemakkelijk. 'Natuurlijk. Wil je wat drinken?'

'Lekker, zelfde als jij graag. Zit je hier vaak?'

Ik wenk Willem. 'Af en toe. Wat brengt jou hier?'

'Ik moest even weg, onrust in mijn hoofd. Toen dacht ik aan dit café.' Ze glimlacht naar me.

'Waarom juist deze kroeg?'

'Had jij niet verteld dat het hier leuk is?'

'Nee.'

'Nou ja, dit café viel me op toen ik bij je was.'

'Ik wil dat je me eerlijk antwoord geeft, Maja. Kwam je hier in de verwachting mij te treffen?' Ik vraag het met mijn vriendelijkste stem.

Ze kijkt me beslist lief aan. 'Ja, ik hoopte dat je hier zou zijn. Slecht van mij, hè?'

'Niet slecht, wel een beetje onverstandig. Het is niet goed om privé en zakelijk door elkaar te halen.'

'Bedoel je dat mijn bezoek aan jouw praktijk zakelijk is, Joep? Zo ervaar ik het helemaal niet. Voor mij is het privé en ik mag je graag. Dus het klopt niet wat je zegt.'

'Laat ik het zo zeggen. Ik kan alleen professioneel met je werken als we ons contact tot de spreekkamer beperken. Daarom is het beter dat ik nu op huis aan ga.' Ik maak aanstalten.

'Toe Joep, niet zo streng, dat ben je volgens mij niet.' Dat klopt, maar dat hoeft zij niet te weten. 'We kunnen toch wel samen iets drinken? Ik zal mijn geheimen voor vrijdag bewaren.'

'Vooruit, even dan.'

Ze toost, raakt met haar glas het mijne. 'Fijn. Ben je getrouwd, Joep? Heb je kinderen? Volgens mij niet, waarom ik dat denk weet ik niet.'

'Het antwoord op beide vragen is nee. Ik heb wel een lieve vriendin.'

Ze glimlacht weer. 'Hoe heet ze?'

'Claar.'

'Claar. Klinkt vertrouwd, gezellig. Is ze dat ook?'

'Ik zou haar zo niet beschrijven.'

'Hoe dan?'

'Maja, dit wordt me te persoonlijk. Dit is niet verstandig.'

'Sorry, ik ben niet van de smalltalk, daar loop ik vaker tegenaan.

Wat vind je trouwens van therapeuten die een affaire beginnen met hun cliënt? Laat me raden: dat keur je af.'

'Dat klopt.' Ik ben lichtelijk verbijsterd dat ze het aan de orde stelt.

'Kun je je voorstellen dat het gebeurt? Zullen we een laatste bestellen?' Ze wacht mijn antwoord niet af.

'Ik kan het me voorstellen, maar het is niet professioneel, en fout.'

'Je kunt het je voorstellen. Je bent een gevoelige man, Joep. En wat als de cliënt het helemaal niet fout vindt?'

'Dan nog is het fout. Er is in dat geval sprake van een ongezonde machtsrelatie.' Gedragsregel twee voor therapeuten.

'Dus je vindt dat de cliënt per definitie de onderliggende partij is? Hoe weet je dat zo zeker? Misschien bepaalt de cliënt de loop van de gesprekken wel meer dan de therapeut, hoor. Misschien is de therapeut wel de onderliggende partij, ja, ik fantaseer maar.'

'Het is strafbaar omdat machtsmisbruik op de loer ligt. Zullen we het hierbij laten?'

'Dat is goed. Maar jij zou je daar nooit schuldig aan maken, toch?'

'Ik zou er niet aan beginnen, juist om alle risico te vermijden.'

Ze staat op. 'Ik vond het fijn om met je te praten, Joep, het was gezellig. Tot vrijdag.'

'Tot vrijdag.'

'En leuk om te horen dat je me als een risico ziet. Ik beschouw dat als een compliment. Dag!'

Een uur lang wijs ik iedereen af die een praatje wil maken; zelfs Willem ga ik uit de weg, behalve met het bekende bestelgebaar.

Maja de Ridder hakt er flink in. Ze is mooi, op zijn tijd schuldbewust en aardig. Ze is ook slimmer dan ik aanvankelijk dacht, verleidt me tot een gesprek waarin ik niet wil verzeilen en ontlokt me uitspraken die ik niet wil doen. Natuurlijk heb ik in de gaten dat ze me uitdaagt me bloot te geven, ze lijkt dat een spannend spel te vinden. In zekere zin slaat ze de spijker op de kop: wie heeft hier eigenlijk de macht?

Zou Claar gelijk hebben met haar veronderstelling dat ze aandacht wil omdat ze verliefd op me is? Onwaarschijnlijk, ze kende me niet voor ze mijn hulp inriep. Toch maar een geval van hysterie? Ik kom er niet uit en geef het voor dit moment op.

Ik kijk om me heen. Mijn dikke vriend is er niet, maar wel drie vage kennissen die dobbelen om geld en me met een joviale blik toeknikken. Even later schuif ik aan en heb ik een sterke drang hier een ernstige kredietcrisis te veroorzaken. Dat lukt het eerste uur, het tweede uur word ik uit de eurozone gegooid en wankel ik naar huis.

Als ik mijn deur open en nog even de straat in kijk zie ik vijftig meter verderop een BMW staan van een type dat ik herken. Er zit iemand in, hij wacht kennelijk ergens op. Ik durf niet te gaan kijken wie het is. Ik ben dronken of paranoïde, waarschijnlijk allebei.

## 10

Ik heb slecht geslapen, ik houd niet van onverklaarbare voorvallen die zich lenen voor complottheorieën. Natuurlijk weet ik dat een wachtende auto niet iets is om ongerust over te worden, maar aan de andere kant zou ik er zonder moeite een beroerd verhaal van kunnen maken. Mijn vader had er waarschijnlijk de CIA bijgehaald, zover ga ik het dus niet laten komen. Wel kijk ik voor de zekerheid uit het raam de straat in; natuurlijk is er in geen velden of wegen een wachtende wagen te zien. Ik wil het uit mijn systeem hebben en besluit tot mijn lievelingsontbijt: een mok Nescafé met toast, roomboter en belegen kaas, waarop een kwak slasaus, een recept dat in geen enkel kookboek staat en dat ik helemaal zelf heb bedacht.

Na het ontbijt bereid ik me voor op het gesprek met de heer Van der Wal, waarmee mijn praktijk voor mijn gevoel pas echt van start gaat. Met Maja ben ik tenslotte nog niet eens aan de basisafspraken toegekomen.

Om kwart voor elf gaat de telefoon.

'Praktijk Duvalier.'

'Ja, Van der Wal hier. Ik heb een probleem.'

'Daar hebben we een afspraak voor gemaakt, als ik u goed begrepen heb.'

'Ja, nee, dat klopt, maar het kan vandaag niet doorgaan. Het spijt me.'

Psychotherapie, een bijzonder vak. 'Dat is vervelend voor u.'

'Ja, maar voor u ook. Nu hebt u een gat in uw agenda.'

'Maakt u zich daar maar geen zorgen over, meneer Van der Wal, ik heb een wachtlijst.'

'Gelukkig. Ziet u, mijn vrouw zei dat er ook pillen zijn tegen mijn stemming en die wil ik eerst maar eens proberen. Ze heeft het niet zo op psychologen.'

'Dan wens ik u veel succes. Toch zou ik u aanraden eens te komen praten en dan vooral uw vrouw mee te vragen. Goedemorgen.'

Zo, alweer iemand op weg geholpen. De gang zit erin.

Maar op mijn lauweren rusten is er niet bij, vanmiddag heb ik een afspraak met Tine Jansen, een dertigjarige vrouw die aan zichzelf wil werken vanwege terugkerende relatieproblematiek, feitelijk een aandoening waar negentig procent van de mensheid mee rondsjouwt. Eigenlijk heeft mevrouw Jansen al een voorsprong op haar lotgenoten: ze neemt er geen genoegen mee. Ik stel me ook de vraag die elke therapeut zichzelf met regelmaat stelt: wie ben ik dat ik het beter denk te weten dan mijn cliënt, gezien het feit dat ik er zelf een potje van maak?

Als ik om halfzes een glaasje witte wijn inschenk kijk ik niettemin terug op een goede sessie. Tine Jansen bleek een intelligente en aardige vrouw met een helder zelfinzicht waar niet veel aan hoeft te worden toegevoegd. Rationeel goed in staat het probleem te verwoorden, emotioneel nog niet zover om er praktische consequenties aan te verbinden. Daar gaan we dus aan werken. Ik heb er een prettig gevoel over, het was wat ik nodig had na de haperende start van mijn nieuwe loopbaan.

Vanavond ben ik alleen, wat ik niet erg vind. Sterker, ik heb mijn tijdelijke isolatie nodig. Claar gooit soms een balletje op of het niet handig is om bij elkaar in te trekken, maar daar ben ik huiverig voor. Volgens een theorie die ik zelf heb bedacht wordt de kwaliteit van je relatie beter als je die doseert. Het kan natuurlijk ook gewoon bindingsangst zijn.

's Avonds hang ik voor de televisie en kijk naar een Amerikaanse film over een rijke succesvolle psycholoog met veel vrouwelijke cliënten die allemaal door hem gered worden. Zijn eigen vrouw maakt zich van kant. Aanvankelijk word ik vrolijk van de onzin, later overvalt me een lichte neerslachtigheid die uit het niets lijkt te komen, maar ongetwijfeld met de laatste paar dagen te maken heeft.

Tot diep in de nacht kijk ik naar een pokerwedstrijd. Hebzuchtige mannen zien verliezen, daar knapt een mens van op.

# II

'Wat denk je, Joep, kun jij me helpen?' Ze vraagt het zachtjes, met neergeslagen ogen. Bijna zedig, bijna cliché. Ze heeft haar haar vandaag met een fleurig gevalletje van achteren samengeknoopt.

'Het hangt ervan af of je open kaart speelt.'

'Ik zal het proberen. Je hebt er recht op.'

'Het gaat niet om mij, Maja. Kun je vertellen waarom je je man iets wilt aandoen?'

Ze knikt, maar zegt niets.

'Maja?'

'Ja, ik doe mijn best. Vooruit. Peter kan zich niet beheersen als hij kwaad is, en dat is hij vaak. Vooral als hij een slok op heeft.'

Het hoge woord is eruit. 'Vertel er eens wat over?'

'Hij slaat me. Soms schopt hij. Hij… sorry.' Ze pakt een tissue uit de doos op het tafeltje.

'Vaak, zei je. Neem je tijd.'

'Elke week wel een keer. Het is verschrikkelijk, ik kan dan geen kant op, hij is veel sterker dan ik.'

'Sorry dat ik erover doorvraag, Maja, maar ik moet er een goed beeld van krijgen. Slaat hij hard? Hoe slaat hij, met de vlakke hand of anders?'

'Hij slaat heel hard, meestal met de vlakke hand, ja. Soms stompt hij.'

Het valt me op dat ze er ondanks alle geweld heel gaaf uitziet.

Tenminste, haar gezicht. 'Kun je een voorbeeld geven? Kun je beschrijven wat er dan gebeurt?'

'Vorige week. Ik was met een vriendin uit en nogal laat thuisgekomen. Hij had op me zitten wachten en begon een scène te schoppen. Dat ik had moeten bellen of sms'en, dat ik waarschijnlijk aan de scharrel was geweest en meer van dat soort opmerkingen. Terwijl ik zo trouw ben als een hond. Ik krijg heus wel aandacht als ik op stap ben, maar ik hou de boot altijd keurig af. Maar hij begon te schelden en zat zich steeds meer op te fokken. En toen kwam hij op me af en gaf me een klap in mijn gezicht. Daarna een soort karatetrap, waardoor ik viel. Na nog een schop in mijn rug liep hij tierend naar de slaapkamer. Ik denk dat hij toen dronken in slaap is gevallen. Ik ben beneden op de bank gaan slapen.'

Ik knik even. 'Een verschrikkelijk verhaal. Ik zal even koffie inschenken.'

'Graag.'

'Hoe lang speelt dit al?'

'Ruim een jaar, schat ik. Iets langer.'

'Kun je iets zeggen over een aanleiding? Was er iets veranderd?'

'Nee. Het begon en werd geleidelijk erger.'

'En wat gebeurt er de volgende dag? Hoe gedraagt hij zich dan?'

Ze roert, terwijl er in haar koffie niets te roeren valt. Het lepeltje is een boei. 'Dan heeft hij vreselijke spijt. Het zal nooit meer gebeuren, zegt hij. Maar zo gaat het altijd. Hij heeft altijd spijt, maar dat zegt me niks meer.'

'Waarom ben je al die tijd bij hem gebleven? Heb je ooit overwogen weg te gaan?'

'Natuurlijk. Na de tweede keer al. Ik hoor iedereen al roepen: dan ga je toch weg? Maar zo simpel ligt het niet. Ik hield ooit van die man, en dus geef je hem telkens weer een kans. Je blijft toch hopen op een verandering. Ik ben ook gewoon bang om alles kwijt te raken wat ik heb, Joep. Mijn man is rijk, heeft een groot bedrijf, Belvedère, misschien heb je er weleens van gehoord, we wonen prachtig. Begrijp je?'

'Ik heb er begrip voor. Maar er is meer dat je weerhoudt, of niet?'

'Mm. Ik ben doodsbang voor hem. Ik kan wel weglopen, maar

hij is machtig, heeft veel connecties en zal me weten te vinden. En dan vermoordt hij me zeker. Flink ego, weet je.'

Een groots medelijden overvalt me, maar ik mag het niet toelaten. 'De politie, heb je daar weleens aan gedacht?'

'Ja, maar hij zal alles ontkennen. Bovendien zal hij het me nooit vergeven als ik hem verlink.'

Ik knik. 'Wat verwacht je van me, Maja? Je kwam niet naar me toe omdat je mishandeld wordt.'

Ze aarzelt. 'Nee.'

'Wat verwacht je van me?'

'Ik weet het niet goed. Heb je een suggestie?'

'Ik kan het gedrag van je man niet veranderen, dat begrijp je. Je bent hier omdat je bang bent dat je je man wat gaat aandoen, weet je nog?'

'Ik droom ervan. Ik droom dat ik niet één keer steek, maar wel twintig keer, net zo lang tot mijn arm er pijn van doet. Ik ben geen moordenaar, Joep, maar droom dat ik het ben, ik fantaseer erover.'

'Je wilt van die droom af, die fantasie kwijt.'

'Zoiets, ja. Ik ben er bang voor.' Ze roert nu in haar lege kopje.

'Daar kunnen we aan werken.'

'De andere kant is... ik weet niet goed hoe ik het moet uitleggen.'

Ik kijk haar aan en wacht.

'Het gaat met me op de loop, dat voel ik. Maar het lijkt me ook wel begrijpelijk, zo'n reactie, of ben ik nou echt gek?'

'Nee, dat ben je niet.'

'Misschien zoek ik gewoon begrip en steun bij je, Joep. Ik zie mezelf niet als een moordenaar, maar ik wil hem wel stoppen.'

'Stoppen.'

'Ja, radicaal. Begrijp je?'

# 12

Claar gaat vanavond naar de sportschool en ik ga mee. Niet dat ik zelf ga trekken, sleuren, duwen en trappen, dat ligt me niet. Ik ben wel sportief, maar doe er niet aan, een rustige wandeling, dat is het wel zo'n beetje. Claar vindt mijn energiebesparend bestaan maar niks. 'Je hebt een sportief lijf, zonde dat je er niets mee doet.' Onzin natuurlijk, ik zeul er de godganse dag mee rond. Bovendien lijkt me een sportschool nou juist bedoeld voor mensen die géén sportief lijf hebben.

Ik ga dus mee voor de gezelligheid, en omdat we na gedane zaken de stad in gaan. Bovendien vind ik het juist wel aardig om anderen zich uit de naad te zien werken. Ik voel me een beetje uitverkoren als ik vanuit mijn fauteuil zicht heb op mensen die worden afgebeuld.

Maja de Ridder wordt dus ook afgebeuld, en daar heb ik heel andere gevoelens over. Er wordt veel mishandeld in de wereld, dat is me bekend, maar dit komt wel heel dichtbij. Ik heb Maja gezegd dat ik daar niets aan kan doen. Klopt dat wel? Ik zou de vent op kunnen zoeken, met hem proberen te praten, hem een behandeling voorstellen. Bespottelijk, natuurlijk, ik ben Jezus niet. Bovendien vermoed ik dat hij het niet op prijs stelt dat Maja zijn donkere kant met een derde bespreekt. Ik zou haar in gevaar brengen. Moet ik een of ander meldpunt of de politie informeren? Ook dan zal de man Maja ter verantwoording roepen. Nee, ik kan het geweld niet stoppen.

Ik zou Maja kunnen stimuleren voor een nieuw bestaan te kiezen. Haar argumenten om bij hem te blijven lijken me niet ijzersterk. Loopt ze echt gevaar als ze onderduikt en opnieuw begint? Is die vent werkelijk zo machtig? En als het om de weelde gaat die ze zal verliezen zie ik een wat ordinaire uitruil: hoeveel is een klap me waard? Aan de andere kant heb ik haar keuze te respecteren, ook al omdat ik niet weet hoe houdbaar liefde is onder zulke omstandigheden. Nee, ik zal haar niet stimuleren om weg te lopen, tenzij ze me er expliciet om vraagt.

Resteert de status quo.

Maja worstelt met haar fantasieën en demonen, die ik best obsessief durf te noemen, en wil dat ik haar daarvan af help. Dat is te proberen, ik zou zeggen dat de prognose goed is. Maar waar eindigt een gezonde neiging tot verzet, tot terugvechten, en waar begint de obsessie? Hoe kan ik haar weerbaarheid versterken en tegelijkertijd haar wraaklust intomen? Het lijkt een tegenstrijdige exercitie. Ik kom er niet uit.

Door een glazen wand zie ik Claar in haar strakke T-shirt tegen een martelwerktuig staan. Ze trekt aan een soort zwengels, alsof ze emmers water optilt. Ze ziet er prachtig uit.

Er is nog iets wat me dwarszit. Het is duidelijk dat Maja gevaar loopt. Ik durf er niet aan te denken dat de zaak escaleert, maar ik moet er rekening mee houden. Als haar iets ernstigs overkomt was ik van de aanloop op de hoogte, zonder iets met die wetenschap te hebben gedaan. Ik heb het laten gebeuren. Ik sta erbij en kijk ernaar.

Het kan ook op een andere manier helemaal misgaan, het overviel me al eerder. Als Maja haar obsessieve moordneiging ooit in daden omzet, misschien niet heel waarschijnlijk maar niettemin, dan is haar man een lijk. Vast niet onverdiend, maar opnieuw was ik op de hoogte van het gevaar zonder dat ik werkelijk ingreep of een officiële instantie informeerde. Ik voel me als een pastoor met biechtgeheim die weet heeft van een naderend drama.

'Ha, daar ben ik weer.' Nat, warrig haar, vrolijke lach. Mooi. 'En, genoten van de zweetlucht?'

Het kost me moeite mijn priestergewaad af te gooien. 'Het gaat.

49

Ben je je agressie intussen een beetje kwijt? Ik zag dat je zo'n ding van de muur probeerde te rukken. Is dat nog gelukt?'

'Haha. Zullen we gaan? Ik heb zin in een borrel. Borrels.'

Muskee is mijn terrein, daar gaan we niet heen. Het wordt Derrière, een trendy geval in een zeventiende-eeuws herenhuis aan een nog oudere gracht. Er komen zowel twintigers als veertigers, zodat we midden in de doelgroep vallen. Hoewel, Claar iets meer dan ik, want het was haar keuze. Ze is hoe dan ook een stuk trendyer dan ik; zo weet ze bijvoorbeeld wat de heersende modekleur is. Het schijnt dat ik eens in de vier jaar trendsetter ben met mijn oude broeken en jasjes.

Het café is tamelijk vol met vooral slanke en mooie mensen die waarschijnlijk appartementen bewonen in gerenoveerde pakhuizen in een ooit vervallen havengebied, in een loft, nog beter. Of het klopt weet ik niet, zo gedragen ze zich. Er zijn tafeltjes van marmer en gietijzer, stoelen van bielzen met kussens, foto's van foto's van foto's van kunst aan de muur, een concept dat dan toch weer aan kunst doet denken, intieme verlichting die helder genoeg is voor een snelle scan van het aanwezige publiek en obers met een klassiek schort, waarop, daar is zeker over nagedacht, aan de voorkant de naam van het etablissement staat.

We worden bediend door een student met 'Alain' op zijn borst. Ik kan niet nalaten beide namen te combineren tot een fictieve chansonnier. We bestellen een fles witte wijn, 'van het huis', voeg ik eraan toe. 'Nee, nee,' zegt Claar. 'Doe maar een Champelié de Mont Soulabe Viseau,' of woorden van gelijke strekking, ik heb er geen verstand van. Maar ik zit hier lekker en Claar heeft haar hand op mijn dij, waar ze zachtjes in knijpt en dat is veel waard.

'Hoe gaat het met de studie?' vraag ik.

'Ik ben aan het nadenken over een onderwerp voor mijn eindscriptie. Wat vind je van de chaostheorie, toegepast op valutaspeculatie?'

'Fascinerend.'

'En dat uitgedrukt in concentrische vergelijkingen.'

'Adembenemend.'

'Dat vond Arnoud ook. Hij wil mijn begeleider wel zijn. Ben ik heel blij mee.'

Ik schenk nog maar eens in. Claar heeft haar hand inmiddels teruggetrokken, maar dat hoeft niets met Arnouds rol te maken te hebben. 'Fijn dat jullie zo'n goede verstandhouding hebben,' zeg ik vriendelijk.

'Ja, ik zou zeggen: zelfs meer dan dat. Hij is een goede vriend aan het worden.' Ze neemt een slok terwijl ze naar het plafond staart. 'Hij voelt me aan.'

'Altijd fijn, iemand die je aanvoelt,' zeg ik. Op de een of andere manier klinkt het klef zoals het uit mijn mond komt.

'Sterk dat je het zo opneemt, lieverd. Je zou ze de kost moeten geven die jaloers reageren.'

'Is daar reden voor dan?' vraag ik achteloos.

'Nee hoor, echt niet, welnee.'

Drie keer nee is ja, zei mijn grootvader ooit, maar dat geldt hier vast niet.

'En hoe is het met je jonge beschermelinge?'

'Wie precies bedoel je?' Ik heb er tenslotte inmiddels twee.

'Die met die neigingen.'

'O die. Geen woord tegen Arnoud graag, maar ze wordt ernstig mishandeld door haar echtgenoot.'

'Dus dat zat erachter. Dan is het ook niet zo gek dat ze die vent iets wil aandoen.'

'Nee.'

'Ze kan ook naar de politie gaan. Of jij.'

'Nee, ze heeft het me in vertrouwen verteld. En uit zichzelf gaat ze niet, want ze is doodsbang voor zijn reactie.'

'Je zit klem. Ik bedoel, ze heeft je in de tang.'

'Dat is onaardig gezegd, maar het klopt wel.'

'Is ze slim?'

'Mijn inschatting is dat ze heel slim is, ja.'

'Dan snap ik iets niet. Ze vraagt je hulp om haar van haar moordneiging af te helpen. Klopt?'

'Ja. Ga verder.'

'Tegelijkertijd blijkt uit haar verhaal dat ze het volste recht heeft een fles op het hoofd van die vent kapot te slaan, als ze wordt mishandeld.'

'Ja, dat maakt het zo ingewikkeld.'

'Ingewikkeld? Het is onlogisch. Ik vind het een rare hulpvraag, het spijt me.'

Ik moet haar gelijk geven. Er zit iets ongemakkelijks in het verhaal van Maja de Ridder. Ik heb het niet eerder gevoeld, maar er jeukt iets.

'Ik vroeg je laatst of je haar vertrouwt. Toen wist je het niet. Hoe is dat nu?'

Ik heb Maja inmiddels een keer of vier gesproken, maar ik heb geen goed antwoord. 'Ik geloof haar verhaal, ze is authentiek, ze is slachtoffer. En ja, ik vind haar ook aardig. Dat is geen nadeel, het zegt iets over het gevoel dat ik heb over de manier waarop ze over zichzelf praat. Moeilijk uit te leggen. Ik denk dus dat ze oprecht is, maar dat zegt niet alles, ik besef het.'

'Wat een vaagtaal, even spoelen graag.'

Ik neem een slok.

'Misschien is er meer,' zegt ze.

Dat is de jeuk. Misschien is er meer.

# 13

Mijn vader zou in Maja de Ridder een undercover hebben gezien, maar ik weiger met zijn paranoïde genen mee te liften. Ze is mijn cliënte en ik zal doen wat ik kan om haar te helpen. Zo. Ik kijk in de badkamerspiegel en zeg het nog een keer hardop. 'Zo.' Ik knik en glimlach naar mezelf en vind het kinderlijk prettig dat er teruggelachen wordt. Aardige vent trouwens, goeie kop ook. Hij ziet er opgeruimd uit en zo voel ik me ook. Een weekend voor de boeg met tijd voor een goed boek, een fijne film op het flatscreen, misschien een dinertje voor twee, gelardeerd met een kroegbezoekje en versierd met een lome vrijpartij.

Ik ben alleen, Claar is vanochtend belachelijk vroeg opgestaan voor een squashafspraak met haar lievelingsprofessor. Ze zal er vermoedelijk weinig van bakken, gezien haar fysieke prestatie tijdens de afgelopen nacht; ze is soms niet te stuiten. Zelf heb ik een paar blauwe plekken op mijn heupen, maar ben vergeten hoe ik ze heb opgelopen.

Welgemoed wandel ik naar huis. Onderweg duik ik de kleine supermarkt in om drie dingen te kopen die me sinds het ontwaken al bezighouden: bruinbrood, roomboter en een plak pure chocola. Ik ga daar een sandwich van maken waar ik heel gelukkig van zal worden. Het vermogen mezelf te verwennen zie ik als een sterke karaktertrek, te midden van andere trekken van wisselende kwaliteit. Ook daar schuilt mogelijk een genetische component, want ook mijn vader was een zelfverwenner, zij het dat het bij hem voornamelijk neerkwam op vrouwen. Voor hem was trouw een dagblad.

En zo zit ik een halfuur later met koffie en mijn goddelijke ontbijt in de krant te bladeren en kom ik een kort bericht tegen.

Belvedère Vastgoed verkeert in zwaar weer. Vanwege de economische crisis zijn investeringen in snel tempo afgewaardeerd en heeft het bedrijf moeite nieuw kapitaal aan te trekken, waardoor de liquiditeit ernstig wordt aangetast. Volgens directeur/eigenaar Peter de Krom is het vastgoedbedrijf in onderhandeling met nieuwe financiers. 'Ik ben optimistisch,' aldus De Krom, 'maar het is nu even alles op alles. We hebben een mooi, solide onderpand.'

Het duurt even voor ik besef waarom ik aan dit nonnieuws ben blijven hangen.

Belvedère.

Maja de Ridder.

*'Mijn man is rijk, heeft een groot bedrijf, Belvedère, misschien heb je er weleens van gehoord.'* Nee, nooit van gehoord.

Nu dus wel.

Ik tap nog een espresso en kom tot een paar conclusies. De echtgenoot van Maja de Ridder heet Peter de Krom. Hij is, of was, rijk. Belvedère dreigt om te vallen en hij wringt zich in bochten om zijn bedrijf te redden. Zijn 'optimisme' moet geldschieters gunstig stemmen. Verder doordenkend vermoed ik dat de man misschien in paniek is omdat hij alles wat hem groot maakte dreigt te verliezen. Op zijn minst maakt hij zich ernstige zorgen en viert stress hoogtij. Alles overziende een beroerde thuissituatie voor Maja, een man met een agressieprobleem die wordt getergd door een vijandige markt. Daar komt bij dat hij volgens Maja 'een groot ego' heeft, wat niet helpt bij tegenwind. Grote ego's zijn narcisten die soms tot grote prestaties komen, maar bij tegenspoed onherroepelijk anderen de schuld geven. Een groot ego is immers alleen te handhaven als je in staat bent je eigen feilbaarheid als een futiliteit weg te wuiven.

Een explosieve situatie, daar in huize De Krom. Het is niet verwonderlijk dat hij zijn agressie thuis botviert. Agressie, opgepookt door alcohol.

Volgens mijn inschatting is Maja serieus in gevaar. In acuut levensgevaar.

Ik moet er iets mee, maar wat? Momenteel ben ik een luisterend oor, om haar vervolgens terug te sturen naar het kruitvat. Onverantwoordelijk, ik ben onverantwoordelijk bezig als ik dit op zijn beloop laat.

Mijn stemming is inmiddels volledig omgeslagen. Zopas was ik nog fluitend zorgeloos, nu bijna letterlijk kleiner en tamelijk ontredderd.

Ik mag niet wegzakken in machteloosheid en apathie; ik heb de plicht Maja te helpen, louter omdat ze op mijn pad is gekomen. Ik pak pen en papier, misschien kan structuur me helpen. Ik noteer:

*ik kan niet buiten Maja om de politie informeren. Het zou ook geen zin hebben.*
*Maja zal niet naar de politie gaan.*
*Maja is er niet aan toe Peter de Krom te verlaten.*

Een kwartier lang staar ik naar de drie punten, maar kom niet verder. Dan neemt mijn hand het over.

*zonder ingrijpen loopt Maja ernstig gevaar.*
*als ik niet ingrijp loopt Maja ernstig gevaar.*
*ik moet ingrijpen.*

Ik bel Claar af, we zouden vanmiddag naar de markt en daarna 'iets gezelligs' gaan doen. Als reden geef ik dat ik me niet goed voel, wat klopt. Claar reageert zoals het hoort: 'Wat vervelend voor je. Sterkte.'

*ik moet ingrijpen.*
*geen idee hoe.*

*laat los.*
*doe iets.*

's Middags dwaal ik door de stad, sla zonder bedoelingen links of rechts af, beland drie keer op hetzelfde zielloze plein en ten slotte in een klein park dat omhelsd wordt door de omringende straten. Daar ga ik zitten op een versleten bankje, doodmoe, en niet alleen van het lopen. De vijver voor me en het perkje zijn verwaarloosd, niet alleen Belvedère heeft het moeilijk. Twee eenden van ongelijk geslacht trekken zich er weinig van aan, ze varen met een vriendelijke uitdrukking op de bek achter elkaar aan.

Ik zucht diep en hoop dat me iets invalt; dat de idylle hier me inzicht en wijsheid verschaft. Even ervaar ik rust en ontspan ik me.

Dan ontploft er iets in mijn hoofd.

Ik knijp mijn ogen dicht en probeer te vatten wat de explosie heeft veroorzaakt. Langzaam en voorzichtig laat ik mijn erin gestampte, onoverwinnelijke ratio los en geef me over. Ik denk dat ik prevel, een voorbijganger kijkt me verstoord aan.

Maja de Ridder is geen willekeurige cliënt.

Het lot van Maja de Ridder raakt me meer dan dat van mijn andere cliënt.

Ik kan wel janken.

Maja de Ridder. Maja. Klein, kwetsbaar. Maja.

Ik heb meestal alles in de hand, maar nu niet. Godverdomme, zit niet te snotteren als een sentimentele idioot, hou er in godsnaam mee op! Ik laat het gaan, mijn hoofd naar beneden, niet iedereen hoeft ervan mee te genieten.

Wat is er in vredesnaam met me aan de hand? Maja doet iets met me, meer dan ik me realiseerde. Ik wil er niet over nadenken, ik wil het niet laten doordringen; er zijn taboes, en verboden gebieden waar ik absoluut niet verzeild wil raken. Ik moet me verzetten tegen destructieve verleidingen. Ik vertel het de eenden, het zijn goede luisteraars.

Ik herstel me enigszins.

Duvalier, dit is niet professioneel, dit is vooral puberaal. Maar als professioneel betekent dat ik mijn cliënt, los van onze praatjes, aan haar lot moet overlaten, dan maar even geen pro.

Ik ga iets doen.

Of het zin heeft, ik heb geen flauw idee, maar zeker is dat met eenden praten niet opschiet.

Ik wil de man zien. Horen. Spreken.

# 14

Peter de Krom heeft miljoenen hits op Google, er zijn erg veel Peters de Krom. Zeilers, paaldansers, copiloten, transseksuelen, Peter de Krom Vispaleis, Peter de Krom alias Kromdjojo de Visualist, en nog zo wat. Mijn De Krom verschuilt zich, tenzij hij de transseksueel is.

Op Peter de Krom-Belvedère zoeken helpt niet echt: nog steeds 700.000 hits. Als ik er 'vastgoed' bij zet, begint het erop te lijken, en na wat schiftwerk lukt het me een globaal profiel van de man te construeren.

De Krom is 37 en ziet eruit als een belegen corpsstudent: speelse lokken, kleurige sjaal, brutale blik, dure spijkerbroek. Veel uiterlijk vertoon voor de bühne, lijkt me. Studeerde hbo Bouwkunde en klom snel op bij een woningbouwvereniging tot manager Nieuwbouw en Renovatie. Begon voor zichzelf, slaagde er via zijn vele contacten in investeerders te interesseren voor vastgoedprojecten. Twee jaar later werd Belvedère Vastgoed opgericht. Daarna ging het snel. Inmiddels is hij directeur/eigenaar van een klein imperium dat zich vooral richt op de exploitatie en verhandeling van kantoren, winkels en horeca. Omdat het bedrijf het voornamelijk moet hebben van externe financiering, kwam het sinds het begin van de kredietcrisis in de problemen. Enkele vastgoedbedrijven zouden uit zijn op een vijandige overname. Kennelijk vecht De Krom voor zijn leven als zakenman.

Over zijn privéleven is weinig te vinden. Hij is lid van tennisvereniging Fifty Love, een recreantenclub waar hij dubbelt met ene Patrick de Wael. Vorig jaar werd hij derde in een jaarlijkse puzzelrit voor oldtimers, met een Alfa Romeo Giulia Sprint uit 1964, geen idee hoe dat eruitziet. Voor dit jaar heeft hij zich opnieuw ingeschreven. De rally vindt volgende week zaterdag plaats.

Volgende week zaterdag.

Ik googel me naar de organisatie en lees dat een lunch en een borrel het evenement 'bekronen'. Aanmelding van een team met een auto van minimaal vijfentwintig jaar oud is mogelijk tot een dag voor de aftrap. Deelnamekosten: 75 euro, incl. saté na afloop. Ik weet genoeg.

Diederik van Geel is een dierbare vriend die ik leerde kennen in mijn studententijd. We trokken de eerste drie jaar met elkaar op, maar onze studieaanpak verschilde. Terwijl ik na ruim zeven jaar mijn bul haalde, een voor die jaren alleszins redelijke termijn, haakte Diederik in het vierde jaar af. Hij was toen halverwege het eerste psychologiehandboek. Vervolgens dook hij met overgave op de rechtenstudie, wat 'het net niet was', en de jaren erna stond hij ingeschreven bij de faculteit Wijsbegeerte, waar hij filosofie deed. Bij mijn weten staat hij er nog steeds ingeschreven. Hij is een bijzonder slimme vent, maar heeft op de cruciale momenten altijd wat beters te doen, zoals met een Kroatische vriendin zeilplanken verhuren op Kreta. Momenteel vertaalt hij achttiende-eeuwse Nederlandse erotische teksten in het Duits; hij zoekt nog een uitgever. Zulke kleine hindernissen hebben hem er nooit van kunnen weerhouden zijn passies te volgen. Natuurlijk is hij een wat eigenaardige man, waardoor relaties met vrouwen wankel waren. Hij heeft nu een verhouding met een tien jaar oudere vrouw die hij koestert zolang het duurt. 'Ik heb nu de ware gevonden,' zei hij laatst, net als al die keren daarvoor.

We zien elkaar zo eens in de maand, meestal in de kroeg, en praten dan over onze idiote plannen van vroeger en dat we gelukkig een stuk wijzer zijn geworden. Doorgaans slaat tegen het eind van de avond de melancholie toe, kijken we elkaar met een traan in het oog aan, omhelzen elkaar en gaan ons weegs, altijd onvast ter been, dat is traditie.

Diederik vertegenwoordigt de avonturier, de anarchist, de kunstenaar in mij. Hij is ook een tragische held, het hoogste wat een mens kan bereiken.

Diederik heeft een Citroën Deux Chevaux uit 1978.

# 15

We zitten in café De Buurman, Diederiks tweede huiskamer.

'Wist je dat Lodewijk van Twist in 1763 is opgepakt en opgesloten in Harderwijk omdat hij een pamflet had geschreven over anticonceptie?' Hij leunt met zijn lange, magere lijf voorover.

'Nee. Wat stond er dan in?'

'Je gelooft het niet. Kijk, ik heb het opgeschreven.' Hij legt een stuk papier op de bar. 'Ik zal het voorlezen. De roede moest eerst worden "gesmaeckt" door een "oude vrouwe" en zou daarna "rein" zijn. Enfin, lastig te vertalen in het Duits, dat begrijp je.'

'Ja. Ik heb trouwens een verrassing voor je.'

'Altijd welkom.'

'Je mag zaterdag meedoen met een oldtimerrally. Ben je er blij mee?'

'Reuze! Alleen heb ik geen oldtimer.' Diederik drinkt in één teug zijn glas leeg.

'Je hebt een eend.'

'Dat is geen oldtimer, maar een roestbak. En als ik het stuur loslaat gaat hij rechtsaf.'

'Maakt niet uit,' zeg ik. 'En je krijgt er gratis een bijrijder bij.'

'Gokje. Jij?'

'In één keer goed. Ik kan weliswaar niet kaartlezen, maar daar staat tegenover dat jij een waardeloze chauffeur bent.'

Diederik lacht zijn duistere glimlach. 'Sinds wanneer word jij aangetrokken door Prins Bernhard-volk?'

Ik leg kort uit wat me is overkomen en dat ik een manier zoek om met De Krom in contact te komen. Diederik reageert bezorgd, hij is onmiddellijk bereid me te vergezellen. 'Ook vanwege de lunch en de borrel, natuurlijk.'

'Natuurlijk.'

'En wat wil je daar eigenlijk mee bereiken?'

'Dat weet ik niet. Misschien valt me iets in als ik hem zie. Wie weet kan ik een woord met hem wisselen. Ik wil weten wat voor man het is, met wie mijn cliënt te maken heeft.'

'Nogal vaag, als je het mij vraagt.'

'Ik vraag je niks.'

Op maandagochtend krijg ik drie telefoontjes en even heb ik de indruk dat het storm loopt, alsof de mond-tot-mondreclame nu flink op gang begint te komen.

Mevrouw De Geer, tachtig jaar, worstelt met verdriet en eenzaamheid nu haar man is overleden. Ze is van harte welkom. Marieke van Voorst, studente geschiedenis, is geveld door liefdesverdriet. Ze vraagt of ik een studententarief hanteer. Ik geef haar het gratis advies op een rij te zetten waarom haar ex-vriend niet deugt.

Het derde telefoontje was van Claar, die vraagt hoe het met me gaat. 'Met mij gaat het trouwens heel goed,' zegt ze als ik halverwege mijn antwoord ben. 'Arnoud gaat me introduceren bij de ING Bank, omdat hij in me gelooft, zegt hij. Geweldig, toch? Ik kan hem wel zoenen!' Dat wil ik langzamerhand wel aannemen. Ik feliciteer haar.

Al met al moet ik constateren dat ik nog weinig aftrekposten heb opgebouwd. Niet zo ongeduldig, houd ik mezelf voor.

's Avonds om acht uur, ik zit net voor het journaal, wordt er aangebeld. Dezelfde bel als voor de praktijk, maar doorgetrokken naar mijn woonruimte. Veel spontane aanloop heb ik niet, ik ben meer een man van het telefoontje vooraf, zodat ik tijdig een passende gemoedstoestand aan kan trekken. Ik druk op de intercom. 'Dag, wie is daar?'

Een klein stemmetje. 'Ik ben het, Maja. Mag ik even boven komen?'

Ik heb een paar seconden nodig. 'We hebben morgen een afspraak, zo even uit het hoofd. Het is verstandig om het te houden bij onze afspraken, Maja.'

Nog steeds schuchter. 'Dat weet ik, sorry dat ik je lastigval, Joep. Normaal gesproken zou ik dit niet doen, maar ik had het gevoel dat ik geen kant op kon. Mag ik even boven komen?'

Wees op je hoede als iemand je zwakke plek raakt. 'Ik vind het heel vervelend voor je, maar ik wil je toch vragen om onze afspraak te respecteren. En o ja, ik vind je een sterke vrouw, Maja.' Dat laatste is natuurlijk een valse truc, maar therapie is een pragmatisch vak, waarbij het doel soms de middelen heiligt. Niettemin lieg ik niet, Maja de Ridder is ondanks haar kwetsbaarheid een sterke vrouw, is mijn overtuiging.

'Ik begrijp het,' zegt ze, nauwelijks te verstaan. 'Ik ben bang, Joep, Peter is door het dolle heen. Hij sloeg me omdat ik me te sexy kleedde. Gisteren omdat het juist niet sexy genoeg was. Ik weet het niet meer.'

Verdomde regels, stomme richtlijnen. Professionele attitude, sodemieter toch op. Soms zijn richtlijnen wreed, regels fataal, attitudes arrogant en de wet misdadig. Daar sta ik, met de hoorn in mijn hand. Joep Duvalier, softe, empathische psycholoog, meester in het schipperen. Mijn hand trilt.

'Tweede etage. Kijk uit, de loper ligt los.'

# 16

Ze ziet er weer prachtig uit. Smaakvol, elegant, rank. En ze komt op me af alsof ze me gaat zoenen. Vlak voor het zover is blijft ze staan, haar gezicht iets schuin omhoog, met een vage glimlach. Ze staat zo dichtbij dat ik haar adem in mijn hals voel. Ik doe voorzichtig een stapje achteruit, ik wil niet bot overkomen. Ze geeft me een hand, steviger dan ik van haar verwachtte.

'Dag Joep, fijn dat ik boven mocht komen. Ik voel me veilig bij je, ik heb het even nodig. Kun je je dat voorstellen?'

'Ik begrijp dat het thuis erg onveilig voor je is, Maja. Ga zitten, wil je koffie? Of iets anders?'

'Heb je wijn? Rode? Lekker.'

Ik schenk twee glazen in. 'Maja, het is goed dat je hier op je gemak bent, maar ik moet je zeggen dat dit geen oplossing is. Ik kan van mijn praktijk geen opvanghuis maken, dat moet je begrijpen. Wel kan ik je tijdens onze sessies helpen een beslissing te nemen om je situatie te veranderen.'

'Het helpt al dat ik hier zit.'

'Ik heb het over een structurele oplossing, Maja.'

'Mm. Lekkere wijn. Mijn hoofd staat niet naar formele en structurele dingen, ik ben nog aan het bijkomen van de ellende thuis. Begrijp je?'

'Maja, wat wil je toch van mij als hulpverlener? Je maakt het me lastig als je er voortdurend omheen draait.'

Ze kijkt verbaasd. 'Ik draai nergens omheen. Wat ik van jou verlang als hulpverlener? Ik wil dat je naar me luistert. Dat doet mijn man nooit. Ik wil dat je me serieus neemt. Dat doet mijn man nooit. Ik wil dat je me waardevol vindt, dat vindt mijn man niet. En misschien wil ik dat je me aantrekkelijk vindt, dat vindt mijn man ook niet. Daarom ben ik hier, en ik zou het fijn vinden als ik dat van je mag vragen. Ben ik nu wel duidelijk?'

Ja, ze is nu duidelijk. Maja zoekt veiligheid, warmte, genegenheid. Dat is begrijpelijk en legitiem, maar dat kan niet meer zijn dan een bijproduct van mijn hulp. De worsteling met haar wraakgevoelens en haar onveilige thuissituatie zie ik als de centrale thema's in mijn aanpak. 'Ik begrijp het. Geniet van je wijn, maar ik denk dat we morgen weer serieus aan het werk moeten gaan.'

'Ik ben nu ook serieus en je antwoordt niet.' Het komt er verdrietig uit, niet verwijtend.

'Wat wil je vragen, Maja?'

'Of je me waardevol vindt. Of je me aantrekkelijk vindt.'

Jezus, ze is bezig het laatste restje van mijn professionaliteit af te pulken; mijn attitude als therapeut wiebelt en wankelt. Als ze me die vragen in andere omstandigheden had gesteld, was ik… nee, ik zeg het niet, ik mag er niet aan denken. Hier is sprake van overdracht, en daarmee van een klassieke valkuil voor de therapeut.

'Joep?'

'Ja, ik moest even nadenken over wat je zei.'

'En?'

Zorgvuldig nu, neem je tijd. 'Natuurlijk ben je waardevol, Maja, en als iemand dat ontkent zegt dat meer over die ander dan over jou. En ik denk dat velen het erover eens zullen zijn dat je een aantrekkelijke vrouw bent. Goed?'

'Waarom doe je zo onpersoonlijk?'

Ja, dat is mijn reddingsboei, maar dat kan ik niet zeggen. 'Onpersoonlijk?'

'Ik vroeg wat jíj van me vindt, niet wat anderen misschien denken.'

Ik grijp een andere boei. 'Waarom vind je dat belangrijk? Wat denk je zelf, vind je jezelf waardevol en aantrekkelijk?'

'Je doet het weer, Joep. Je pakt het persoonlijke van me af. Ik vroeg naar jouw gevoel, ik bedoel oordeel.' Weer een boei die ze afpakt.

Maar ik heb er nog een. 'We moeten ons contact niet verwarren met een normale, persoonlijke relatie, Maja. Ik ben de psycholoog, jij mijn cliënt. Dat betekent dat ik me als jouw therapeut moet gedragen, in plaats van als je vriend.'

'Morgenmiddag, ja, om drie uur,' zegt ze zachtjes. 'Maar nu zitten we samen aan de wijn in je appartement. We hebben even pauze en ik geniet ervan. Is dat goed?'

De boei is lek, ik zink. 'Ja.'

'Vind je me aantrekkelijk en waardevol, Joep?'

'Ja, maar dat is…'

'Dat vind ik fijn om te horen, Joep. Erg fijn. Ik vind jou ook aantrekkelijk. En waardevol. Mag ik dat zeggen?'

Ademnood. 'Je mag alles zeggen.'

Ze glimlacht onbeschrijfelijk mooi, staat op, buigt zich naar me toe, geeft me een vluchtige kus en gaat weer zitten. 'Dat is lief van je.' Ik heb me niet bewogen.

Ze kijkt me aan, zwijgend, glimlachend. Het is niet gepast haar blik geheel te negeren, dus ik kom tot een poging tot een lachje, een grimas, vermoedelijk. Nooit heb ik me zo onbeholpen gevoeld.

'Je ziet er lief uit als je even geen psycholoog bent,' zegt Maja.

# 17

Ik ben naar de wc. Niet omdat ik moest plassen, maar vanwege snel opkomend blozen. Ze heeft me door, ze ziet het.

'Je bent een fijn mens, anders had je me nooit binnengelaten. Ik kan me voorstellen dat beginnende therapeuten dat niet zouden durven,' zei ze nog. Ze moest eens weten, maar volgens mij weet ze het.

Na mijn 'Och…' heb ik mij geëxcuseerd.

Als ik terugkom heb ik me enigszins hersteld. Bovendien merk ik dat de wijn naar behoren begint te functioneren: ik voel wat losheid intreden, alsof ik zonet het rigide deel van mezelf heb doorgetrokken. Lul, doe niet zo ingewikkeld, zo krampachtig, lach eens naar jezelf. Regels, voorschriften, niets is absoluut.

'Nog een laatste, alsjeblieft, dan ga ik. Je hebt je vrije tijd hard nodig, denk ik,' zegt ze.

Ik had net willen voorstellen de sessie te beëindigen, maar kan niet bedenken waarom twee wijn wel, maar drie niet mag. En inmiddels sta ik mezelf toe aan dit samenzijn enig plezier te beleven. Het is of er een zak aardappelen van mijn rug valt.

'Leuk appartement,' zegt Maja. 'Woon je hier al lang?'

'Twaalf jaar. Ik huur het van de benedenbuurman, een marktkoopman. Hij heeft nog een paar panden in de straat. Arie zit in de tassen, koffers en paraplu's.' Ik pauzeer kort. 'Wat voor man is jouw echtgenoot? Kun je iets over hem vertellen?'

'Ik doe net mijn best hem even te vergeten. Mag dat een andere keer?' Zonder mijn antwoord af te wachten: 'Ik was van plan vanavond de kroeg in te gaan en bij een kennis te blijven slapen. Dan kijk ik morgen hoe de vlag erbij hangt. Goeie kans dat hij tegen die tijd weer spijt heeft. Ken je Chez Dré?'

'Ik ben er weleens geweest.' Dré serveert een mooie steak, vandaar.

'Ga je mee?'

Ze overvalt me. 'Ik heb nog werk liggen.'

'Laten liggen. En als je bezorgd bent omdat je niet met je cliënte de kroeg in mag, dan heb ik daar respect voor. Aan de andere kant, ben je lid van een club die jou kan straffen of zo?'

'Nee.'

'Dan mag je toch je eigen regels stellen? Weet je wat? Ik trek me terug als cliënte, dan hoef jij je niet meer bezwaard te voelen.'

Ik kan niet nalaten te lachen. 'Je bent creatief, Maja.'

'Je weet niet half hoe creatief. Zullen we gaan?'

Ik sta versteld van mezelf. 'We gaan.'


Het trendy grand café ligt aan een klein plein met bankjes en een bronzen beeldje van een fluitspeler. Aan weerszijden van de brede deur zijn grote ramen met sierlijke lijsten en jugendstilfrutsels, ervoor is een bescheiden terras dat halfbezet is. Het publiek dat dit etablissement frequenteert wil graag gezien worden, wat zich uit in een zorgvuldig overwogen outfit, de juiste leeftijd, een tongval en taalgebruik die moeten bewijzen tot de kerngroep te behoren, en een sociale attitude doorspekt met verhuld flirten.

We zitten achter in de zaak, waar precies nog één tafeltje vrij was. Maja vertelt over haar verleden; ze werkte als binnenhuisarchitect voor een ontwerpbureau en liep marathons, wat ze niet meer kan vanwege een spier waarvan ik de naam niet verstond. Ook vroeg ze naar mijn achtergrond en liefhebberijen, waarbij ik wat heb geshopt in mijn voorraad anekdotes, zorgvuldig de meest gênante ervaringen vermijdend. Wel mocht ze weten dat ik 'uit de voeten kan' op de tennisbaan, en dat ik altijd Kraai ('Hé Kraai!') zei tegen Richard Krajicek. Hij zat bij mij op de basisschool. Ook een slippertje met een vrouwelijke hoogleraar tijdens mijn studietijd wist ze me te ontlokken. Ze vond het grappig dat ik een negen kreeg voor het bijvak 'Menselijke Betrekkingen'.

De sfeer is ingetogen maar gezellig. Maja is ontspannen en dringt zich niet op; ik geniet van haar gezelschap. Ze is onverwacht geestig: 'Toen ik twintig was, woonde ik op een veel te dure kamer, ik hield geen cent over. Ik dacht weleens: als ik eieren had dan zou ik eieren met spek eten, als ik spek had.' Het is onvoorstelbaar dat hier een vrouw zit die een paar uur geleden werd mishandeld. Ik houd het op veerkracht, een andere verklaring heb ik er niet voor.

Een uur later gaat er een alarm af in mijn hoofd die me waarschuwt voor de alcoholterrorist. Ik ken mezelf een beetje, eenmaal over een drempel ben ik in staat geweldige grappen te maken die verkeerd vallen, foute complimenten uit te delen ('Wat kleedt dat rokje mooi af'), verhoudingen uit het oog te verliezen (Freud en ik zijn het gewoon niet met elkaar eens), prestaties op te blazen ('Ik was de enige met een negen voor Menselijke Betrekkingen') en te struikelen over een opstapje. Hoe dan ook: bederf het niet, houd ik me voor, koester wat je hebt en verder geen flauwekul.

'Maja, ex-cliënt, ik vond het gezellig, maar ik stap op. Weet je zeker dat je bij die kennis van je terechtkunt?'

'Ja, dat is gelukkig geregeld. Moet je echt weg?'

'Morgen een drukke dag, zoals elke dinsdag, al valt er dus een uurtje uit.'

Ze legt een hand op mijn arm. Ik laat het toe, het voelt prettig.

Ze knijpt zachtjes. 'Ik heb er nog eens over nagedacht, maar ik geloof toch dat ik een therapeut nodig heb.' Maja kijkt me aan. Verdrietig, zou ik zeggen, niet in de geest van de avond. 'Joep? Alsjeblieft.'

Eén moment voel ik me belazerd, maar onmiddellijk besef ik dat als er iemand een persoon zit te belazeren, ik het zelf ben. 'Ik zal erover nadenken, Maja, maar onze afspraak van morgen gaat wat mij betreft niet door. Als je meent wat je zegt zouden we de zaak eventueel volgende week weer kunnen oppakken. We hebben er nog contact over. En nog iets: in noodgevallen kun je me bellen.'

'Dank je, Joep. Als je me in genade aanneemt zal ik mijn best doen, dat beloof ik.'

Ik knik en sta op.

'En Joep?'

'Ja?'

'Je had het eerder over een structurele oplossing waaraan ik moet werken.'

'Klopt.'

'Ik zou het fijn vinden als je me daarbij wilt helpen.'

'Mm.'

'Met een definitieve oplossing, Joep.'

Thuis realiseer ik me dat Maja me vanavond weer verschillende malen van mijn stuk heeft gebracht. Er was begrip en intimiteit, zonder dat het klef werd, en we hebben gelachen. Toen ik aanstalten maakte om te vertrekken, sprong ze op, sloeg haar armen om me heen en kuste ze me kort en zachtjes op mijn mond. Het lukte me niet haar te ontwijken, en ik heb daar misschien ook niet mijn best voor gedaan. Een gepaste kus, gezien de omstandigheden.

Of ze nu wel of niet mijn cliënt blijft, ik denk dat ik de morele plicht heb haar te helpen. Ik doezel weg.

'Een definitieve oplossing,' is het laatste dat mijn bewustzijn bereikt.

# 18

De rest van de week verloopt zonder spectaculaire wendingen. Er zijn een paar nieuwe aanvragen voor een gesprek, wat me hoopvol stemt. Als de groei in dit tempo doorzet, komt het allemaal goed met de kerndoelen en bonussen.

Er is een sessie met Tine Jansen, waarbij we onderzoeken waarom ze telkens tegen dezelfde relatieproblemen op loopt. Ik hoef weinig te doen, het is of ze zelf de weg kent naar de onthulling van de achtergronden. En ook mevrouw De Geer is een prettige cliënte. Ze is verdrietig, maar er is geen spoor van een vitale depressie. De prognose is zonder meer goed.

Twee keer eet ik bij Claar mijn lievelingsgerechten, tenslotte kook ik. Ze is opgewekt maar soms wat afwezig, zelfs tijdens het vrijen. Ik weet dat ze het druk heeft met haar studie en laat het gaan. Natuurlijk schiet het weleens door mijn hoofd dat professor Bi misschien een grotere rol in haar leven speelt dan ik wens te denken, maar als zij het niet de moeite vindt het erover te hebben, dan ik ook niet. We hebben afgesproken binnenkort 'iets leuks' te gaan doen. Dat spreken we wel vaker af, en daar blijft het dan bij. Het is een andere manier om te zeggen dat je het prettig hebt met elkaar en dat je er voorlopig mee door wilt.

Donderdagavond belde Maja. De Krom had zich dinsdag inderdaad uitgeput in excuses en beloofde haar voortaan als een prinses te behandelen. Dat lukte hem tot woensdag. 's Avonds had Maja een eetafspraak met een kennis, wat haar kwam te staan op het verwijt 'jij bent ook nooit thuis' en een asbak naar haar hoofd. De sfeer in huize De Krom blijft explosief. Toch klonk Maja beheerst en redelijk ontspannen. Ze vroeg of ik al had nagedacht over haar verzoek weer in de stoel te mogen plaatsnemen. Ik laat het haar na het weekend weten. Even moest ik terugdenken aan de kus die paste bij de situatie, warm en fris tegelijk. Ik heb de zaak nog steeds niet op een rijtje, maar ik ben er meer dan ooit van overtuigd dat ik haar niet aan haar lot mag overlaten. Of de oldtimerdag iets gaat opleveren weet ik niet, maar alles is beter dan wegkijken.

Het is vrijdagmiddag zes uur en ik zit in café Muskee, waar het multicultureel druk is met te hard lachende ambtenaren die mislukte projecten zitten goed te praten, studenten die leergierig het vrije weekend in gaan, Antilliaanse vrouwen van dertig en alweer jaren opnieuw vrijgezel, en ik, tobbende psycholoog met niettemin prima vooruitzichten.

Ik zit aan de kop van de bar, waar ik een goed overzicht heb.

'Ik heet El Niña,' zegt de mooie zwarte vrouw naast me. 'En jij?'

Mijn nachtrust is te kort, de wekker gaat af om kwart voor acht. Het duurt even voordat ik besef waarom ik hem heb gezet. Als ik me naar de douche sleep, ruik ik vaag de odeur van El Niña. Ze nam nogal pakkend afscheid van me, een halfuur na onze kennismaking. Ik heb nooit last van een ochtendhumeur, zelfs niet na korte nachten, dus glimlach ik tegen mezelf in de spiegel, ook al zie ik er gesloopt uit. 'Dag kanjer,' zeg ik. Het is altijd fijn als iemand op moeilijke momenten even een arm om je heen slaat.

We staan ingeschreven met startnummer 46, wat volgens de mail betekent dat we tegen halftien van start mogen.

Ik tref Diederik om negen uur bij trefcentrum 'Het Trefcentrum', waar de koffie en koek klaarstaan en allerlei antiek uitgedoste chauffeurs af en aan lopen; er is, hoor ik nu pas, een prijs uitgeloofd voor 'de origineelste combinatie van wagen en berijder(s)'. Misschien hadden Diederik en ik een stokbroodje en een tros knoflook mee moeten nemen, maar ik realiseer me onmiddellijk dat ik hier niet ben voor luchtig vermaak.

Donderdag heb ik me voorbereid met afbeeldingen op Google van de Alfa Romeo Giulia Sprint uit 1964, en dat blijkt een mooi gelijnde Italiaanse bolide die honderdtachtig kan. Ik loop rond op de parkeerplaats, maar nergens een Alfa Giulia Sprint 1964, wat te maken kan hebben met de starttijden. Peter de Krom haalde vorig jaar de toptien, misschien mochten die als eerste starten. Een tegenvaller, ik had de man van mijn cliënt graag nu al willen observeren. Dat moet dan maar later, ik stel me voor tijdens de gezamenlijke lunch, die plaats heeft in 'het sfeervol verbouwde monumentale gemaal' in een polder verderop. Ik oefen alvast met een formulering waarmee ik hem complimenteer met zijn bijzondere wagen, 'waarvan er vast nog maar weinig in Nederland zijn te vinden'. Ik heb geleerd dat als mannen met hun mannelijkheid worden gecomplimenteerd, ze dan toeschietelijk worden, en dat geldt zeker voor alfamannetjes.

Diederiks steun is hartverwarmend. Hij weet van mijn twijfels en probeert me uit de wind te houden. Zo ontfermt hij zich over organisatorische kwesties als het reglement, het routeboek, de betaling, het monteren van het startbewijs aan de bumper. Hij geeft me daarmee de ruimte om me zorgen te maken.

De straten rond het trefcentrum zijn dichtgeparkeerd met auto's uit mijn jeugd en ouder, van Amerikaanse jarenvijftigbakken en Engelse sportauto's tot akelige jarenzeventigwagens als de Opel Kadett en Ford Taunus. Daar wil een normaal mens niet in worden gezien, dacht ik, maar dat klopt dus niet. Nee, dan een roestige eend uit 1978 met open dak omdat dat niet goed meer dicht wil.

'We gaan,' zegt Diederik. 'Hier is de routebeschrijving.'

Ik pak het stapeltje papieren aan. 'Is het niet efficiënter om gewoon achter die andere auto's aan te rijden?'

'Goed plan. En hier heb je de vragen. Onderweg moet je vragen beantwoorden over de omgeving.'

'Eitje.'

Voor ons start een Jaguar. Oud, maar erg snel, we verliezen hem al na een kilometer uit het oog. Gelukkig zien we verderop een andere deelnemer rijden, een Trabant, een limousine die we moeiteloos bijhouden. Als hij na vijf minuten stopt zien we de bijrijder met papieren in de weer.

'De eerste vraag,' zegt Diederik. 'Je moet de eerste vraag beantwoorden.'

'Wat staat er op de spits van de kerktoren links van u?' lees ik voor.

'Er is geen kerktoren links,' zegt Diederik. 'Ook geen kerk, alleen een boom.'

'Dan is die Trabant verkeerd gereden. Die klungel kan niet eens kaartlezen.'

Even later besluiten we linea recta naar het gerestaureerde gemaal te rijden, om niet verder afhankelijk te zijn van de Oost-Duitser. In een koffiehuis om de hoek lezen we een uurtje de krant. Als we daarna het gemaal binnenwandelen blijken we de eersten te zijn.

'We hebben misschien niet alle vragen goed,' zegt Diederik, 'maar we zijn wel het snelst.'

Er komt een oudere heer aangewandeld die blijkens een soort ridderorde jurylid is. 'Zo, jullie zijn rapido!' roept hij uit. 'Vonden jullie het lastig? Vooral het middengedeelte hebben we dit jaar moeilijk gemaakt.'

'Och,' zeg ik, 'we moesten even op gang komen, maar daarna ging het soepel.'

'En die vraag over die componist?'

'Ik heb conservatorium gedaan,' zeg ik.

Even later vernemen we dat niet iedereen dezelfde routebeschrijving mee had gekregen, om volgen en afkijken te voorkomen.

Ik ben blij dat we de puzzelrit de puzzelrit hebben gelaten, want ik kan nu een strategische plek bij het raam uitzoeken om straks de auto's te zien arriveren. Als de eerste aan komt rijden zijn we inmiddels twee koppen koffie verder; kennelijk was de rit nog een hele toer. Het is een oude Volvo cabriolet, er stappen twee oude jongemannen uit met geruite tweedpetten op.

Ik voel de onrust weer toenemen, lang zal het niet duren voor ik de man ga zien die Maja heeft beschadigd. Misschien krijg ik de gelegenheid een woord met hem te wisselen zolang het nog rustig is.

Een voor een draaien ronkende klassiekers het parkeerterrein op, dat gaandeweg vol loopt met tonnen aan speelgoed. Later dan verwacht zie ik een auto die ik herken van Google, een rode Alfa Romeo Giulia Sprint. Het begint weer te bonzen vanbinnen, al weet ik niet zeker of dit hem is. Dat is ongetwijfeld op de startlijst te zien, maar die heb ik van de zenuwen in de eend laten liggen. Een moment later heb ik geen startlijst meer nodig. Er stapt een lachende en drukgebarende man uit met een blauwe sjaal, op hockeywijze geknoopt. Zijn bijrijder komt duidelijk uit dezelfde stal, een jongeman met een strakgesneden jasje over een spijkerbroek. Eronder dure bruine schoenen. Ze hebben er duidelijk lol in.

De Krom tikt met zijn wijsvinger op het papier in zijn hand en loopt met kwieke pas naar de ingang, in ongeveer net zo'n uniform als zijn maat. Alleen heeft hij shirtreclame: op de achterkant van zijn jasje staat 'Belvedère' geborduurd. Hij oogt vlot en vrolijk en ziet er niet uit als iemand die zijn vrouw in elkaar timmert. Als geen ander weet ik dat het niets zegt; mannen met een duistere en gewelddadige kant maken in het openbaar vaak juist een sociale en joviale indruk. Uitstekende acteurs, omdat ze uit noodzaak veel meer dan anderen hebben getraind om gunstig over te komen. Even later passeert hij me op een meter afstand. Ik overweeg hem onderuit te schoppen, maar merk opnieuw dat zoiets niet in mijn aard ligt.

Er zijn nu ongeveer dertig mannen en een enkele vrouw gearriveerd en de meesten staan als op een receptie met een glas in hun hand geanimeerd te praten, onderwijl de omgeving spottend, want er zit duidelijk veel bekend volk tussen. De enthousiaste haais en halloos zijn niet van de lucht, handen worden geschud, er wordt op schouders gehamerd.

Diederik zit verderop een broodje te kauwen met een vintage-dame die een hoedje met voile op heeft, een gaasje dat je tegenwoordig boerka zou noemen.

Peter de Krom staat met een glas rode wijn tegenover het Jaguarstel, zestigers die ik hun dure hobby gun; de vrouw loopt mank, de man heeft een akelig litteken op zijn schedel. Het is een beleefd en rustig gesprek. Dit is het moment, besluit ik. Ik kan de zaak uitstellen tot de slotborrel, beter is het nu te zaaien. Dus sta ik op, gespannen, maar boos genoeg om door te zetten. Zo verzeil ik niet per ongeluk naast de oudere vrouw die net om zich heen stond te kijken.

'Hallo. Jullie startten voor ons maar ik heb jullie niet meer terug gezien. Mooie Jag, trouwens.' Ik lach haar toe.

Ze lacht dankbaar terug, haar man kijkt opzij en ook De Krom werpt even een blik.

'Ja, een fijne auto. We doen al tien jaar mee. En u?'

Ik haal mijn schouders op. 'Dit is mijn debuut. We proberen de laatste plaats te ontlopen, wat nog niet mee zal vallen,' zeg ik naar waarheid.

Weer die blik van De Krom. Ontspannen, vriendelijk. Ik kijk terug.

'En u hebt die Alfa Romeo Giulia Sprint uit, laat me raden, 1965, ik zag u aan komen rijden. Mooie conditie, mijn complimenten. Knap geluid, ook.'

'Dank, u hebt er verstand van. Alfa is feitelijk nooit overtroffen qua wegligging, vandaar mijn liefde voor het merk. Hij is trouwens van vierenzestig, maar u zat er dichtbij. En zullen we dat vervelende "u" achterwege laten?' Glimlachend, toegankelijk, hand in de broekzak. 'Wat rij jij zelf?'

'Ik ben de navigator, maar mijn chauffeur heeft een stal vol moois. Het leek ons leuk om voor het contrast een oude Deux Chevaux te nemen.' Het kost moeite, maar het lukt me er een glimlach uit te persen.

'Juist ja.'

Het oudere echtpaar mompelt iets en loopt verder.

'Je doet vaker mee?' vraag ik.

'Jazeker, dit is al de zesde keer.'

'Ah, een man van tradities. Klopt dat?'

Hij kijkt me even met een onderzoekende blik aan, dan ontspant hij. 'Klopt helemaal. Mooie dingen moet je koesteren en onderhouden. Zoals mijn Alfa.'

Ja, en zoals je vrouw, lul. 'Wat je zegt, eh…'

Hij steekt zijn hand uit, een kleine, goedverzorgde hand die nooit heeft hoeven werken. Het is ongelofelijk dat dit de hand is…

'Peter de Krom, aangenaam.'

'Hallo, Pim Waterman.' Ik ga ervan uit dat hij geen weet heeft van mijn bestaan, maar ik wil geen risico nemen. 'Zoals gezegd, ik vind ook dat mooie dingen gekoesterd moeten worden, maar ik moet zeggen…'

'Sorry Pim, mijn vriendje staat te zwaaien. Ik moet hem even bijstaan bij de bar. We zien elkaar vast nog wel. Dag.'

'Bij de borrel, straks.'

Hij kijkt over zijn schouder. *'Who knows.'*

Ik wandel via het lopend buffet met een huzarensalade terug naar mijn observatiepost, me realiserend dat ik vrijwel niets wijzer ben geworden. Ik weet nu hoe zijn stem klinkt als hij beheerst praat, hoe zijn handen eruitzien, dat hij een vriendelijke man kan acteren. Maar verder? Aan de andere kant, wat had ik dan verwacht? Dat hij binnen twee minuten zou uitweiden over zijn duivelse trekjes?

Ondertussen smaakt de salade me niet. Mijn lijf is doortrokken van weerzin, waarschijnlijk omdat ik de klootzak een hand heb gegeven, een nogal hypocriet gebaar. Hypocriet voor het goede doel, houd ik me maar voor. Burgemeester in oorlogstijd.

Een halfuur later begint het ronken van de klassiekers opnieuw: op naar de volgende controlepost!

Ik heb De Krom drie glazen rode wijn achterover zien slaan, wat me enig vertrouwen geeft op een gezellig samenzijn, later in het trefcentrum. Maja's verslag van zijn drankgebruik was adequaat; ik vrees voor zijn Alfa Romeo Giulia Sprint.

Diederik heeft zich losgescheurd van zijn nieuwe vriendin en zegt dat we moeten gaan.

'Als het tweede deel even makkelijk is als het eerste, dan kunnen we rustig aan doen,' zeg ik.

Diederik loopt voor me uit naar zijn eend. Hij start de motor en draait het parkeerterrein af. Het trefcentrum is hooguit vijfentwintig kilometer verderop, we hebben alle tijd.

'Misschien is het goed als we de onderwegvragen nog even invullen,' zegt Diederik, 'dat is wel zo beleefd.'

'Je hebt gelijk. Even kijken. Wat stond er op die toren?'

'Een haan.'

'Hoe weet je dat?'

'Dat weet ik niet, maar het zal vast geen koe zijn,' zegt Diederik.

'Akkoord. Volgende vraag: Welke componist woonde tijdelijk in dit huis?'

'Welk huis?'

'Dit huis, staat er.'

Diederik toetert kort als hij een tractor inhaalt. 'Dat moet Willem Jan van Wateringen zijn.'

'Is dat een componist?'

'Geen idee, maar het zou goed kunnen.'

'Waarom denk je dat hij het was?'

'Het lijkt me sterk dat Beethoven in deze negorij heeft gewoond.'

'Zit wat in.' Ik noteer. 'We zouden het natuurlijk ook even kunnen opzoeken met de iPhone.'

'Ben je gek, nergens voor nodig.'

Zo lopen we de lijst door en komen tot de conclusie dat de opgaven nogal meevallen.

'Met een beetje doordenken, kom je een heel eind,' zegt Diederik. 'We zijn er trouwens.'

Opnieuw zijn we de eersten en onmiddellijk komt er een stralende dame op ons af. Ze heeft een badge op haar pronte linkerborst met 'jury', een gedurfde boodschap die me voor haar inneemt.

'Zo, jullie zijn snel! Kom binnen, jongens. Alle stempels van de controleposten op het formulier?'

'Het kan zijn dat we er een enkele hebben gemist,' antwoord ik.

'Geeft niks, hoor. Jullie zijn zo snel, daar krijg je ook bonuspunten voor. Waren de vragen moeilijk?'

'Neuh, dat had wel wat pittiger gemogen,' zegt Diederik.

'Nou, ik denk dat jullie hoge ogen gaan gooien,' zegt Eva Daalderop. Zo heet ze, dat staat op haar andere borst.

'Och, met een plek bij de eerste drie zijn we best tevreden,' zeg ik. 'Het gaat tenslotte om het meedoen. Goed georganiseerd, trouwens, complimenten. Was nog een hels karwei, lijkt me.' Ik bedoel het beleefd, maar in gezelschap van Diederik ontspoor ik weleens.

'We zijn er een halfjaar mee zoet geweest, maar daar zal ik jullie niet mee lastigvallen. Jullie zijn vast moe en toe aan een drankje. Ik zou zeggen, lauweren rusten en alles!'

Het wordt bier vandaag en ik neem me voor me van mijn bourgondische kant te laten zien. Ik maak de eerste soldaat, zucht diep en geef Diederik een klap op zijn schouder. Zijn gezelschap doet me goed, het haalt de scherpe rand van mijn missie af.

'Twee bier graag,' zeg ik tegen de studente achter de tap.

Na een halfuur heb ik bijna het gevoel dat we erbij horen, dat we hier zijn vanwege een onbenullige maar niettemin gezellige puzzelrit. Dat wordt versterkt door mevrouw Daalderop, die met een stapel papieren in haar hand op ons toe loopt.

'Er zijn wel wat foutjes ingeslopen,' zegt ze, wapperend met de vragenlijst.

'Weet u het zeker?' vraagt Diederik.

'Dat moet een misverstand zijn,' zeg ik. 'Ik schrijf wat slordig, waarschijnlijk is dat het.'

'Ik kon de helft inderdaad niet goed lezen. Weet u wat? Ik geef u het voordeel van de twijfel.' Ze bladert en noteert wat.

We zijn inmiddels niet meer alleen, ik zie veel rode koppen van de opwinding, het stemvolume neemt toe en de eerste bierglazen worden van tafeltjes gestoten. Sociaalpsychologisch is de situatie helder: iedereen wil zijn verhaal kwijt, maar er is niemand die luistert; andermans verhaal is volkomen oninteressant.

Twee uur later heeft het leeuwendeel van de deelnemers zijn saté op, een stuk in zijn kraag en begint het uitbundig afscheid nemen. De prijsuitreiking is achter de rug; Diederik en ik behaalden een keurige dertigste plaats, nog voor de Jaguar. Een groepje diehards staat bij de bar te gesticuleren; zoals verwacht is De Krom erbij, zijn sjaal nog altijd jongensachtig om zijn hals, een vaasje bier in zijn hand. Ik zie dat er regelmatig wat over de rand klotst.

Het afgelopen uur heb ik bedacht dat ik hem beter wil leren kennen, met name zijn zwakke kant, zijn achilleshiel. Zijn agressieregulatie.

Tijd voor actie.

# 19

Als ik naast het groepje een biertje heb besteld, kijk ik hem aan. Een moment kijkt hij weg, maar dan grijpt zijn geheugen in.

'Ha Wim! Jij bent er dus ook nog! Kom erbij, jongen. Mannen, dit is Wim eh…, je achternaam ben ik even kwijt.'

'Waterman,' zeg ik, kijk om me heen en schud de uitgestoken handen. 'En jij was toch Pieter, van de Alfa?'

'Peter, het is Peter, geeft niet, hoor. En, kwam je er een beetje uit? Het was vast even wennen, zo'n eerste keer. Had je die van de componist goed? Daar zijn veel mensen over gestruikeld, terwijl, als je even nadenkt, het heel eenvoudig was.'

Ik loop om het groepje heen en ga naast hem staan. Ik wil hem voor mezelf hebben. Alcohol heeft mijn zelfvertrouwen versterkt; graag zou ik de man een klap voor zijn muil geven, maar beter is het wat subtieler te werk te gaan.

Eerst nog even zaaien. 'Nee, die hadden we fout, we kwamen er niet uit.'

Hij lacht. 'Het was heel simpel, "dit huis", weet je nog? Het huis heette "Die Jahre", en dat is een stuk van Andreas Mangel. Mangel dus. Je had het ook op je BlackBerry kunnen opzoeken.'

'Mocht dat? Heb jij dat zo gedaan?'

'Nee, ik wist het gewoon. Mijn moeder was operazangeres en ze nam me altijd mee naar de repetities.'

Aha.

'Die klassieke stukken zijn er met de paplepel ingegoten.'

Zodoende. Tot kotsens toe, waarschijnlijk.

'Door je moeder,' zeg ik achteloos.

'Ja, door mijn moeder. Wat een mens, ik zou bijna zeggen: wat een wijf. Vrouw met ballen. Jongens, nog eentje? Kim, *five more, please.*'

'Je hebt je moeder hoog zitten, begrijp ik.'

'Ja, nee, ze had ook haar moeilijke kanten, maar *overall* heb ik haar dus wel altijd bewonderd, ja, dat mag ik wel zeggen.'

Ik knik geanimeerd. 'Interessant dat je dat zegt, zoiets heb ik ook. Met mijn moeder heb ik ook iets dubbels. Een fantastische vrouw, maar ze had ook een andere kant. Ze sloeg me regelmatig, bijvoorbeeld. Had jij dat ook?'

De Kroms gezicht betrekt, maar het lijkt of het gebeurt omdat het in deze situatie gepast is, niet vanwege een getriggerde emotie. 'Het gebeurde. Maar ik kon het begrijpen, het was meestal verdiend, vond ik. Sterker, ik had het vreemd gevonden als ze het niet had gedaan.' Hij kijkt voor zich uit en dan klaart zijn gezicht op, zoals je dat in een scenario zou schrijven. 'Maar wat zitten we hier in jezusnaam over onze moeders te zeiken! Ik ben tweede geworden en de Giulia heeft zich geweldig gehouden. Proost!'

'Gefeliciteerd, Peter. En dit moet de laatste maar zijn, thuis wacht er iemand op me.'

'Zo hoort het.' Hij geeft me lachend een stompje.

Ik kijk hem aan. 'Ze zeggen dat je met je moeder gaat trouwen, als je iemand hebt uitgezocht.'

'Is dat zo? Heb je dat gedaan?'

'Een beetje wel, ben ik bang. Net zo'n dominant type. En jij?'

Weer die onderzoekende blik, strakke kaken. 'Dat gaat je geen flikker aan, beste vriend. Maar ik wil wel kwijt dat ze slimmer is dan ik, mooier dan ik en als het moet, koppiger dan ik. Sterke vrouw, goeie keuze, dus.'

Ik weet niet waar ik mee bezig ben, maar ik pak nu door. 'Dus jij bent ook getrouwd met je moeder. Grappig. Neukt dat een beetje?'

De mannen naast ons zijn vertrokken, Diederik zit verderop aan een tafeltje te luisteren naar zijn nieuwe vriendin.

De Krom legt zijn hand op de bar, schudt traag zijn hoofd en kijkt me aan. 'Je bent dronken, vriend, zoiets vraag je niet.'

Hij houdt zich in, ik zie het, ik ruik het. Nog even doorzetten nu. 'Neem ik terug. Ik las laatst trouwens dat kinderen die geslagen zijn later ook hun handen niet thuis kunnen houden. Herken jij dat?' Ik kijk hem aan.

'Nee, godverdomme, dat herken ik niet, maar nog één zo'n opmerking en dan herken ik het misschien wel!' De Krom wijst naar mijn borst.

'Juist, ja. Heb je dat vaker, dat je agressief wordt na een paar biertjes? Lijkt me vervelend voor je gezinnetje.'

De Krom kijkt me woedend aan, klaar om uit te halen, schat ik in. Ik ben erop voorbereid en zal naar links wegduiken. Een primitief triomfgevoel rukt aan de bel. Kom maar, kom maar. Laat je maar zien, toe maar!

'Jezus, wat ben jij een gestoorde eikel,' zegt De Krom, zet zijn glas met een klap op de bar, draait zich om en loopt hoofdschuddend weg.

Ik kijk hem na terwijl schaampaars bezit van me neemt.

'Wat ben je stil,' zegt Diederik onderweg naar mijn huis. 'Ben je niet trots op onze dertigste plaats?'

'Ik denk na, man.'

'Dat wordt tijd. Je bent bezig met die vent van je cliënt, de man met de Alfa.'

'Zo is het.'

'Ben je er wat mee opgeschoten? Ik bedoel, ik vond het van het begin af aan een wat bizarre onderneming.'

'Ik ook.'

'Goed, ik zal je met rust laten. Mocht je nog behoefte hebben aan een bescheiden nazit, dan ben ik bereid mijn schaarse vrije tijd daarvoor op te offeren.'

'Je bent een ware vriend, Diederik.'

# 20

Het is bijna middernacht en ook een lange douche heeft de warboel in mijn kop niet verholpen. Ik zit in mijn luie stoel en staar naar buiten. Er rijdt een tram, bijna leeg; een ambulance scheurt voorbij, met zwaailichten en sirene, naar rechts. Een paar kilometer verderop woont Maja. Ze zijn dus op weg naar Maja, die in elkaar is geslagen door Peter de Krom, dronken van een puzzelborrel. En opgefokt, uitgedaagd en getergd door haar therapeut en vertrouweling, Duvalier, psycholoog. Ik merk dat de waanzin niet ver weg is en denk aan wijlen mijn vader, opgesloten in zijn hoofd en volkomen overtuigd van de consistentie van zijn wereldbeeld.

*Ophouden! Rustig! Kom terug!*

Ik haal diep adem en knik. 'Ja,' hoor ik mezelf zeggen. 'Klaar.'

Mijn schrikbeeld is onzinnig, er zijn duizend andere verklaringen. Vermoedelijk is De Krom bezopen in bed gerold. Maja zag de bui ongetwijfeld hangen en heeft de avond elders doorgebracht. Ik onderdruk de neiging haar mobiel te bellen.

Om de zaak uit mijn kop te krijgen is het nodig een paar conclusies te trekken, al zijn ze incompleet en op zijn minst vaag.

Wat was eigenlijk mijn doel? Wilde ik De Krom straffen? Een soort genoegdoening voor wat hij Maja heeft aangedaan? Ik verbeeld me dat ik hem wilde leren kennen. Daar houd ik het gemakshalve bij.

Ik heb geprobeerd hem uit de tent te lokken om te zien wanneer hij zijn zelfbeheersing zou verliezen. Dat is niet gebeurd, hij had zichzelf verbazend goed onder controle, zelfs met drank op. Dat betekent dat zijn geweldsuitbarstingen situationeel zijn bepaald, niet ongewoon bij mensen met een neiging tot psychopathie. Dat hij zich in de hand hield vormt geen enkele garantie dat hem dat ook lukt in andere omstandigheden. Bij Maja is hij kennelijk kwetsbaar en gaat het deksel eraf, onbelangrijke voorbijgangers krijgen dat niet voor elkaar.

Ik vond Peter de Krom geen prettige man. Niet authentiek, hij acteerde zijn emoties, en bovendien is hij een opschepper. Die eigenschappen, in combinatie met zijn gewelddadigheid kunnen duiden op een persoonlijkheidsstoornis die vrijwel onbehandelbaar is. Gelukkig ben ik niet zijn therapeut.

Dat ik hem niet mag komt ongetwijfeld ook omdat hij weigerde in te gaan op mijn provocaties, dat besef ik terdege. Het was een buitengewoon vernederende ervaring.

Mijn bemoeienis was niet professioneel, slecht overdacht en de uitvoering was tamelijk onbeholpen. Ik houd me voor dat de intentie goed was en dat passiviteit van mijn kant immoreel zou zijn geweest.

'En hier wil ik het graag bij laten, edelachtbare,' mompel ik.

Zondagmiddag om vijf uur heb ik met Claar afgesproken in een Ierse pub waar live traditionele muziek wordt gespeeld. Er wordt voluit meegezongen, waardoor een goed gesprek niet mogelijk is, waar we ook niet voor kwamen. Soms is sfeer, een blik van verstandhouding, een kneep in een dij, een beantwoorde lach en zwijgend weten dat het goed zit voldoende. Zo kun je uren plezierig doorbrengen, zonder het risico iets verkeerds te zeggen of gevraagd te worden diep na te denken over pijnlijke kwesties. Ik vermoed dat Claar net zo'n behoefte aan dergelijke momenten heeft als ik, we hebben er nooit over gepraat.

De Keltische zangeres kondigt een lied aan dat 'Gweynchilgogoffdwyln' heet, als ik me niet vergis.

'Ik ben moe,' liplees ik. Claar heeft vanmiddag in de sportschool haar roeirecord verbeterd, begreep ik, en dat hakt er kennelijk in.

We rekenen af en wandelen naar haar onderkomen, twee straten en een gracht verderop.

'Sorry, ik trok het niet meer,' zegt ze. 'Wil jij koken?'

Natuurlijk wil ik dat. Veel heeft ze niet in huis, maar met een stuk ontbijtkoek, een klodder appelstroop, een ons ontbijtspek en een blik bruine bonen komt er ten slotte een voedzame maaltijd op tafel. Acceptabel, maar geen feest. Claar vond het 'heel bijzonder, waar heb je dat vandaan?'

'Lieve Joep, ik ben een beetje gaar, maar heb zin in je,' zegt ze. 'Zullen we neukelen?'

Van Claar begrijp ik dat het om 'het nieuwe vrijen' gaat, 'neuken 2.0'. Het draait allemaal om speelsheid en teasen. De gedachte is gruwelijk, maar de kans is groot dat je ouders ook ooit geneukeld hebben, al heette het toen anders.

De vrijpartij verloopt een tikkeltje loom en is niet van Europees niveau. Claar is zwijgzaam, wat ze zelden is. Moe, concludeer ik.

'Lieve Joep, wat ik nu ga zeggen moet je niet verkeerd opvatten.'

Zo breng je geen goed nieuws. 'Ik zal het proberen.'

Ze pakt mijn hand. 'Ik heb een poosje ruimte nodig voor mezelf. Even afstand, begrijp je?'

'Nee.'

'Ik zal het proberen uit te leggen. Mijn studie vreet energie en aandacht. Arnoud is een hartelijke mentor, maar wil alles uit me halen, zegt hij. Dat neemt me behoorlijk in beslag. Ik ben heus gek op jou, maar ik kan het gewoon even niet aan. Misschien later wel weer. Snap je?'

'Nee.'

'Een poosje niks afspreken, even pauze, daar heb ik behoefte aan. Rust in mijn hoofd. Ben ik nu wel duidelijk?'

'Nee.'

'Dan is het jammer, beter kan ik het niet uitleggen.' Ze haalt haar schouders op en kijkt weg.

'Ben je verliefd op de prof?'

'Hoe kom je erbij! Doe niet zo bespottelijk. Arnoud is mijn begeleider, weet je nog?'

'Juist daarom, lieverd.' Natuurlijk weet ik dat ik aan mijn eigen dilemma's denk, een klassiek geval van projectie.

'Het is onzin, en stel dat het wel zo zou zijn, dan moet je me de ruimte geven om na te denken,' zegt ze raadselachtig.

'Ik begrijp het,' lieg ik.

'Fijn. Als er iets is kun je me altijd bellen. En als ik er weer aan toe ben zal ik jou bellen. Goed?'

Ik knik, voel me verweesd. Niet boos, maar uit het veld geslagen.

'Zullen we een laatste drinken?' Ze vraagt het lief, zachtjes, warm.

'Ik denk dat ik ga.'

'Misschien is dat beter, ja.'

Ik sta op, geef haar een vluchtige kus en loop naar de deur. '*Au revoir, mon amour.*'

Als ik op straat sta kijk ik naar boven. Claar staat voor het raam en doet een kushandje. Ik zwaai terug.

'Dag trut!' roep ik nog, niet al te hard.

## 21

Willem kijkt me blij aan, voor zover dat lukt met een geboetseerd hoofd. 'Joep, wat kan ik voor je betekenen?'

Ik ga zitten op mijn favoriete kruk, het is rustig in de tent. 'Veel, Willem.'

'Maar…'

'Ik ben op zoek naar warmte, hartelijkheid, vriendschap en een witte wijn.'

'So!'

'Ben jij getrouwd, Willem? Heb je iemand?'

Hij lacht. 'Ik heb een vriendin voor doordeweeks.'

'En in het weekend?'

'Dan heb ik weekend, ik word een dagje ouder, vriend.'

Willem heeft nu meer over zichzelf verteld dan in al die jaren dat ik hem ken.

'Hoe heet ze?'

'Trijn met een lange ij.'

'Wat een bijzondere achternaam.' Een zwakke poging mijn natuurlijke schalksheid terug te vinden, maar je moet ergens beginnen.

'Ho even, ze heet Bakker.'

'Aha. Wil je nog even bijschenken?'

Het gesprek doet me goed, Willem is voor een moment mijn beste vriend. Even heb ik overwogen me in melancholie te verliezen, dat zou gepast zijn als je net de bons hebt gekregen, maar zo beroerd voel ik me eigenlijk niet. Opluchting is een te groot woord, maar al snel na de fatale mededeling drong zich een besef van vrijheid op dat het ruim won van verdrietige oprispingen. Ik zal niet ontkennen dat ik er onderweg naar huis een traan heb uitgeperst, maar makkelijk ging het niet. Claar is absoluut een vrouw uit honderden en we hadden veel gelukkige momenten en neukelpret. Maar een vriendin voor de rest van mijn leven? Ik realiseer me dat ik weekends nodig heb, net als Willem.

Het is halftwaalf, er zitten alleen nog mensen om me heen die morgen uit mogen slapen. Dat zou een uitgelaten boel kunnen opleveren, maar de werkelijkheid is anders. Er is één klant die met zijn wijsvinger op het ritme van een soulnummer op de bar tikt, maar voor de rest heerst het levensleed. Geen vrolijk gekwebbel, maar neerslachtig geroezemoes en vijftigers die zwijgend naar hun glas zitten te staren. Ik kijk in de spiegel naast de glazenkast. Er staat iemand vlak achter me.

'Dag Joep,' fluistert ze. 'Jezus, je schrikt ervan, of niet?'

Nog te zacht uitgedrukt. 'Ik had je niet verwacht.'

'Ik was het ook niet van plan, ik wilde je met rust laten. Maar ik was in de buurt en, nou ja. Vind je het vervelend? Dan ga ik weer, hoor.'

Ik draai me om en leg mijn hand op de kruk naast me. 'Ga zitten, Maja.'

'Dank je.'

We bestellen wijn, glimlachen wat naar elkaar, zeggen af en toe wat, lachen soms even hardop om het contact te onderstrepen. Maja ziet er aantrekkelijk uit, speels maar gracieus. Trui, zwart rokje.

'Heb je al een beslissing genomen?' vraagt ze.

'Nee.'

'Ik wel. Het lijkt me verstandig om de therapie op een laag pitje te zetten. Dat maakt het voor jou wat makkelijker, heb ik bedacht. Ik had je nooit in zo'n moeilijke positie moeten brengen, het spijt me.' Ze klinkt oprecht, een moment raakt ze mijn hand aan.

'Het geeft niet. Ik maak me wel zorgen over je, je nam niet voor niets contact met me op. Je voelt een drang om wraak te nemen, om geweld te gebruiken. Hoe kijk je daar tegenaan?'

Ze haalt haar schouders op. 'Het helpt al als ik af en toe even met je kan praten. Ik ben dan dat gevoel van vernedering kwijt, de gedachte dat ik niks waard ben, ik denk dat dat het is.'

'Je wilde je dwanggedachten kwijt, Maja. Daar ging het om.'

Ze wenkt Willem en bestelt non-verbaal. 'Ik zal je wat vertellen, Joep.' Ze kijkt me aan, slikt, schiet vol. 'Het zijn, geloof ik, geen dwanggedachten meer en het heeft ook steeds minder met wraak te maken. Ik merk dat ik rustiger word, kil, bijna. Alsof ik een knop kan omzetten als ik in zijn buurt ben. Gisteravond kwam hij thuis van een of ander feest, ik geloof dat hij met vrienden een afspraak had om met hun oude auto's te gaan rijden, en hij was behoorlijk dronken. Ik was bang, maar minder dan anders. Sla maar, dacht ik, je raakt me niet, tenminste niet echt, begrijp je? Pijn went, paniek zakt als je gewend raakt aan angst.' Ze stopt met praten, kijkt naar haar hand om het glas.

Het spookt in mijn kop. Toch die ambulance, gisteravond? Moet ik… moet ik Maja vertellen dat ik De Krom heb opgezocht? Wat heb ik in godsnaam gedaan?

'Hij liet zich weer gaan, begrijp ik,' zeg ik.

Ze knikt. 'Peter was al kwaad toen hij thuiskwam. Er was kennelijk iets gebeurd op die borrel, ik weet het niet. In ieder geval zat hij zich op te winden omdat de ijskast leeg was, en omdat ik er als een slet uitzag. Vind jij dat ik er zo uitzie?'

'Nee,' zeg ik, en ik meen het.

'Hij ziet het zo omdat hij het wil zien, volgens mij. Hij zoekt een stok om mij te meppen. En dat deed hij dus, met zijn vlakke hand. Ik viel met mijn borst op de rand van de bank, volgens mij heb ik een gekneusde rib. Mijn oor en wang waren rood, zag ik later. Kun je het nog zien?' Ze draait haar linkerwang naar me toe.

Ik kijk.

'Dichterbij, doe maar.'

Ik kijk dichterbij. 'Het is hier te donker,' zeg ik, 'het is niet goed te zien. Wat beroerd voor je, hoe ging het verder?'

'Hij vloekte, gaf me nog een trap tegen mijn been en ging naar bed.'

Tot mijn eigen verbazing leg ik een hand op haar arm. 'Maja, dit moet stoppen. Het loopt uit de hand, je moet iets ondernemen, we hebben het er eerder over gehad. Over de mogelijkheden. Weggaan, aangifte doen bij de politie, we kunnen erover praten, als je wilt. Ik zal proberen je te helpen, maar je moet het wel zelf willen.'

Ze kijkt me aan, knikt, kijkt weer weg. Een traan, die ik intuïtief van haar wang veeg. Twee uur geleden zat ik naakt op mijn knieën over Claar gebogen, nu aai ik het gezicht van Maja. Ik ben helemaal geen man die binnen een paar uur een vrouw bevredigt en een tweede met een intiem gebaar troost.

Ik ben dus wel een man die binnen een paar uur een vrouw bevredigt en een tweede met een intiem gebaar troost.

Ik voel dat ik bloos, maar gelukkig maakt kaarslicht hier de dienst uit. Om de een of andere reden besluit ik mijn missie van gisteren voor me te houden, misschien uit gêne dat ik me ongevraagd met haar leven heb bemoeid. Het kan later alsnog als het zo uitkomt.

'Maja?'

'Sorry. Laten we het vanavond alsjeblieft over andere dingen hebben, ik wil er niet over nadenken. Ik doe de hele dag niets anders, nu neem ik even pauze. Bij jou.'

'Goed, ik zal het laten rusten. Ik heb nog wel een vraag.'

'Vraag maar.'

'Is je man ook weleens agressief tegen anderen?'

Ze denkt na, dan schudt ze langzaam haar hoofd. 'Hij wordt wel eens kwaad als hij te veel op heeft, maar ik heb hem nooit iemand zien slaan of zoiets. Ik ben er natuurlijk niet altijd bij, maar voor zover ik weet beheerst hij zich buitenshuis. Zijn vrienden en kennissen vinden hem een toffe gozer, altijd charmant en gezellig. Dat beeld koestert hij en dat gaat hij dus niet op het spel zetten.'

Maja's verhaal bevestigt mijn ervaringen van gisteren. Wel realiseer ik me dat er al de hele dag iets kietelt in mijn hersens: Peter de Krom is in staat zijn gewelddadigheid te onderdrukken, als het hem uitkomt. Ook als hij bezopen is. Waarom doet hij dat dan niet bij Maja? Kan hij het niet of wil hij het niet? Is Maja zijn uitlaatklep? Een compensatie voor al die keren dat hij zich in moest houden? Psycholoog of niet, mijn getheoretiseer is niet meer dan geleuter.

'Ik begrijp het,' zeg ik. Ik begrijp het dus niet. 'Je wilde het over andere dingen hebben, vertelde je. Waarover, bijvoorbeeld?'

Ze kijkt me glimlachend aan. 'Je vergeet dat je in het café zit, lieve Joep, probeer alsjeblieft vanavond geen therapeut te zijn. Gewoon Joep Duvalier, goed?'

Ze heeft gelijk, ik heb nog steeds mijn psychologenjas aan. Hij beschermt me. Een naakte Duvalier, met naast me een, zacht gezegd, betoverende Maja, is niet te vertrouwen, besef ik. Anderzijds: wat is dit voor gezeik? Claar studeert af op professor Bi, Maja zoekt Duvalier en Duvalier zelf is voor het moment even helemaal klaar met nadenken voor anderen. Als Maja Joep Duvalier wil zien, de echte, als ze hem als kroegtijger, schrijver en ex-student wil ontmoeten, vooruit. Ik wenk Willem. 'Morgen weer naar Trijn? Beetje uitgerust?'

'So!'

'Doe ons nog een slagje, als je wilt. Tenzij Maja…'

'Maja ook,' zegt ze. Ze legt haar hand op mijn schouder, een heel natuurlijk gebaar in mijn beleving, en een prettige ook, het helpt me mijn zorgvuldig opgebouwde maar inmiddels nutteloze barricades af te breken. Bovendien knijpt ze even, waarmee het schouderklopje wordt opgewaardeerd tot een lichamelijk signaal, een fysieke smiley, als het ware. Ooit hoorde ik van een vriend dat als een meisje knijpt, ze eigenlijk zegt dat ze het wil. Ik was zestien en vroeg: wat dan? 'Dat je dus dat je mag.' Barend was een jongen die veel van meisjes wist, maar, merkte ik later, meer kneep dan geknepen werd.

De hand ligt er nog steeds, al een seconde of vijftien, dit is meer dan een smiley, dit is een statement. Even trek ik mijn schouder op en raak Maja's hand aan met mijn wang, wat zij doet, durf ik ook. Ze laat mijn schouder los, gaat met haar vinger vluchtig langs mijn lippen, legt haar hand op haar schoot en glimlacht naar me.

Het overkomt me, het overvalt me nu ik het laat gaan. Duvalier, deze avond psycholoog in ruste, krijgt een erectie, een misvormde, vanwege ruimtegebrek onder strakke spijkerstof. Een halfuur blijven we nog hangen, terwijl er verschillende fysieke boodschappen worden uitgewisseld.

'Joep, het lijkt me fijn nog even met je te kletsen op een plek met minder mensen. Heb jij toevallig een idee?'

Ik knik. 'Amstelhotel? Ik weet niet of…'

'Geen hotel, waar zie je me voor aan! Ik bedoel een rustige omgeving hier in de buurt, met privacy.'

'Ah! Mijn oudtante woont hier om de hoek; ze is een rustige vrouw en erg gesteld op privacy. Ze is een schat, en doof, en ze…'

'Joep!'

'Laten we gaan. Dertig meter, twee trappen en dan nog vijf passen.'

'Klinkt spannend.'


Het is ook spannend.

Maja zit op mijn schoot, met haar gezicht naar me toe. Dat lukt haar alleen door haar benen te spreiden en haar rokje de ruimte te geven in de richting van haar middel. Of ik het nou wil zien of niet, haar slipje is wit en aan de krappe kant, haar dijen stevig, rank, perzik. Ze heeft haar handen in mijn nek gelegd en trekt me om de paar seconden zachtjes naar zich toe om me kleine, vluchtige kusjes te geven, terwijl ze er tegelijkertijd in slaagt uit te weiden over een verblijf in Thailand, details blijven niet hangen, met veel blauw-groen zeewater, ondergaande zonnen en massages. Vooral die massages dringen tot me door.

Het valt me op dat haar lippen vochtig zijn en blijven. Hoe doet ze dat? Het is met afstand de meest kuise gedachte die in me opkomt. Ze doet nu ook knoopjes los, geroutineerd met twee vingers, en duikt met haar hand onder mijn T-shirt. Ze kroelt niet, streelt niet, voelt niet, maar trekt een streep met haar wijsvinger vanaf mijn hals naar mijn navel. Daar kietelt ze even. Dan trekt ze haar hand terug. 'Massage,' hoor ik haar ver weg zeggen. Mijn onderlichaam is inmiddels bereid alle sleutels in te leveren en zijn lot in haar handen te leggen, zonder enig overleg met mijn hoofd. De muiterij wordt versterkt als Maja mijn hand pakt en op haar linkerborst legt, niet groot maar zeer aanwezig en zonder ondersteuning, merk ik nu pas. Ze helpt me, ze leidt me, maar langer dan tien seconden duurt het niet; een paar kussen op de palm van mijn hand voor ze hem teruggeeft. Een vage glimlach, ik verbeeld me blosjes te zien, *wishful thinking*.

Het kan me onmogelijk ontgaan dat Maja's slip door haar onnatuurlijke houding niet meer aan de eisen voldoet. Of Maja zich ervan bewust is weet ik niet, zowel gêne, naïviteit als speelse provocatie passen bij haar. Wat ik wel weet is dat ik in een staat van opwinding verkeer die ik nooit eerder heb bereikt, uitgezonderd misschien de keer dat ik als zeventienjarige suïcidaal verliefd was op mijn aardrijkskundelerares. Met andere woorden: op mijn veertigste dreig ik alsnog te ontploffen. Ik transpireer, Maja aait een druppel weg en lacht lief naar me. Ze kust me, nu voluit, lippen, lippen, tong, meer lippen, tong, zachtjes, minder zacht, dominant, dan weer terughoudend.

'De bank,' zeg ik met verdraaide stem. Mijn bank zit lekker, maar je kunt er ook prima op hangen, hurken, zelfs liggen.

Maja maakt zich voorzichtig los, geeft me een kus en gaat staan.

'Mooie bank,' zegt ze. 'Smaakvol.'

'Kom,' fluister ik.

Ze fatsoeneert haar kleren en glimlacht naar me. 'Het is laat, lieve Joep en ik heb morgenvroeg een afspraak. Ik vond het fijn om bij je te zijn, maar ik moet er nu echt vandoor. Dag!' Ze loopt naar de deur, kijkt nog een keer stralend om, zwaait en is weg.

Ik staar naar de deur en heb me zelden zo desolaat gevoeld.

# 22

Maandagochtend hebben zich twee nieuwe cliënten aangemeld. Een manager van vijfenveertig met, wat hij noemt, 'verslavingsproblematiek'. Hij zou graag worden begeleid bij zijn poging ervan af te komen, maar durfde zijn probleem niet aan de huisarts op te biechten. Tijdens mijn stage heb ik gewerkt in een ontwenningskliniek voor alcohol- en drugsverslaafden, dus deze klant is welkom. Op mijn vraag of het om drugs of drank gaat, zegt de man schoorvoetend: 'Seks.' Ik val even stil, maar realiseer me dat elke verslaving dezelfde structuur heeft, en de behandeling in grote lijnen hetzelfde patroon. We maken een afspraak.

Mijn tweede nieuwe cliënt is een vrouwelijke telg van een familie die een keten bezit van grote warenhuizen. Ze worstelt met pleinvrees en verscheidene andere angsten. Ik ben haar laatste kans, zegt ze, veel duurdere collega's hebben haar niet afdoende kunnen helpen. Intensieve gedragstherapie, lijkt me. Het is een uitdaging die ik graag aanga; ik ben er goed in. Volgende week gaan we van start.

Ik houd me een paar uur bezig met de aanmaak van elektronische dossiers, het bijwerken van mijn digitale en analoge agenda's en planborden, koffiedrinken, stofzuigen en het googelen van 'seksverslaving'. Niet dat ik verwacht daar expertise op te doen, maar om te zien hoe erover wordt bericht. Het is weinig verheffend wat ik tegenkom, al weet een slachtoffer zijn aandoening treffend te omschrijven als 'kettingrukken'.

Zo ben ik onledig met trivialiteiten, voornamelijk om maar niet aan de traumatische gebeurtenis van vannacht te hoeven denken.

Ik zit me de hele ochtend suf te piekeren of ik iets fout heb gedaan. Had ik niet op Maja's avances moeten ingaan? En waarom dan wel niet? Er was geen enkele reden voor schuldgevoel, en een buitensporig goede reden om me er vol in te gooien. Claar neemt pauze, ik noodgedwongen ook. Maak ik misbruik van Maja en haakte ze daarom af? Kom op, ze is geen kind van zeventien. Bovendien genoot ze volop van het spel, ze gaf zelfs de aftrap.

Natuurlijk weet ik dat ik al lang van haar gecharmeerd was, maar dat had ik, en ik constateer het niet zonder trots, goed onder controle. Nu niet meer, want het hoeft niet, ik mag meegaan, ingaan op Maja's uitnodiging. En het voelt overweldigend, licht, toch met gewicht, goed, zuiver, en vooruit, heftig, killing en adembenemend erotisch.

We gaan dat geen verliefdheid noemen, geen denken aan. Verliefdheid betekent ontsporing, paranoia, illusies, angst en intens verlangen. Daar herken ik me niet in, al komt het laatste kenmerk in de buurt. Wel wil ik toegeven dat het stormt, zowel in mijn kop als in de rest van mijn lijf.

Ik zit op de bank en begrijp het niet. Als ik ademhaal, ruik ik Maja. De stoel van gisteravond ruikt naar Maja. Alles ruikt naar Maja. Het onverwachte vertrek vannacht kan niet, mag niet.

Ik duik in mijn dossiers, maar kan me niet verschuilen.

Rond het middaguur maak ik een korte wandeling, ik wil afgeleid worden en me losrukken van wat obsessief dreigt te worden. Ik verzeil uiteindelijk in het parkje waar ik eerder inzicht en wijsheid heb gezocht en werd getroost door twee bevriende eenden. Ze zijn er nog altijd, en anders zijn het beesten die er verdomd veel op lijken. Nog steeds trekken ze zich niets aan van de intense emoties die op een paar meter van ze vandaan worden beleefd, wat eigenaardig genoeg verlichting geeft. Stel je niet aan, stralen ze uit, doe een beetje normaal, loop de zaak niet op te blazen.

Terwijl ik zit te kijken realiseer ik me dat ik in een draaikolk ben beland, en wel geheel vrijwillig. Het heeft alles te maken met cliënt

Maja de Ridder, die met haar elegantie en warmte nog steeds een mysterie voor me is. Wat ben je voor cliënt als je al na een paar sessies om onduidelijke redenen stopt? Waarom heeft ze nou eigenlijk mijn hulp ingeroepen? Ze lijkt verliefd, maar is het zo simpel? Waarom gaat ze niet gewoon weg bij die eikel van een echtgenoot? En als ze doodsbang is voor haar jaloerse man, waarom stort ze zich dan zo makkelijk in mijn armen?

Ik herinner me Claars vraag of Maja mogelijk een dubbele agenda heeft. Mij bekruipt de gedachte dat die vraag nog steeds actueel is, en vooral dat ik het antwoord niet weet. Maar als er al iets schuilgaat achter het gedrag van Maja, een verborgen motief, een geheel ander verhaal, vooruit, iets duisters, wat dan in vredesnaam? Als het niet is wat ik zie, wat zie ik dan niet?

Het laat me niet los. De vraag van Claar kan ik niet wegwuiven, omdat hij refereert aan iets wat ik al dagen probeer te bagatelliseren, weg te redeneren.

Twijfel. Een spoor van twijfel, meer is het niet, wetenschappelijk gezien volkomen flauwekul, maar niettemin. Twijfel is een nare aandoening. Als hij opduikt heeft hij de beroerde neiging uit te zaaien, is hij resistent tegen doortimmerde betogen en argumenten en blijkt hij in staat gezonde delen van de geest weg te vreten. Negeren is zelfbedrog en verergert de kwaal. Gezonde twijfel bestaat niet, wat er ook beweerd wordt.

Mijn twijfel spoort niet met wat ik voor Maja voel. Ik wil haar vertrouwen, serieus nemen, haar steunen en, natuurlijk, ik kan er niet omheen, met haar vrijen van hier tot Tokio, en liefst nog verder. Er zit niets anders op dan mijn twijfel te bestoken met twijfel over de zinnigheid van mijn twijfel.

Terwijl ik terug wandel overvalt me mijn verbijstering van vannacht; nooit werd ik in mijn leven zo perfect op het verkeerde been gezet. Dat zegt veel over mij: een paar honderd erotische avonturen maken me nog geen kenner. Tegelijkertijd vraag ik me af hoe Maja op het moment waarop een hemelse piekervaring zich aankondigde, haar beest terug het hok in kon sturen.

Niet te bevatten.

Onweerstaanbaar wordt wat je niet krijgt, vertel mij wat, ik heb ervoor geleerd.

Maja is onweerstaanbaar.

# 23

Het is goed dat ik vanmiddag twee afspraken heb. Het doet me goed me met mijn cliënten bezig te houden, ik zou bijna zeggen: het werkt therapeutisch. Maar tegen de avond vind ik dat ik wel een troostwijntje verdien en steek de straat over.

Het is rustig in café Muskee. Willem heeft een vrije dag, zijn plaats wordt ingenomen door Greet, een struise vijftiger met een knotje en een stem waarmee ze een mannelijke baspartij kan vertolken. Greet is weduwe en schroomt niet zich bij sluitingstijd over eenzame klanten te ontfermen; ze heeft gastvrije armen.

Tegen mijn natuur in maak ik praatjes met een paar gasten, het is niet verstandig me te laten terugzakken in het nutteloze geleuter van vanochtend. Zo verneem ik dat stuurman Koos net terug is van een trip naar Singapore waar hij de liefde van zijn leven vond; de betreffende vrouw dacht daar anders over. Anna, een studente die op Andries Knevel lijkt, vertelt over de hechtingen op haar voorhoofd. Ze had zichzelf verwond met haar tennisracket in een uiterste poging de bal te halen. 'En hij ging ook nog in het net,' voegde ze eraan toe. Ik heb haar getroost en een compliment gemaakt over haar topsportmentaliteit.

Zo verloopt borreltijd aangenaam ontspannen, waarbij ik mezelf enkele bonuswijntjes toesta vanwege een paar gehaalde targets. Tegen zevenen besluit ik uit eten te gaan, en wel ter plekke, waar ze een voortreffelijke klassieke bal serveren, met het traditionele houten vorkje en een mooie ketchup van Heinz.

Ja, ik merk ook dat naarmate de avond vordert mijn toon verandert, mijn blik op de wereld vrolijker en de grappen meliger worden, en mijn glimlach vanzelf gaat. Dat is de magie van het café-bezoek, je trekt een jas aan die lekker zit en niemand verraadt dat hij je niet staat.

Mijn telefoon gaat, het volkslied van Albanië als ringtone, ik kan het iedereen aanbevelen.

'Duvalier hier, nu volgt een keuzemenu. Toets één in als u…'

'Joep! Alsjeblieft, even geen geintjes.'

Ik ben terug in de echte wereld, ze klinkt paniekerig.

'Maja! Wat is er aan de hand?'

'Het is hier volledig uit de hand gelopen! Mag ik bij je langskomen?'

Altijd. 'Ik zit in Muskee, maar ga nu naar huis. Ik tref je daar. Wat is er gebeurd?'

Gehijg aan de andere kant. 'Hij is opgepakt.'


Een halfuur later belt ze aan.

Haar elegantie heeft ze niet verloren, maar Maja ziet eruit alsof ze een elektroshock heeft ondergaan. Haar haar zit door de war, de eyeliner bij haar rechteroog is de weg kwijt en ook haar kleding oogt ontspoord, al kan ik niet uitleggen waarom.

Ze valt me om de hals en houdt me minutenlang vast, zachtjes snikkend. Dan wordt ze rustiger en kijkt ze me aan. Ik veeg tranen van haar gezicht en glimlach.

'Je bent nu veilig,' zeg ik.

'Dat weet ik. Dank je, Joep, het betekent veel voor me dat ik naar je toe mocht komen.'

'Och.'

'Echt waar.'

'Wat is er precies gebeurd, Maja? Je man is opgepakt, vertelde je.'

Met horten en stoten, bijna fluisterend en begeleid door een laatste traan komt het verhaal eruit.

Peter de Krom kon zich weer eens niet beheersen toen hij vandaag van zijn werk thuiskwam, waarschijnlijk gefrustreerd omdat het slecht gaat met zijn bedrijf. Maja moest verantwoording afleggen voor haar regelmatige afwezigheid de laatste tijd en deed dat in zijn ogen niet afdoende. Het leidde tot een ruzie die zichzelf in stand hield en voedde. Toen het escaleerde begon De Krom te schreeuwen en te gooien met wat hem voorhanden kwam. Uiteindelijk kwam hij op Maja af en sloeg haar in het gezicht en stompte op haar lichaam. Het lukte haar soms hem te ontwijken, waardoor hij nog kwader werd. Pas na minuten kalmeerde hij enigszins. 'Hij werd moe, denk ik,' zegt ze.

Laffe klootzak.

Een halfuur later stopte er een politieauto voor de deur. 'U gaat mee naar het bureau,' zeiden de agenten. En dat was het.

Ik knik en houd Maja's hand vast.

'Jij hebt ze niet gebeld,' zeg ik.

'Nee, ik zou niet durven.'

'Heb je enig idee door wie ze zijn getipt?'

Ze schudt haar hoofd. 'Jij niet, neem ik aan.'

'Nee,' zeg ik. 'Dat heb ik je beloofd.'

'Misschien de buren. Of iemand die langsliep en iets zag of hoorde.'

'Mm. Het zou kunnen. Heb je al iets gehoord van de politie?'

Ze kijkt me aan, onzeker, angstig. 'Wat bedoel je?'

'Hoe lang ze hem vasthouden? Wat ze van plan zijn? Misschien belangstelling voor hoe het met je gaat?'

'Nee, nog niet.'

'Wat vreemd.'

'Hoezo?'

Ik geef een kus op haar hand. 'Enige aandacht voor het slachtoffer, uitleg aan het slachtoffer, dat zou je toch mogen verwachten van de politie.'

'Misschien wel, ja. Het kan zijn dat ze inmiddels hebben gebeld.'

Mogelijk. Intussen hoop ik dat De Krom nog een poosje in de cel blijft en Maja de kans krijgt, vrij van zijn terreur, over haar situatie na te denken. In feite wil ik dat ze De Krom een jaar of twintig vasthouden, en dat bedoel ik geheel onbaatzuchtig, al zijn er secundaire voordelen te bedenken.

'Je moet ze bellen, Maja. Vragen hoe het verder gaat, dan kun je daar rekening mee houden.'

Ze kruipt tegen me aan. 'Daar heb ik helemaal geen zin in. Ik wil nergens rekening mee houden, wil er helemaal niet over nadenken. Raak me aan, alsjeblieft.'

Ik streel haar hand. 'Het is echt beter als je het doet. Ik wil wel voor je bellen, maar ik denk niet dat ze mij wat vertellen.'

Ze maakt zich los, voor het eerst zie ik een spoor van irritatie. 'Goed dan. Geef me je telefoon, de mijne is leeg. Wat is het nummer van de politie?'

Ik zoek het op en geef haar mijn mobiel. Daarna loopt ze naar het raam. Ik zie haar niet praten, ze kijkt naar buiten. Ik hoor haar, maar versta haar niet; ze praat zachtjes. Na een paar minuten, ze knikt vaak en spreidt soms een arm bij een vraag, loopt ze naar me toe.

Ze kijkt me aan en schudt langzaam haar hoofd. Ik verbeeld me dat de hand met de telefoon trilt.

'Wat is er, Maja?'

Ze fluistert. 'Ik snap het niet. Ze hebben hem laten gaan. Hij is verhoord en ze hebben hem weer laten gaan, verdomme.'

'Mm. Rot.' Dat is alles waar ik na zeven jaar studie psychologie toe in staat ben.

Ik geef haar een glas wijn en na een paar minuten nog een. Ik drink mee, in dezelfde cadans. Als woorden tekortschieten is alcoholisch zwijgen een aanvaardbaar alternatief.

De rouwfase duurt een kwartier.


'Mag ik vannacht hier blijven?' vraagt ze. 'Ik vind het moeilijk om in een huis te slapen waarin ik net ben afgetuigd.'

'Ja, natuurlijk. Je hebt een omgeving nodig waar je je veilig voelt.'

Ze lacht weer, ze ontspant. 'Ik heb Joep Duvalier nodig, mag dat ook?' Ze kust me op mijn wang.

Er sluipt nu langzaam weer onrust in mijn lijf, die zich concentreert rond de vraag of ik haar mijn bank moet aanbieden, daar zelf ga slapen of dat ik Maja ruimhartig voor een plek in mijn tweepersoonsbed moet uitnodigen. Voor ik een besluit heb genomen, nestelt ze zich tegen me aan; ik krijg een kus in mijn hals en een hand op mijn dij. Ze streelt met twee vingers, even later wandelt ze met twee vingers. Ik heb mijn ogen dicht en probeer aan volle vuilnisbakken te denken.

'Lieve Joep,' zegt ze zachtjes, 'vorige week zei je: dit moet stoppen. Dat is me bijgebleven. Je vertelde dat je me wilde helpen een eind aan het probleem te maken. Is dat nog steeds zo?'

'Natuurlijk,' fluister ik.

Ze wandelt verder met haar vingers. *All the way?*

# 24

Ik word om acht uur wakker op de bank en heb iets krankzinnigs toegezegd vlak nadat Maja mij vannacht haar blauwe plekken liet zien en kort voor haar moedige besluit ze een halfuur te negeren. Op haar ribben, juist onder haar goddelijke linkerborst, en op haar ranke rechterschouder had een barbaar cultuurgoed beschadigd dat een plaats op de Werelderfgoedlijst verdient. Blauwe plekken. Alles van waarde blijkt opnieuw weerloos.

Uren geleden heb ik iets beloofd dat op dat moment heel redelijk klonk, maar ik besef dat ik nauwelijks in staat was nuchter na te denken. Natuurlijk speelt een alcoholresidu en jeukend testosteron me nog steeds parten, maar de controle is goeddeels terug. En nu vraag ik me af waar ik in godsnaam in verzeild ben geraakt.

Op zichzelf is Maja's verzoek niet vreemd en gemakkelijk uitvoerbaar. Of ik De Krom volgende week wil bellen met het verhaal dat ik hem moet spreken over een zakelijke kwestie. Dat ik misschien een oplossing heb voor zijn liquiditeitsprobleem. En nee, dat ik dat niet telefonisch kan bespreken, je weet nooit wie er meeluistert. En dan maak ik een afspraak met De Krom, op een neutrale plek. 'Bijvoorbeeld op de parkeerplaats van Paviljoen De Kaap, zo'n plek zoeken ze vaak uit, die vastgoedjongens. Peter spreekt op de gekste plekken af.'

En dan kom ik niet opdagen.

Eenvoudig. Peter de Krom bij De Kaap, wachtend op zijn contact, ik in gesprek met mevrouw De Geer, 80 jr., rouwverwerking.

Maja heeft eindelijk besloten het echtelijk huis te verlaten, en heeft tijd nodig haar spullen te pakken. Zodoende.

'Maar hij zit toch op zijn werk? Dan heb je toch genoeg tijd?'

'Hij werkt momenteel thuis.'

Tja.

Vannacht ging ik, om redenen waaraan ik niet herinnerd wil worden, mee in de redelijkheid van het verzoek. Nu zit ik te denken aan een B-thriller uit de jaren tachtig, titel ben ik kwijt, waarin het liefje van de onweerstaanbare maar duivelse hoofdrolspeelster... ik ben zelfs de plot vergeten. Volstrekt improductieve gedachten, natuurlijk.

Maja wil tijd en ruimte om haar vertrek te regelen. Alleszins begrijpelijk. Het is goed dat ze eindelijk een besluit heeft genomen en ik moet haar daarin steunen. Zoals ik haar in alles wil steunen.

Nou ja, in bijna alles.

Ik zal De Krom volgende week bellen.


Het ontbijt dat ik kan serveren is mager, net als Maja's stemming. Er is een combinatie van aanhankelijkheid, neerslachtigheid en onbereikbaarheid die ik niet kan plaatsen. Ik zeg haar dat.

'Sorry, er is te veel gebeurd, denk ik. Je was lief, vannacht. En fijn dat je me wilt helpen met... met...'

'Is goed.'

Tien minuten later vertrekt ze, zonder te zeggen waarheen en na niet meer dan een vluchtige kus. Ik kan mezelf niet betrappen op een opgeruimd gemoed en besluit naar de supermarkt te wandelen om er wat onnut non-food aan te schaffen, waxinelichtjes of aanmaakblokjes, een onderneming die me in het verleden verlichting gaf in tijden van verwarring, een interessant psychologisch fenomeen dat nader onderzoek verdient.

Maar de winkel, toch niet meer dan een paar honderd meter van mijn huis, haal ik niet. Net om de hoek stopt er een auto naast me en schrik ik me een bijkans terminale aha-erlebnis.

Een zwarte BMW.

Er stapt een vent uit die me strak aankijkt. Ik zie alleen een snor en een kop met zwart haar, andere kenmerken ontgaan me. Ik wil versnellen.

'Hé!'

Doorlopen is kennelijk niet de bedoeling en ik besluit te proberen dit kennelijke misverstand op beleefde wijze op te lossen. 'Bedoelt u mij?'

'Ja, jij. Jij gaat nu instappen.'

'Pardon?'

'Je hoort me wel. Ik kan mijn vriend vragen je even te helpen.'

Dit gebeurt niet in het echt. Ik merk dat ik er giechelig van word, volslagen inadequaat gedrag.

'Ik ben op weg naar de supermarkt, meneer. Dat stukje loop ik wel. Bedankt voor het aanbod. Goedemorgen.'

Ik kom net één meter verder. De man grijpt me bij mijn arm met een kracht die je alleen bij een Kaukasische olieworstelaar verwacht. Nu ik hem bekijk vind ik dat een treffende typering. Fysiek gezien maak ik geen schijn van kans aan zijn armklem te ontkomen, maar misschien kan ik verbaal nog iets redden; de man lijkt me geen hoogopgeleide eloquente medelander.

'U vergist zich, meneer, daar heb ik alle begrip voor. Laatst zwaaide ik naar de dochter van een vriend, dacht ik, maar later ontdekte ik dat ik haar kende omdat ze achter de kassa…'

'Duvalier?'

Geen vergissing. De grond wiebelt. 'Mag ik u vragen…'

'Instappen.' Hij kneep daarnet nog maar op halve kracht, onderga ik nu.

'U moet wel met een goede reden komen om…' Ik krijg een tik tegen mijn achterhoofd en neem overtuigd van zijn gelijk plaats op de achterbank. Naast me zit een blonde man die me niet aankijkt. Hij ziet er afgetraind uit, type Finse speerwerper.

Voorin zit de worstelaar, naast hem een zwaarbeboste man in houthakkershemd. Langzaam dringt tot me door dat dit geen film is, geen grap en geen verborgen camera. Angst begint in het holst van je kop, trekt door naar de cortex en daarna begrijpt ook het lijf wat er aan de hand is, te beginnen met de darmen, en gevolgd door de blaas. Daarna komen het hart en de longen. Zo heb ik dat geleerd en het klopt. Na drie minuten, we rijden vanwege mijn black-out op onbekend terrein, kom ik enigszins tot bewustzijn. Je bent psycholoog, Duvalier. Je bent psycholoog, zeg ik tegen mezelf, een mantra zoekend. Lul je eruit!

Ik weet niet waaruit.

'Wat is de bedoeling? Waar gaan we heen?' vraag ik aan de Fin.

Hij verstaat alleen Fins, geeft althans geen antwoord.

*'Can you please give me an explanation for this?'* probeer ik. Ik spreek geen Fins.

Hij geen Engels, hij kijkt niet eens opzij. Wel pakt hij na tien minuten een plastic zak ergens vandaan, draait zich naar me toe en trekt die voor ik kan reageren over mijn hoofd. Het laatste wat ik zag waren de ogen van de man. Gewone, vriendelijke blauwe ogen die je de vriend van je dochter zou toewensen.

Ik mag niet zien waar we heen rijden. In zekere zin is dat gerust-stellend, ze willen voorkomen dat ik later kan navertellen waar ze me heen brengen. Dat kunnen ze ook op een definitieve manier doen, maar het gaat hier kennelijk om fatsoenlijke klootzakken.

Waarschijnlijk is het het verstandigst als ik nu stil blijf zitten om geschoren te worden, niet te provoceren, te hopen op een goede af-loop en al het moois te overdenken dat me in mijn leven is overko-men. Maar de mens is geen rationeel wezen en zeker niet in tijden van paniek. En zo begin ik te praten, zomaar, alsof iemand me heeft aangezet, mogelijk vanuit de ijdele hoop dat ik de loop der dingen kan veranderen, of, waarschijnlijker, vanuit de basale drang de bui-tenwereld vooral buiten te houden. Hier slaat de regressie toe: oren dicht en zoemen noemden we dat als kind.

'U kunt deze zak gerust weghalen omdat ik niet de minste nei-ging heb ook maar iets over dit voorval door te vertellen, ik bedoel: waarom zou ik dat doen? Ik heb daar geen belang bij; bovendien werk ik graag mee, zoals u al hebt kunnen constateren en, weet u, ik ben niet vies van een avontuurtje hier of daar en wat ik tot nu toe meemaak is puur avontuur, feitelijk, en het rijmt ook nog, wat ik wil zeggen is dat ik graag even met jullie kennismaak, zodat we we-ten met wie we het waarover hebben en we kunnen nu we onder-weg zijn, fijne wagen trouwens, zes cilinders gok ik, kunnen we een goed gesprek voeren over bijvoorbeeld dat God er voor iedereen is, maar ik zou hem evengoed Allah willen noemen en durven beweren dat Allah groot is en iedereen helpt die hem goedgezind is, en dat ik dan aan jullie denk, maar ook aan mezelf.' Hier moet ik pauzeren omdat ik het benauwd krijg in die rotzak. Ik probeer met mijn rechterhand het ding wat omhoog te sjorren, maar dat is niet de bedoeling. De Fin trekt hem keihard weer naar beneden.

Het geleuter brengt enige rust, het laat me geen ruimte te fantaseren over wat er met me gaat gebeuren.

'Dus kan ik met jullie daar voorin misschien even delen wat er in de Koran voor prachtige passages staan over het omgaan met de medemens, ik ben daar zeer van onder de indruk, dat je respect voor elkaar moet hebben, dat spreekt me erg aan, net als wat er gezegd wordt over gastvrijheid, kolossaal, waren we allemaal maar zo en dat je onbekenden moet ontvangen als waren ze je vrienden, zo gezien ben ik dus een soort vriend en daar ben ik blij mee, want vrienden heb je nooit genoeg, wat jullie?' Ik weet niet eens of ik te verstaan ben, maar dat doet er niet toe. Ook realiseer ik me dat ik vooral laffe babbels verkoop en ook dat maakt niet uit. Ik las ooit dat wil je als krijgsgevangene de oorlog overleven, je vooral de vijandelijke vlag moet groeten en stoere praatjes moet inslikken.

We rijden al een poosje rechtdoor en met een flinke snelheid, lijkt het, dus we hebben de stad verlaten. Ik ben niet benieuwd waar we heen gaan.

'Dus bij dezen, heren, lijkt het me goed onszelf even voor te stellen en misschien wat raakpunten en overlaps te ontdekken waar we het over kunnen hebben, waardoor we dichter…'

'Als je nou je kop niet houdt gaat er tape over je smoel.' Dat moet de worstelaar zijn.

'Helemaal mee eens, ik word ook weleens moe van mezelf. Is het trouwens nog ver? Ik heb, ja, dat fietst misschien door jullie plannen heen, vanmiddag om drie uur nog wel een afspraak. Mag ik jullie vragen me tegen die tijd weer thuis af te zetten? Ach, jullie zijn met z'n drieën, er schiet vast wel iemand over die me even terugbrengt. Ik heb er trouwens geen probleem mee als we even stoppen bij een wegrestaurant, een schnitzeltje gaat er wel in; kan ik jullie wat aanbieden? Gebakken scholletje? Gehaktballetje halal?' Ik ga nu te ver, ik raak ontremd. 'Ik bedoel dus…'

'Plak hem af, Heinz.'

Geen Fin dus. Ik hoor een geluid dat ik herken uit mijn klusverleden en de zak wordt iets omhoog getrokken. Ik zie twee handen met daartussen die ellendig degelijke grijze tape. Als ik die over mijn mond krijg, stik ik, realiseer ik me.

'Niet nodig, mannen, ik stop vrijwillig ons gesprek; soms moet je weten wanneer het beter is om te zwijgen en dat moment is er nu, goed dat je het even aangeeft eh…'

'Heinz!'

Ik verzet me halfslachtig door nee te schudden waardoor Heinz moet gokken wanneer hij zijn punt wil zetten. Daardoor komt het zaakje op mijn wang terecht. Als hij hem lostrekt word ik geharst. Zijn tweede poging is wel raak, maar het lukt me een vinger mee te laten tapen, waardoor er een luchtgat resteert. Omdat een deel van mijn neus nu ook dicht zit is het of ik adem door een snorkel. Ik gorgel en accepteer mijn lot, zoemen is zinloos. Laat het snel en pijnloos zijn.

Onverwacht snel remt de auto af en stopt. Er gaan portieren open en ik word naar buiten getrokken.

'Prfol be komp e afstras,' probeer ik, maar ze laten het tape zitten.

Ik word aan beide armen vastgehouden terwijl we lopen. Achter mij trekt de auto op. Twee keer struikel ik over iets dat een stoeprand of een drempel kan zijn. Even later merk ik dat we een ruimte zijn binnengegaan, onze voetstappen resoneren tegen muren. Een gang, schat ik. Daarna een lift die er flink de sokken in zet. Na een volgende gang blijven we staan. Een klop op een deur die vervolgens geopend wordt. Drie stappen later wordt de zak van mijn hoofd getrokken en de tape van mijn mond. Ik denk dat mijn lippen nu gefileerd zijn maar ben vooral blij dat ik weer normaal kan ademen.

Ik bevind me in een ruime kamer. Er hangt niets aan de muren, er zijn geen ramen, er is geen enkele aanwijzing waar ik ben of wat voor een gebouw dit is. Wel staat er een bureau met een stoel erachter. In die stoel zit een man.

'Kom maar iets dichterbij, Duvalier, mijn ogen zijn niet zo best.'

Ik doe een stap naar voren. De man oogt niet onvriendelijk, wat strijdig is met al het voorgaande. Hij is slank, zit strak in het pak, heeft kort grijs, goed verzorgd haar, dure bril. Ik schat hem op een jaar of vijftig.

'U had me ook gewoon kunnen uitnodigen voor een gesprekje, meneer… meneer…?'

Hij negeert mijn opmerking. 'U gaat heel goed naar me luisteren, Duvalier. In uw eigen belang. Ik raad u verder aan uw mond dicht te houden anders zijn we genoodzaakt daar zelf voor te zorgen. Duidelijk?'

Ik knik.

'Mooi.'

'Toch lijkt het me niet onredelijk te vragen waar deze poppenkast op slaat. U had ook gewoon bij me kunnen aanbel…'

De man zucht. 'Duvalier, u bent hardhorend. Laatste waarschuwing.'

De niet-Finse speerwerper en de Kaukasiër staan aan weerszijden van de deur. Ze stralen niets uit, behalve misschien dat ze gapend iemand de strot kunnen doorsnijden.

Ik steek mijn handen afwerend omhoog. 'Goed. Begrepen.'

De man bladert in iets dat op een dossier lijkt. 'U bent psycholoog.' Hij kijkt me aan.

Ik kijk terug. Dit tafereel duurt even en er komt, ondanks mijn beroerde situatie, weer iets giecheligs opborrelen. De man blijft kijken en ik ook. Ik win uiteindelijk als hij weer gaat bladeren.

'Het is de bedoeling dat u antwoord geeft als ik een vraag stel.' Hij kijkt weer.

'Het leek me verstandig mijn mond te houden, gezien uw dreigement van daarnet. Bovendien vroeg u niets, u constateerde een feit. Maar ik ben ten volle bereid de afspraken over dit gesprek weer aan te passen, meneer…?'

De man kan spectaculair zuchten. 'U bent er nog steeds niet van doordrongen dat u een probleem hebt, meneer Duvalier. Ik kan u verzekeren: een groot probleem. Ik raad u aan niet de wiseguy uit te hangen.'

'Ik…'

'U bent dus psycholoog.' Hij doet weer of hij bladert. 'U hebt sinds kort een jonge cliënte in behandeling, begrijp ik. Zelfs meer dan dat, u ontmoet haar geregeld buiten de sessies om.'

Jezus, wie is dit? Wat is dit?

'Wat ik u nu ga zeggen moet u zeer serieus nemen. Bemoeit u zich er niet mee, Duvalier.'

'Sorry, ik ben even de weg kwijt. Waarmee?'

'Maja de Ridder.'

'Pardon?'

'U verstond me wel.'

Natuurlijk wist ik wie hij bedoelde. Waar gaat dit over? De psychotherapiepolitie? Heeft die een geheime dienst? 'Als u bedoelt dat ik voorzichtig moet zijn met privécontacten met cliënten geef ik u helemaal gelijk. Sta ik achter. Maar u moet weten dat mevrouw De Ridder al enige tijd…'

Ik schrik me rot als de man met zijn vlakke hand hard op het bureau slaat.

'Duvalier! Het interesseert me geen ruk of je je cliënten naait! Vooral doen! Dit is de boodschap, en onthoud die. Vergeet Maja de Ridder, bemoei je niet met haar.'

'Maar…'

De man zucht en schudt zijn hoofd. 'Dit is veel groter dan u denkt, Duvalier. En mocht u fantaseren dat u slimmer bent dan wij, vergeet het. We zien alles. Een welgemeend advies: houd u aan de afspraak. U bent vast een aardige vent, maar gedraag u niet als een irritante vlieg. Denk overigens niet dat we ordinaire methoden gebruiken om ons doel te bereiken. We hebben een keurige afdeling, gespecialiseerd in ongelukken. Heinz, breng hem terug.'

# 25

Ik ben ruim op tijd thuis voor mijn middagafspraak, maar ik bel af. Te beweren dat ik inmiddels lijd aan een posttraumatisch stresssyndroom is overdreven, maar bedreiging met een aanslag hakt er wel zodanig in dat ik zelf een kortdurende therapie kan gebruiken. Ik consulteer Dr. Chablis, een ijskoude maar geduldige hulpverlener.

Ik zou nu alles op een rij moeten zetten, een analyse moeten maken van het voorval, hypothesen ontwikkelen over de achtergrond, stappen bedenken die ik zal moeten nemen, maar mijn geest verkeert in staat van shock. Het lukt me niet een gedachte normaal af te ronden of de gebeurtenissen rustig te overdenken, mijn brein is een flipperkast met een onnavolgbare bal die er niet uit wil.

Ik loop naar het raam: geen BMW te zien. Ze houden me in de gaten, zei de keurige gangster. Hoe dan? Hebben ze hier ergens een camera geïnstalleerd? Ik loop wat rond en kijk op de bekende plekken: een lamp, een schilderij en nog zo wat. Dan geef ik het op, het is zinloos. Zo'n ding kan overal zitten, zelfs op straat of achter een raam aan de overkant. Volgen ze me? Niets van gemerkt, maar dat zegt niks, ik heb er ook niet op gelet. Dat ze me op een of andere manier in de gaten houden is wel duidelijk, ze hebben tenslotte weet van mijn tamelijk intensieve omgang met Maja. De gedachte dat ik de afgelopen weken ben geobserveerd is uiterst verontrustend. Iedereen zou hier paranoïde van worden, ook Moeder Teresa. Wat er ook gebeurt, ik zal mijn gedrag, mijn houding drastisch moeten aanpassen.

Tijdens mijn tweede glas lukt het me mijn gedachtestroom iets te reguleren.

Hoe serieus moet ik het dreigement opnemen? Ik heb geen flauw idee. Alles maakte een professionele indruk, maar ik kan me moeilijk voorstellen dat in dit land onschuldige lieden, al lopen ze kennelijk in de weg, als een peuk in een afvoerputje worden gemikt. We zitten hier niet op Sicilië.

Aan de andere kant, je neemt niet de moeite een oppassende en buitengewoon aardige burger te kidnappen als er geen dwingende reden voor is. Ergens maakt men zich ernstige zorgen over mijn gedrag, anders haal je niet zulke krankzinnige dingen uit. Deze constatering drijft mijn hartslag opnieuw op. Ik veeg een zweetdruppel van mijn wenkbrauw.

Drie mannen worden ingezet om me op te pakken. Er is een dure auto, een gebouw, een keurige heer met een licht geaffecteerde tongval, die niettemin een moment zijn decorum verliest.

Een organisatie, dat moet het zijn. Niet één boze man die ik voor de voeten loop, niet een jaloerse rivaal die zijn vrienden heeft opgetrommeld. *Dit is veel groter dan je denkt.* Het kan bluf zijn, maar zo klonk het niet.

Een organisatie. Een inlichtingendienst. Nee, die werkt in de schaduw, die steekt niet zijn vinger op in het openbaar. Een bedrijf.

Een bedrijf met grote belangen, dat ligt het meest voor de hand. Een bedrijf met ervaring in dwang, druk, chantage, en met de wetenschap dat die tactiek resultaat heeft, en mogelijk bereid tot het gebruik van geweld. Met een 'Afdeling Ongelukken' als gewaardeerd bedrijfsonderdeel.

Ik draaf door. Met een derde chablis in mijn hand probeer ik een relativerende glimlach. Ook zeg ik hardop: 'Meelijwekkend, heren.' Het helpt iets, maar ik besef dat mijn hervonden lef breekbaar en roestgevoelig is.

Welk bedrijf in godsnaam? Wat kan het een onderneming schelen of Maja in mijn borsthaar kroelt? Dat ze bij mij bescherming zoekt vanwege een vastgoedjongen met losse handen? Dat ze hulp wil omdat ze vage dwanggedachten heeft?

Wacht even. Vastgoed, is dat niet de branche waar een cultuur wordt gekoesterd die wordt geïnspireerd door republieken met bananen, de jungle en de kreet 'ieder voor zich en god bestaat niet'? Ik lees ook de krant. Ben ik een speler in de vastgoedmarkt? Niemand vertelt mij ook ooit iets. Het is volkomen absurd.

En toch, het is mogelijk dat ze me een rol toebedelen via de ketting Maja de Ridder-Peter de Krom-Belvedère. Vergezocht en onzinnig natuurlijk, maar ze hebben me niet zonder reden van de straat geplukt. Ik wil eromheen, maar kan niet.

Belvedère, het bedrijf van De Krom, verkeert in de problemen. De man schijnt zich in bochten te wringen om niet om te vallen en is misschien bereid tot wanhopige acties. Voorstelbaar. Maar ik verkeerde in de heerlijk naïeve veronderstelling dat hij niet op de hoogte was van mijn betrokkenheid bij Maja. Als hij hierachter zit weet hij meer dan ik over Maja en mij. Volslagen idioot. Heb ik invloed op de ondergang of redding van zijn bedrijf? Nog idioter.

Ik weet het gewoon niet.

De Krom was in onderhandeling met andere partijen, staat me bij. Moeten we het daar zoeken? Ja, waarom niet. Of anders gaat het om een paar verklede vrienden van de prof van Claar die me straks om hun foute studentengrap gaan staan uitlachen. Het is allemaal even bizar.

Ik neem een slok en vraag me af waarom ik in vredesnaam een praktijk ben begonnen.

's Avonds gun ik mezelf een karig maal, meer heb ik niet verdiend. Gebakken uien op brood, mijn favoriete studentendiner tegen het einde van de maand. Vervolgens neem ik plaats achter mijn pc. Het is tijd voor wat internetspeurwerk.

Belvedère dreigt inderdaad failliet te gaan, tenzij er binnen een paar weken nieuwe geldschieters worden gevonden. Die kans wordt niet groot geacht, maar Peter de Krom verzet zich tot het uiterste. Begrijpelijk, het bedrijf stond ooit voor een paar honderd miljoen in de boeken. Het bedrag dat nodig is voor een doorstart is daarmee vergeleken bescheiden, maar de banken geven vooralsnog niet thuis. De Krom zit klem.

Volgens financiële bronnen zijn er kapers op de kust die vastgoedbedrijf Belvedère voor een schijntje willen overnemen. Het zijn grote spelers, die aanvankelijke verliezen gemakkelijk kunnen dragen. Daarmee hebben ze een sterke troef in handen in hun pogingen over De Krom heen te walsen. Maar ze hebben niettemin een probleem. De Krom blijkt een stijfkop die liever kapotgaat dan zijn bedrijf over te leveren aan de ratten van de markt. En een bedrijf overnemen lukt nu eenmaal alleen als de eigenaar daarmee akkoord gaat. Ik vermoed dat er achter de schermen wordt overlegd, geschreeuwd, gemasseerd, gedreigd, verleid, gepaaid en genaaid. Maar wat heb ik daar verdomme mee te maken?

De belangrijkste speler die zijn vingers uitsteekt naar Belvedère is een projectontwikkelaar die gevestigd is op de Bahama's. Daar komt de club natuurlijk helemaal niet vandaan, ze hebben er hooguit een brievenbus en een registratie bij de plaatselijke Kamer van Koophandel. De wortels van de onderneming liggen in Austin, Texas, en naast Amerikaanse belangen concentreren ze zich op landen met een stabiele economie, met name in Europa. Toch investeren ze ook in cowboylanden in Zuid-Amerika en in de nieuwe republieken in het zuiden van de voormalige Sovjet-Unie. Het bedrijf, Chain Investments Ltd., is een paar keer in opspraak geraakt wegens ongeoorloofde transacties, maar kocht vervolging af. In Azerbeidzjan heeft Chain de controle over de belangrijkste oliepijpleiding van het land.

Ook in Nederland is er een vestiging.

Aha. Waar dan?

Er is een kantoor. Een bescheiden gebouw van drie verdiepingen, met in totaal dertig werknemers, althans volgens de opgave van het bedrijf zelf. Ze profileren zich met een sympathieke boodschap: 'Chain geeft bedrijven in zware tijden een tweede kans. Chain is opgericht om te redden wat gered moet worden. Chain doet wat moet.' Het kon wel een charitatieve instelling zijn.

Heeft Chain Investments Ltd. het op me voorzien? Is een multinational bang voor een psycholoog die zojuist een carrièremove heeft gemaakt en mevrouw De Geer in haar rouwverwerking wil steunen? Vooruit, de echtgenote van een kantoorkluns probeert te troosten? Hou erover op.

Het bedrijf is gevestigd langs de Ring, ik schat twintig minuten rijden van mijn huis. In mijn beleving duurde de rit zeker een half-uur, maar dat was in een staat van paniek, dus het zou zomaar kunnen kloppen. Als ik Google Streetview aanklik zie ik een modern gebouw met een bescheiden parkeerplaats aan de achterkant. Ik heb mijn stappen niet geteld, dat komt pas bij je op als het te laat is, maar de afstand tot de zijdeur komt redelijk overeen met wat ik me herinner. Er is vast een lift. Als ik daar geweest ben, dan op de derde verdieping. Of de tweede.

Ik gooi mijn koffie door de gootsteen en sta me een cognacje toe. Op de wc hangt een spiegel. Ik knik naar mezelf en geef een knip-oog, een gebaar dat ik normaal verafschuw maar dat ik me nu ver-geef. 'Goed bezig, man,' zeg ik. Iemand moet het zeggen.

Als ik even later, eindelijk ontspannen, achteroverleun en tevre-den over mijn intelligente conclusies naar mijn glas glimlach, over-valt me een deprimerende gedachte. Chain zal nooit zo stom zijn om een beginnende detective de kans te geven al na een uur het ge-heime gangsterhol te laten ontdekken. Ik kan bovendien geen goe-de reden bedenken waarom ze mij naar het holst van hun locatie zouden willen brengen om daar een preek af te steken. Dat had ook ergens op de hei of gewoon in de auto gekund. Aan de andere kant, ik ben natuurlijk maar een hinderlijke mier, mijn vijand een laars maat vijftig. Grote, machtige mannen maken vaker de fout zichzelf en hun invloed te overschatten en slordig te worden. Verder weten ze dat er geen snipper bewijs is dat Chain bij mijn tijdelijke ver-dwijning betrokken is. Hoe dan ook, misschien moest ik er toch maar eens een kijkje nemen.

Ieder normaal mens doet aangifte als hij gekidnapt is, het was ook het eerste wat bij me opkwam. Het tweede was twijfel. Wat is mijn verhaal? Ik ben door ik weet niet wie naar ik weet niet waar ge-bracht. Daar werd me verteld dat ik me gedeisd moet houden. Ver-volgens ben ik naar huis gebracht. Nee, ze hebben geen geweld ge-bruikt. Gaat de politie nu met een paar pelotons uitrukken? Lijkt me niet. Daar komt bij dat bemoeienis van de politie mijn belager niet zal bevallen en dat ik dan, en wie weet Maja, gevaar loop. Ik zie er voorlopig van af.

Tegen halfelf vind ik dat ik inmiddels toe ben aan een zorgeloze all-inclusive vakantie op de Seychellen, maar mijn agenda staat dat niet toe, net zomin als mijn accountant. Dan maar een goedkopere variant. Ik steek de straat over.

Het is vrij druk in Muskee, met de gebruikelijke mix van senior-drinkers, studenten, verdwaalde gemeenteraadsleden en een paar Antilliaanse vrouwen. El Niña is er niet bij, wat ik jammer vind. Willem is er wel, en magerder dan ooit; ik vermoed dat zijn laatste vetcellen door speed zijn opgevreten.

'Dag Willem! Een witte wijn graag. Ik was ooit een avonturier maar heb vandaag ontdekt dat er niets boven je vaste kruk in het café gaat.'

'So!'

'En wie is u?' vraagt de veertiger naast me. Zijn haar zit door de war alsof hij in een dronken bui zijn scheiding overdwars heeft gekamd maar uiteindelijk koos voor een diagonaal. Hij loenst een beetje. Ik kan niet beoordelen of dat structureel is of vanwege zijn plek bij de pomp.

'Zeg maar Joep.'

'Dat wil ik wel doen als u daar prijs op stelt. Joep. Joep. Zo goed?' Hij spreekt mijn naam uit alsof hij puft.

'Dank u,' zeg ik.

Deze malloot zal nog hard moeten oefenen wil hij Carré halen, toch kan ik zijn reactie wel waarderen, het ontregelt mijn strakgespannen denkraam.

Hij geeft me een hand. 'Graag gedaan. Zal ik het nog een keer doen?'

'Neu, ik waardeer de eerste keer, maar we moeten niet overdrijven. Kan ik u iets aanbieden?'

De man haalt zijn schouders op. 'Ik heb geen idee, ik kan niet in uw portemonnee kijken.'

'Dat is waar, neem me niet kwalijk. Wilt u iets van me drinken?' Ik kijk hem aan, wat nog niet meevalt.

'Nu u dat zo rechtstreeks vraagt: ja, dat zou ik wel willen.'

'Ik wist het! Ik ben psycholoog, weet u.' Ik heb wel genoeg van dit gesprek en kijk de andere kant uit. Naar de struise Antilliaanse een paar meter verderop.

'Komt er nog een biertje voor me aan?' zet mijn buurman door.

'Ik ben psycholoog, meneer, geen toekomstvoorspeller.'

'Ik bedoel, u zou een pilsje voor me bestellen!'

'Dat heeft u mij niet horen zeggen.'

De Antilliaanse is groter en breder dan ik, een vrouw met genoeg borsten en billen om iemand met een wankele gemoedstoestand een troostrijk onderdak te bieden. Dat gaat er door me heen als ik naar haar lach en heel even mijn hand opsteek. Ze lacht uitbundig terug, maar kijkt me niet aan. Als ik over mijn schouder kijk zie ik een strakke, lange donkere man met een cocktailglas in zijn hand. Hij lacht ook.

Ik bestel een witte wijn en een bier voor mijn buurman, die zijn grappen nu op een ex-wethouder uitprobeert. Het is niet mijn avond, besluit ik.

Ik verlang naar Maja. En het beroerde is dat het lijkt of ik word opgepookt door het verbod me met haar te bemoeien.

# 26

Ik heb niets te klagen over de Peugeot 207, maar je betaalt wel een godsvermogen om er één dag in te mogen rijden. Vermoedelijk verdien je als verhuurbedrijf met een enkele auto al genoeg om een groot gezin en een paar ex-vrouwen te onderhouden.

Naast me liggen een zonnebril, een pet en een verfomfaaide feestsnor, die ik nog in een la met nostalgia had liggen. Als mijn verdenking klopt en ik word betrapt, zullen ze iets van hun dreigement willen waarmaken. Wat dat inhoudt wil ik niet weten.

Als het waar is dat ze me in de gaten houden pakken ze het geraffineerd aan. Op weg naar het verhuurbedrijf heb ik alle trucs toegepast die ik uit de boeken ken, te beginnen met de etalagetactiek. Je blijft staan en kijkt in de spiegelende ruit of er aan de overkant iemand meewandelt of halt houdt. Vervolgens het 'plotseling omdraaien en teruglopen'. Keert iemand achter je dan ook om of begint hij te dralen, dan weet je genoeg. De steegtechniek: duik een steeg in en wacht. De achtervolger zal om de hoek kijken. Het 'blokje om': loopt iemand hetzelfde zinloze blokje als jij, dan word je geheid gevolgd. Ik heb mijn tocht afgesloten met de warenhuisstrategie, waarbij je naar binnen gaat, probeert onder te duiken in de massa en het gebouw aan de achterzijde weer verlaat. Na al deze voorzorgsmaatregelen ben ik ervan overtuigd dat ik niet word gevolgd, tenzij ze een gps-implantaat bij me hebben ingebracht.

Ik start mijn tocht vanaf de plek waar ik ben opgepikt. Daarna moet ik geheel op mijn gevoel en intuïtie afgaan. Naar die werkwijze heb ik ooit onderzoek gedaan, waaruit bleek dat de betreffende aanpak meestal volkomen onbetrouwbaar is, maar er zit nu niets anders op. Koortsachtig probeer ik me bochten te herinneren, het afremmen, de tijdsduur van de rechte stukken, maar niet één keer krijg ik een gevoel van herkenning. Met de inprenting van autobewegingen hield ik me gisteren natuurlijk ook helemaal niet bezig. Wel met overleven.

Ik rij rustig en stuur via de kortste weg naar het kantoor van Chain. Pas op de ring is er iets wat met gisteren overeenkwam: een tijdje rechtdoor. Tien minuten, niet meer, stukken korter dan in mijn beleving. Ondertussen kijk ik voortdurend in mijn spiegel om volgers te spotten, maar van zwarte BMW's is geen sprake; zelfs een achter mij rijdende Skoda blijkt onschuldig: hij slaat af.

Ik herken het gebouw door Google Streetview. Veel glas, niet indrukwekkend tussen veel grotere kantoren. Bovenop prijkt het logo van Chain, drie verbonden schakels.

Op de parallelweg waaraan het gebouw ligt is nauwelijks verkeer. Op ongeveer honderd meter afstand stop ik langs de kant en doe mijn attributen op. Het bewerkstelligt dezelfde nerveuze giechelaanval die me gisteren trof. Ik kijk in de spiegel en constateer dat ik er inderdaad volkomen belachelijk uitzie.

Er is weinig beweging rond het bedrijf. Van tijd tot tijd komt er iemand uit de hoofdingang, keurige heren in het pak, af en toe een jonge vrouw, gekleed als assistent-manager om het zo te zeggen. Ik besluit naar het parkeerterrein te rijden, dat iets rechts van de hoofdingang ligt. Er zijn bosschages die dekking geven en van daaruit heb ik goed zicht op zowel de hoofd- als de zijingang. Het is gekkenwerk en vermoedelijk zinloos, maar nietsdoen is minstens zo zinloos. Als het alleen om mijn eigenbelang ging had ik deze heldendaad zeker achterwege gelaten, ik vind dat je gevaarlijke mensen niet moet uitdagen maar vooral moet inpakken. Het is de Jezus, schuilend in mijn en in ieders diepste, die mij hier brengt. Maja is betrokken bij deze duistere gebeurtenissen en ik moet haar beschermen. Of redden. Ik voel me verantwoordelijk voor Maja.

Ik zoek een geschikte plek in de luwte en niemand die me tegenhoudt. Er staan zo'n dertig auto's op de parkeerplaats, hoofdzake-lijk uit het duurdere segment. Geen zwarte BMW, alleen een blauwe met een linnen dak. Ik ben van plan hier een paar uur door te bren-gen, ook al is er weinig te zien. Mijn hoop is iemand te herkennen als het pand straks na kantooruren leegloopt, of anders al eerder. Bovendien heb ik het wapen van de ware private eye bij me: een ca-mera met telelens. Niet dat er veel te fotograferen valt, er gebeurt niets. Het leek me een goed idee: stel dat de schuldige auto ver-schijnt: klik. De keurige gangster: klik. De speerwerper: klik. Ik had ook het plan mijn telelens als verrekijker te gebruiken om iets te zien van het interieur van het gebouw. Helaas is het voorzien van spiegelglas, wat me bij mijn voorbereidende onderzoek ontgaan is.

Bij wijze van bezigheidstherapie fotografeer ik iedereen die bin-nengaat of het gebouw verlaat. Ik gedenk de oude detectives die na twaalf opnamen van filmrolletje moesten wisselen, mijn geheugen-kaartje gaat pas kuchen na twaalfduizend foto's.

Ik fotografeer en denk aan Maja. Er is veel te vertellen en nog meer te vragen en uiteindelijk nog veel meer te vrijen, maar ik reali-seer me dat ik behoorlijk ben klem gezet. Ik moet haar zien, maar riskeer een ongeluk als ik dat doe; laat ik voor het gemak het dreige-ment serieus nemen.

Drie mannen komen naar buiten, onder wie een grijze vijftiger, die het zou kunnen zijn. Ik stel in en schiet. Hij is het niet.

Een uur en enkele tientallen foto's later verschijnt er een man in uniform op de parkeerplaats. Hij heeft een pet op en stapt rond als-of hij ervoor betaald wordt. Ook schopt hij steentjes. Af en toe loert hij in een auto waar hij dan omheen loopt, om vervolgens te gaan praten in een microfoon die aan zijn schouder hangt. Hij is geen politieman, maar probeert er wel een beetje op te lijken. Als hij een wapen heeft, zit dat in zijn zak. Ik vraag me af of hij een melding heeft gekregen en gericht naar iets of iemand zoekt, of dat hij onder het mompelen van 'kom, het is tijd voor een frisse neus' zijn dienst-tijd aan het doorworstelen is.

Ik zou nu rustig moeten wegrijden, naar huis, naar Muskee, toch doe ik dat niet. Ik ben niet iemand die het gevaar opzoekt, maar je kunt ook overdrijven met verstandig zijn; als ik echt verstandig was geweest had ik hier niet met die dure Peugeot gestaan. Sterker, dan had ik na onze eerste sessie voorgoed afscheid van Maja genomen.

De man is nu twintig meter van mijn auto verwijderd en het lijkt erop dat hij nog veel dichterbij gaat komen. Het is een kwestie van tijd voor hij me ziet. Ik verberg de camera onder mijn jasje op de achterbank en overweeg mijn snor te verwijderen omdat ik opeens twijfel aan zijn geloofwaardigheid, maar ik laat hem zitten. Ondertussen ben ik behoorlijk nerveus aan het worden.

De man staat nu naast me en bukt om naar binnen te kunnen kijken. Ik zie een opgeblazen hoofd van een jaar of veertig, verontreinigd met een ringbaardje. Hij knijpt zijn kleine ogen samen als hij me ziet. Dan tikt hij tegen het raam en maakt met zijn hand een beweging alsof hij aan een draaiorgeltje staat te draaien. Heeft vermoedelijk geen elektrische ramen in zijn Lada. Ik laat de ruit zakken en kijk de man vriendelijk aan.

'Goedemiddag,' zegt hij met een hoog stemmetje. Hij inspecteert de achterbank en de rest van het interieur.

'Ook goedemiddag,' zeg ik. 'Mazzel met het weer, of niet? Lijkt me zwaar werk als het regent, petje af.'

'Mag ik u vragen wat u hier doet? Dit is privéterrein.' Ik zie nu dat hij 'Chain' op zijn borst heeft staan, naast een opgenaaid naamlapje: 'P. Bakker'.

'Goed dat u de zaak in de gaten houdt, Bakker, we kunnen niet voorzichtig genoeg zijn tegenwoordig.'

'Dank u wel, meneer. En wat zoekt u hier?'

Ik wijs even naar het gebouw. 'Ik wacht op mevrouw Van Rijn. We hebben afgesproken dat ik haar hier zou ophalen.'

'Mevrouw Van Rijn?'

'Inderdaad, mevrouw Van Rijn, derde verdieping, manager externe contacten. U kent mevrouw Van Rijn toch wel? Blond, vrij groot…'

Een frons van een paar seconden, dan verschijnt een glimlach. 'O die, ja, die ken ik natuurlijk. Aardige dame, altijd een vriendelijk woord.'

'Precies!'

'En u wacht op haar.'

'U bent een snelle denker, Bakker.' Ik doe een knipoog. 'En ik zou discretie op prijs stellen want we willen niet dat mevrouw Van Rijns afspraakje in de roddelrubriek terechtkomt, toch?' Ik gooi er nog een vette knipoog tegenaan.

'Dat spreekt vanzelf, meneer, in mijn vak hebben we beroepsgeheim. Prettige dag verder.'

'En, o ja, Bakker, het kan zijn dat ik nog een poosje moet wachten. Mevrouw Van Rijn zit in vergadering en je weet hoe dat kan uitlopen.'

Hij knikt, tikt aan zijn pet en wandelt naar de zijingang van de Chainbuilding, onderweg zorgvuldig de bosjes screenend.

Ik ben blij dat ik mijn snor heb laten zitten. Zo is het zweet op mijn bovenlip tenminste niet te zien.

's Avonds download ik de foto's en kijk. Niks valt me op, behalve dat iedereen er zo goed uitziet, misschien moet ik toch eens een fijn pak kopen. Ik herken geen van de mensen die mijn foto's bevolken.

Mijn missie heeft niets opgeleverd, behalve een stijve nek, jeuk op mijn bovenlip en een dikke rekening van een autoverhuurbedrijf. Misschien had ik toch mijn intuïtie moeten volgen. Die zei me dat ik vooral niet op mijn intuïtie moet afgaan.

# 27

Vandaag is er de weldadige afleiding in de vorm van twee afspraken met nieuwe cliënten. Of het door mijn website komt of vanwege mond-tot-mondreclame is nog niet helemaal duidelijk, daarvoor is de onderzoeksgroep nog te klein, maar mijn praktijk groeit met een gezond tempo. De eerste bedragen zijn inmiddels op mijn rekening gestort, een fijne bijkomstigheid die uiteraard in het niet valt bij de oneindige voldoening die het helpen van mensen verschaft. Dat zal ik tenminste beweren als ik vanavond aan de bar zit.

De waarheid is dat ik nieuwe aanwas hard nodig heb om het hoofd boven water te houden. Van vier of vijf cliënten kan ik op den duur niet rondkomen. Dat de sessies me voldoening geven is trouwens absoluut niet gelogen. Ik zie een hoopvolle ontwikkeling bij de mensen die ik begeleid en ben er steeds meer van overtuigd dat mijn beslissing om een nieuw leven te beginnen de juiste was, waarbij ik gemakshalve mijn fatale eerste cliënte buiten beschouwing laat.

Veronica de Vries is drieëntwintig, blond, stevig gebouwd en niet onaantrekkelijk. Daar denkt ze zelf anders over, want ze heeft vele plastisch chirurgen geprobeerd te interesseren haar heupen bij te spijkeren, haar neus te verkleinen, borsten aan te pakken en oren de wind uit de zeilen te nemen. Verder dan haar borsten wilden de heren niet gaan en zo kwam ze uiteindelijk bij mij terecht voor een andere restauratie, dat van haar verstoorde zelfbeeld. Veronica accepteert de diagnose BDD, maar herkent zich er niet in. Daar gaan we dus aan werken.

Twee uur later komt Henry Stoop, 50 jaar, klassieke burn-out. Zijn baas betaalt mijn honorarium en belooft een forse bonus als ik Stoop weer snel aan het werk krijg. Zo zit ik niet in elkaar, maar ik zal hem er zeker van proberen te overtuigen dat in mijn branche een succesvolle behandeling van – zeg – een jaar best snel is. Stoop zelf is de wanhoop nabij en zeer gemotiveerd.

Beide sessies lopen bevredigend.

Ik heb besloten niet te buigen voor de dreigementen van mijn kidnappers. Met dapperheid heeft dat weinig te maken, er schuilt geen Robin Hood in mij. Het is mijn betrokkenheid met Maja. Als ik om wat voor reden gevaar loop, dan zij misschien ook. Als zij een belangrijke pion is in een mij duister spel, mag ik haar niet in de steek laten. En natuurlijk spelen er bij mij ook banalere motieven om haar niet te laten vallen.

Dat ik niet buig voor het dreigement van de keurige gangster neemt niet weg dat ik het ter harte neem. Ik neem me voor zorgvuldig te werk te gaan en mogelijke volgers te misleiden.

Ik heb geen idee hoe het met Maja is, het is dagen geleden dat ik haar sprak. Opeens realiseer ik me dat ik tot vandaag geen enkele keer contact met haar heb gezocht. Al onze ontmoetingen waren op haar initiatief. Ik ben nu aan zet, vind ik, maar hoe moet ik dat aanpakken? Waar zit ze? Thuis? Ik zou haar kunnen bellen of sms'en. Dat heeft twee nadelen. Ik breng haar in verlegenheid als haar mobiel gaat in het bijzijn van Peter de Krom en wie weet zelfs in gevaar. Verder kan ik niet uitsluiten dat iemand onze telefoons afluistert. Ze weten tenslotte meer van ons contact dan we ooit in het openbaar hebben laten zien. Misschien zie ik spoken en is dit het ideale scenario om een genetische belofte van paranoia feestelijk in te lossen, maar ik durf me niet te permitteren alles weg te lachen.

Ik moet Maja spreken, er is geen ontkomen aan. Ook al heeft ze geen antwoorden, dan misschien de juiste vragen.

Er zijn twee cafés waar ze graag komt. Een ervan is Dapper, een onooglijk zaakje in de buurt waar ze woont, de ander is Chez Dré, waar ik kort geleden met haar een warme avond heb doorgebracht. Ik besluit het erop te wagen. Het is tien uur en het schemert.

Ik laat de helft van mijn ontsnappingstrucs voor wat ze zijn. Als ik bij Dapper arriveer ben ik ervan overtuigd dat er niemand op me let.

Ik loop naar binnen en het eerste wat me overvalt is de intense geur van verschaalde drank die zich jarenlang de gebinten heeft ingezogen. Een zurige kotslucht, bestand tegen de gemeenste schoonmaakmiddelen, een stank die in elke zichzelf respecterende studentensociëteit de sfeer kleurt. Ik betrap me op nostalgie.

In drie seconden heb ik het klantenbestand gezien: geen Maja. Wel een paar oudere mannen die me argwanend aankijken vanuit waterige ogen. Wat Maja hier zoekt is me een raadsel. Aan de andere kant, een gravin in Americain is hier een koningin. Ik zwaai naar het barmeisje, nog jong genoeg om de moed erin te houden, en verlaat de zaak.

Chez Dré is hooguit tien minuten lopen, maar onderweg doe ik uit veiligheidsoverwegingen twee keer de steegtruc. Er is niemand die om de hoek kijkt. Als ze me in de gaten houden, dan per satelliet.

Het café is nogal vol, als ik binnenkom moet ik me langs handen met glazen worstelen, langs botsende deodorants, en het gevecht aan met billen en ellebogen. Het is een grote zaak, de weg naar de bar is lang en geplaveid met dure herenschoenen en kwetsbare voeten met naaldhakken, maar uiteindelijk bereik ik de noordzijde. Van daaruit is het interieur behoorlijk te overzien en ik kijk en luister rond. Veel kreetjes en gelach met geoefende lichaamstaal, veel haarlokken die volkomen nutteloos uit de ogen worden geschud of geaaid. Hier gebeurt het, dat is duidelijk.

Mijmerend en zonder veel verwachtingen gaat mijn blik langs de lange bar. Naar de dringende groep bij de ingang. De tafeltjes ver weg links achter in de zaak.

Geen Maja.

Midden achterin, geen Maja.

Rechts achterin.

Maja.

Ze zit aan een tafeltje zeker twintig meter verderop en ik zie haar en profil; af en toe verdwijnt ze uit beeld vanwege klanten op de voorgrond. Het lijkt of ze in een druk gesprek is met iemand die ik niet goed kan zien. Ze maakt een heftig gebaar en leunt naar voren, waarna ze terug leunt en opzij kijkt. Ook lacht ze even naar haar gesprekspartner.

Ik ben blij dat ze er is, maar voel me even van mijn stuk. Waarom zit ze hier te gebaren en te lachen tegen weet ik wie en niet tegen mij? De puberale oprisping duurt maar een paar seconden en ik baan me een weg naar haar tafeltje. Ze ziet me niet aankomen, wat me de kans geeft haar te laten schrikken. Die had ze nog te goed.

Ik buig naar haar oor en fluister: 'Mevrouw De Ridder, op de röntgenfoto's is gelukkig niets te zien.'

Maja reageert volkomen anders dan ik verwachtte. Ze draait haar hoofd om, kijkt me aan en deinst terug. Ontsteld, geschokt, paniek, ze is bijna onherkenbaar. Dan ontspant ze.

'Joep, wat doe jij hier?' Ze heeft een andere stem.

Ik weet niet wat ik allemaal heb veroorzaakt, maar val terug op mijn in mijn studententijd aangeleerde luchtige houding. 'Een late, maar onweerstaanbare trek in het Argentijnse rund dat ze hier serveren. Mooi geaderd, perfect bien cuit, nou ja, ik wilde vieren dat mijn praktijk nu exact een week of wat bestaat. En wat brengt jou zoal hier? Fijn je te zien.'

Maja is nog steeds in de war. Ik heb het niet eerder gezien, maar ook zij kan blozen. Dat schept een band, hoewel het me tegelijkertijd verontrust. Het is geen verliefde blos maar een paniekblos. Ze is de controle kwijt en ik voel me schuldig, al heb ik geen idee wat ik heb misdaan.

Ze kijkt me niet aan. 'Ik ben… we zijn… in gesprek, Joep. Het komt nu niet zo goed uit dat je…'

Ik voel nu een lichte ergernis opkomen. Maja's fameuze hartelijkheid heeft haar verlaten en is ingeruild voor een ongemakkelijke afstandelijkheid die eerder past bij een ex, betrapt met haar nieuwe vriend. Betrapt, dat is het woord, Maja reageert of ze betrapt is. Misschien niet met een nieuwe vrijer, maar desalniettemin. Ik begrijp er geen donder van.

'Geeft niks, Maja, alle begrip, het is niet mijn bedoeling je te storen in je conversatie met… met…?' Ik kijk een moment naar de man tegenover Maja, maar lang genoeg om mijn vraag te bekrachtigen.

Nu kijkt ze me wel aan, zij het vluchtig, zonder enige compassie. 'Sorry. Joep, dit is Richard.'

'Hallo Richard,' zeg ik tegen de man, een goedgeklede dertiger met trendy bril en een advocatenglimlach. Hij komt me vaag bekend voor, vermoedelijk heeft hij zich gemodelleerd naar een filmpersonage dat me is bijgebleven.

'Hoi.' Hij kijkt me nauwelijks aan.

'Werkbespreking, neem ik aan?' vraag ik. Werk? Maja? Pardon?

'Ja, Joep,' zegt Maja. 'En ik zou het op prijs stellen als je ons de gelegenheid geeft die bespreking voort te zetten.' Ze heeft iets van haar zelfbeheersing terug, haar stem neigt naar normaal en ze perst er zelfs een lieve glimlach uit. Dat laatste torpedeert mijn voornemen met gepaste koelheid te reageren.

De man tegenover haar negeert me en neemt een slok van zijn whisky. Hij schreeuwt dat ik moet wegwezen door achterover te gaan zitten en een andere kant op te kijken. Ik pijnig mijn geheugen, maar het lukt me niet de man een naam, een plaats te geven in mijn verleden, wat me irriteert. Ik vind de man, pardon, Richard, een goed voorbeeld van een pedante, zelfvoldane, mislukte beursjongen. Dat hij Maja hier zit te claimen heeft daar niets, maar dan ook niets mee te maken.

'Dat spreekt vanzelf. Ik heb hier trouwens niets te zoeken, want ik hoor net dat ze te weinig vee hadden ingeslagen. Het loopt hier af, wat jij, Richard?'

De man perst er zowaar een knikje uit.

'Nou, dan ga ik maar,' zeg ik opgewekt. 'Ik hoop dat jullie eruit komen met z'n tweetjes. Als er brand uitbreekt. Geintje.'

'Joep!'

'Ik ben al weg.' Ik kijk nog eens naar Richard, maar er ringt geen bel. 'Toedeloe.'

Maja zegt geen gedag.

# 28

Ik zit in mijn favoriete stoel en zeil weg. Net voor ik de horizon oversteek schrik ik wakker, sta op en loop naar het raam, als een robot. Ik kijk naar buiten. 'Geen onraad,' hoor ik mezelf zeggen.

Ik besef nu waarom ik terug ben. Mijn hersencellen zijn geheel zelfstandig op zoek gegaan naar een match met het papperige gezicht van Richard, ergens in mijn kop. Ze hebben gegoogeld en er kwam een link uit. Ik vloek als het tot me doordringt.

De foto's.

Inmiddels klaarwakker start ik mijn pc en klik door naar de opnamen die ik gisteren maakte. Het kost me weinig tijd de foto's van Richard eruit te vissen, het zijn er drie. Het verbaast me dat ik hem herkende, de foto's zijn niet erg duidelijk. Wat wel duidelijk lijkt, is dat vriend Richard voor Chain werkt.

En Maja? Wat heeft zij in vredesnaam met iemand van Chain te bespreken? Ze is geen supporter van haar mans bedrijf, en ook geen directeur of onderhandelaar voor zover ik weet. Wat is dit voor een spel? Waarom heb ik het niet door? En waarom schrok ze toen ze me zag?

Het dringt nu door dat er nog iets aan de hand is, een kwestie die me, vergelijkbaar met hoogtevrees, een wee gevoel in de onderbuik oplevert dat doortrekt tot in het scrotum. Als Richard voor Chain werkt is daar nu bekend dat ik met Maja heb gepraat. Kort, maar niettemin. Ik heb daarmee laten merken dat ik me van hun dreigement niets aantrek. Wordt dit doorgespeeld naar de Afdeling Ongelukken? Wat is hun dreigement waard?

Er is een kans dat Richard gelooft dat ik Maja toevallig tegen het lijf liep, houd ik me voor. Ik besluit dat de man onnozel genoeg is om het voorval als een onbeduidend intermezzo te zien, andere scenario's verdring ik vanwege ziekmakend.

Er is nog een verklaring die me kan helpen mijn zenuwen onder controle te houden. Richard werkt niet voor Chain, maar voor Belvedère. Hij was ter plekke voor een zakelijk onderhoud en ik heb hem daar toevallig gespot. Richard is de onderhandelaar van Peter de Krom en overlegt met Chain over een deal. Absoluut geloofwaardig. Bovendien kent hij in dat geval Maja van zeer nabij. Dat zal het zijn.

Mijn laatste theorie stelt me enigszins gerust, maar het blijft wringen. Heeft Maja werkbesprekingen? Waarom heeft ze me nooit, nog geen seconde verteld dat ze betrokken is bij de vastgoedellende van haar misselijke echtgenoot? Het slaat nergens op en past wat mij betreft absoluut niet in haar psychologische profiel.

Wacht even. Ze voelde zich ongemakkelijk met mijn aanwezigheid, ze verkeerde in een situatie die vloekte bij de rol die ik van haar ken. Ze was gegeneerd, inderdaad, betrapt. Hier was liefde in het spel. Oude liefde, nieuwe liefde, weet ik veel. Verwaarloosde vrouw zoekt troost bij jonge medewerker van haar man, zoiets. Begrijpelijk, absoluut in te voelen, behalve dat ze haar heil zoekt bij zo'n faliekant fout type. Wat me brengt tot een oude vraag: wat is in godsnaam de reden dat Maja contact met me zocht en, sterker, in alle opzichten tegen me aan kroop? Waarom was ze er van het begin op uit dat ik mijn verheven beroepsopvatting door het riool zou spoelen? Ja, ze loopt gevaar en is bang zelf een gevaar te worden, ik wil haar daar graag bij helpen, maar mijn inzet als psycholoog heeft ze allang weggewuifd en vooral weggezoend.

Chain of geen Chain, het wordt tijd voor een goed gesprek met Maja de Ridder.

Het is halfeen en ik smeer een boterham: pindakaas met sambal. Ook mik ik er gebakken uien overheen die ik kant-en-klaar van de toko betrek. Beetje zout erover en dan dubbel. Het is troostvoedsel waar ik me af en toe op trakteer. Alle sores verwaait als ik een hap neem van het zachte deel in het midden, als de uitjes knapperen en zich vermengen met de sambal manis en de kleffe pindakaas. Ik neem de tijd, kauw traag, mijn tong geniet van de bite, ik stel het slikken uit.

Minuten later houd ik mijn hoofd onder de koude kraan, ik ben moe maar wil niet slapen. Als toetje schenk ik een witte wijn in.

Hoe meer ik erover nadenk, hoe meer het lijkt of ik in een real-lifesoap ben verzeild. Een brave psycholoog met de beste bedoelingen brengen we in een bizarre intrige. We doen er wat vastgoed-clichés bij en ten slotte voegen we een mooie vrouw toe die hem totaal in verwarring brengt. Succes verzekerd. Maja de Ridder speelt haar rol met verve.

Wat weet ik eigenlijk van haar? Onthutsend weinig. Ja, ze is de echtgenote van een door geldproblemen opgefokte vastgoedjongen die zijn handen niet kan thuishouden. Ze worstelt met dwang-gedachten, en dan weer niet. Ze stookt de hormonen op bij haar therapeut, big deal. En dan is er het wat wonderlijke verzoek, ik kan er niet omheen, haar echtgenoot naar een parkeerterrein te lokken.

Er is een verontrustende mogelijkheid dat Maja er nog een heel ander leven op na houdt waar ze me nog geen molecuul over verteld heeft.

Ik pak mijn tablet en begin, zonder verwachtingen, wat te surfen. Laten we 'Maja de Ridder' eens proberen. 709.000 treffers, dat schiet lekker op, tot ik zie dat Google ook de Marja's en de Maya's meetelt, en dat zijn er een hoop. Ik vind uiteindelijk wel een Maja de R., ver weggestopt in de krochten van het web. Nogal oud nieuws, het betreft een bericht in een provinciale krant van acht jaar geleden.

De 22-jarige Maja de R. uit Amsterdam wordt niet meer verdacht van betrokkenheid bij de dood van advocaat Mark van Dam. De jurist kwam om het leven bij een bizar auto-ongeval. Getuigen meldden dat Van Dam met hoge snelheid inreed op een openstaande brug, waarna hij werd gekatapulteerd. De technische recherche stelde vast dat er geknoeid was aan de elektronica van de auto. De veertigjarige jurist, met vooral cliënten in de vastgoedwereld, had een relatie met Maja de R., dochter van een gefortuneerde makelaar in zakelijk onroerend goed. Justitie wil zich niet uitlaten over de mogelijke betrokkenheid van Maja de R. en haar vader bij het ongeval.

Daar ben ik wel even stil van. Komt Maja uit Amsterdam? Zo klinkt ze niet. Als ik afga op haar accent, komt ze nergens vandaan. Is dit mijn Maja? Waarschijnlijker is dat het om Maja de Rover gaat, over Maja de Ronde, de Raaf, de Riet, de Rijk, de mogelijkheden zijn oneindig.

Dat onroerend goed en de leeftijd, die kloppen dan weer wél. Maja betrokken bij duistere moordpraktijken? Laat me niet lachen.

Is papa De Ridder makelaar? Volgens Google zijn er een paar honderdduizend makelaars die De Ridder heten. Dat geldt ook voor makelaar De Ronde en De Rijk, waarna ik mijn zinloze zoektocht beëindig.

Rationeel weet ik dat ik non-informatie niet moet toelaten, maar als twijfel woekert ben je machteloos. Een mens verwaarloost wat de twijfel kan verminderen en omhelst alles wat hem vergroot, tenzij die je pas aangeschafte auto betreft. Daar hoef je helemaal niet paranoïde voor te zijn, het staat gewoon in een boek dat elke tweedejaarsstudent psychologie voor zijn neus krijgt. Het is dus beslist niet gek dat ik niet helemaal uitsluit dat Maja de Ridder mogelijk ooit verdacht werd van betrokkenheid bij moord. Met een beetje creatief denken is immers alles mogelijk? Neem haar dwanggedachten. Had ze die acht jaar geleden ook al? Is het toen uit de hand gelopen?

Zijn het wel louter dwanggedachten? Ik herinner dat me dat Maja sprak van 'er radicaal een eind aan maken', 'een definitieve oplossing' of woorden van gelijke strekking. Vast naïef, maar die opmerkingen krijgen nu toch een iets andere lading.

*Stop met die onzin! Je zit jezélf dwanggedachten aan te praten!*

Ik drink mijn glas leeg, zet de televisie aan en kom zappend bij

Telsell. Daar wordt een messenset aangeprezen. Je krijgt er gratis een uitbeenmesje bij. Als ik even later in bed lig vraag ik me af of Maja ook weleens naar Telsell kijkt.

Ik woel een uur en val uiteindelijk niet in slaap.

# 29

Ik ben iemand die als hij niet kan slapen toch ooit wakker wordt. Uitgewoond, dat wel. Ik weiger voor het douchen in de spiegel te kijken en poets mijn tanden langer dan normaal. Een ritueel, alsof ik alle shit van de laatste dagen wegborstel.

Douchend vraag ik me af wat mijn filosofische vriend Diederik in mijn situatie zou doen. Hij is een wijs man, vooral in zaken waar hijzelf niet bij betrokken is. Ik besluit hem te bellen.

'Diederik van Geel.'

Ik vertel kort wat me de laatste dagen is overkomen en vraag of hij interessante theorieën, suggesties of adviezen heeft.

'Ja, die heb ik,' bromt hij. 'Wegwezen, afnokken en vervolgens kappen.'

Idioot genoeg was dat nog niet bij me opgekomen. 'Je bedoelt dat ik Maja…'

'Wegwezen, afnokken en kappen.'

'Maar luister, Died, Maja kan me op de hoogte houden van de laatste ontwikkelingen. Ik ben verdomme gekidnapt!'

'Daarom juist. Wegwezen, afnokken en kappen.'

'Jij hebt makkelijk praten. Ik denk dat ze gevaar loopt, in ieder geval thuis. En wie weet waar ze verder bij betrokken raakt. Ik voel me verantwoordelijk.'

'Wegwezen, af…'

'Maja zocht steun en hulp bij me. Ik kan haar niet in de steek laten.'

'Ben je verliefd?'

'Nee!'

'Afnokken, wegwezen en kappen.'

'Beste Diederik, wil je alsjeblieft een beetje met me meedenken?'

'Je bent niemand iets verschuldigd, jongen. Die Maja moet maar eens volwassen worden en bovendien wil ik nog langer plezier van je hebben. Begeef je niet in het riool.'

'Ik zal erover nadenken. Bedankt, makker. Zullen we vandaag…'

'Bel nog even om een uur of zes.'

'Dag.'

'Liever 's avonds.'

Diederik heeft natuurlijk volkomen gelijk, ik maak me geheel ten onrechte verschrikkelijk druk om een warrige ex-cliënte, failliete graaiers en criminele vastgoedjongens. Waar bemoei ik me mee? Ik kan mijn energie beter steken in mijn andere klanten, inmiddels tien, die allemaal op me rekenen.

Ik oefen: wegwezen, afnokken, kappen. Ja, ik stop ermee. Ik ben Maja's vader niet, ze is dertig jaar oud en heeft nog altijd geen open kaart met me gespeeld. Er zijn grenzen, lieve Maja, ik heb nog meer te doen.

Die is eruit.

Het lucht op, gevoel van bevrijding. Hè hè.

Mijn ontbijt smaakt me voortreffelijk, ik pers een sinaasappel, schenk een kop donker-en-intens in. Ik kijk in mijn agenda: vandaag relatie, rouw, burn-out en een intake met een man die psychisch wordt geterroriseerd door zijn vrouw. Ik kan het aan.

Ik fluit een deuntje van eigen makelij, en weet dat ik iets overfluit. Een mens verandert niet compleet binnen vijf minuten. Twintig procent van wie ik was zit zich in mijn hoofd hinderlijk te verzetten. Er worden me beelden van Maja voorgeschoteld, klein en kwetsbaar. Ik zie haar hand naar mijn wang gaan, haar ogen, haar mond die twijfelt over een glimlach. Maja zit in me en ik ben geen chirurg die het zaakje in een handomdraai kan verwijderen.

Verstandig zijn, kop erbij en doorbijten. Afbouwen noemen we dat. We zien hier een psycholoog die rouwt.

Om halfzes kijk ik terug op een dag met intensieve, maar goede gesprekken, een snelle douche tussendoor vanwege uitputting, een groeiende tevredenheid over mijn afscheid van Maja en een sterke drang mijn nieuwe gesteldheid met chablis te vieren. Net voor ik Diederik wil bellen gaat de telefoon.

'Hoi, met Claar. Ik wou even vragen hoe het met je gaat.'

'Matig.'

'O, wat naar voor je. Met mij gaat het trouwens heel goed. Arnoud heeft een huis in Frankrijk gekocht en wil daar met mij mijn eindscriptie doornemen. We gaan voor cum laude, zei hij. Geweldig, of niet?'

'Geweldig.'

'Zorg je goed voor jezelf? Eet je wel goed?'

Hoor wie het zegt. 'Ik zet juist de worteltjes op.'

'Fijn! Joep, ik moet weg, ik vond het fijn je stem weer even te horen! Dag!'

Weg is ze.

Er overvalt me, voor het eerst in tijden, een gevoel van horizonloze eenzaamheid.

# 30

Café De Buurman is niet verder dan een halfuur lopen, maar ik pak de fiets, ik heb vandaag genoeg gedaan. Het is een wrak waar geen junk naar omkijkt. Mijn fiets heeft geen verlichting, een naakte ketting die hapt naar je broekspijpen en in het voorwiel een spectaculaire slinger. Toch ben ik aan het ding gehecht, vooral omdat ik hem ooit samen met een lieve Spaanse studente heb gejat.

Ik neem de binnendoorroute, ga dus rechts, links en kom in een stille smalle straat waar alleen wordt gewoond. Daar hoor ik hem voor het eerst. Gebrom achter mij, op enige afstand. Ik kijk om en zie een motor. Automatisch ga ik keurig rechts rijden, maar gek genoeg rijdt de motor nauwelijks harder dan ik. Ik kijk nog eens en zie de berijder, dat wil zeggen, ik zie een leren pak en een dichte helm, de paus kan erin zitten of Hillary Clinton, je ziet het niet. Wel dat hij nu langzaam dichterbij komt.

Ik weet niet waarom, maar ik vertrouw het niet, verkeerde genen waarschijnlijk. Motorrijders rijden altijd hard, geen twintig per uur waar ze zestig kunnen. Ik versnel om te zien wat hij doet. De afstand, hij zit twintig meter achter me, blijft gelijk. Ik begin nu als een waanzinnige te trappen, kijk om, maar loop niet uit. Negeren dan maar, nog een paar honderd meter voor ik linksaf kan, een drukkere straat in. Dat ga ik niet halen.

Ik hoor gegier achter me, de motorrijder heeft het gas opengedraaid. In een flits zie ik de motor op me af razen en zwenk intuïtief naar rechts. Te laat, mijn achterwiel wordt geraakt en ik knal omver. Met mijn hoofd raak ik een groene afvalbak en rol over mijn schouder tot ik blijf liggen op de stoep. Tijd om me dood te schrikken was er niet, ik vraag me nu alleen af of ik nog leef. Ik wil de tijd nemen om te onderzoeken of mijn ledematen gebroken of verlamd zijn, maar dat is me niet vergund. Vanuit een ooghoek zie ik dat de motor is gekeerd en nu met groot licht klaarstaat om opnieuw op me in te rijden. De idioot heeft een fijne locatie uitgezocht: de straat is hier verlaten, op een fietser na die de verkeerde kant op gaat.

Ik voel aan mijn voorhoofd en zie dat er bloed langs mijn hand mijn mouw in loopt. Het doet geen pijn, het bonst. Dan sta ik op, voorzichtig, verbaasd dat ik overeind kom. Ik wankel en zoek, krom en gebogen, armen gespreid, mijn evenwicht. Zo blijf ik staan en fixeer de motorrijder, die hetzelfde bij mij lijkt te doen. Hij wacht op mij en ik op hem. Dertig meter scheidt ons. Het heeft iets van een klassieke patstelling in een western, alleen heb ik geen wapen in mijn hand. Of een motor.

Ik wacht, hij wacht.

Er is geen uitweg, mijn fiets ligt verderop en is er erger aan toe dan ik. Geen winkel die ik kan bereiken, geen geparkeerde auto.

Wacht even, schuin aan de overkant is een steeg, een meter breed, geen idee of hij ergens uitkomt of doodloopt. Ik zou het kunnen proberen, maar weet niet of mijn benen zullen meewerken. Als ik kan lopen kost het me tien seconden om over te steken en het gangetje te bereiken.

Er nadert een fietser, nu is het goede moment. Dat bedacht de motorrijder ook, want hij geeft vol gas. Ik probeer te rennen, wat redelijk lukt, maar ben te langzaam. Op het laatste moment spring ik opzij en word daardoor niet vol geraakt. Door de klap in mijn rug val ik opnieuw, maar nu overvalt me een primitieve emotie. Er is geen pijn, angst of verbazing, alles wat in me is richt zich op overleven.

De motor is gekeerd en raast opnieuw op me af. Ik strompel de tien meter naar de steeg en haal het. Met beide handen de zijmuren wegduwend wankel ik verder en voel dat ik het ga redden. Het motorgegrom neemt af.

Het is een doodlopende steeg.

Ik zie dat hij verderop eindigt met een bakstenen muurtje, de afscheiding van een stadstuin van een huis in een volgende straat. Ik kijk om me heen: een paar deuren zonder bel, werkplaatsen, opslag, zoiets. Rechts de zijmuur van een diep historisch pand. Links een schutting van ruim twee meter hoog. De steeg is in dit gedeelte een halve meter breder. Ik moet hier weg.

De motor is terug, hij staat me bij het begin van de steeg aan te staren. Hij ronkt. Ik kan geen kant op. Nee? Links is de schutting. Lukt me dat? Ik spring, grijp de bovenrand en probeer me op te trekken. Mijn ene arm doet het goed, maar mijn rechter schreeuwt dat er iets kapot is, ik kom niet omhoog.

De motorrijder geeft gas en ik kijk om me heen, panisch zoekend naar een uitweg. Ontsnappen kan niet, maar misschien kan een truc me redden. Meer dan een paar seconden heb ik niet voor de uitvoering, de terrorist giert me tegemoet. Ik maak me breed zodat hij goed kan richten. Nog vijftien meter, tien, vijf, twee, nu! Ik spring opzij naar de schutting en het lukt me de motor nipt te ontwijken. Hij raast voorbij en ik kijk over mijn schouder om hem zich te pletter te zien rijden tegen de stenen muur verderop. Alleen gebeurt dat niet omdat de idioot zijn motor op tijd weet af te remmen. Ik ren zo hard ik kan naar de uitgang van de steeg. Daar kijk ik nog een keer achterom en zie dat ik nu een ruime voorsprong heb: het gangetje is veel te smal om de motor te keren. Meneer zit voorlopig klem.

Ik ren verder, meer dan sjokken is het niet, en bereik een Turkse groentezaak die ik binnenloop, 'open tot 21.00 uur', waarvoor ik de eigenaar oneindig dankbaar ben. Daar bel ik 112.

'Wat is er met u gebeurd? Bent u gevallen? Wacht, ik haal even een stoel voor u,' zegt de groenteman. Ik heb altijd iets met Turken gehad.

Op het moment dat ik ga zitten verander ik van overlever in patiënt. Ik zie scheuren en schaafplekken, mijn kop doet pijn, er zit overal bloed, mijn rechterarm krijg ik maar half omhoog. Ik kan goed tegen een blauwe plek, maar dit is andere koek. Toch zie ik hier een kans mezelf te bewijzen dat ik geen klager ben en met een wat nonchalante houding iets heroïsch uit kan stralen. Bovendien heb ik volgens mij niets gebroken of afgescheurd.

Als de politie na een minuut met twee auto's arriveert vertel ik kort wat me is overkomen en wijs naar de steeg verderop, waarna een dienstauto in volle vaart naar de plaats delict scheurt. Twee agenten rennen het gangetje in, komen er even later wandelend weer uit en beginnen te bellen en te wijzen.

Ik hoor dat er geen motorrijder is aangetroffen. Wel een motorfiets, merk Yamaha, halverwege de steeg. Hij zit klem tussen een buitenmuur en een houten schutting, hoor ik. De nummerplaat klopt niet.

Of ze medische assistentie moeten inroepen, vraagt een agent. 'Welnee,' zeg ik, 'ik heb thuis nog wel een pleister liggen.'

'Dan moet u het zelf weten,' zegt de man, met een toon alsof ik hem hinder in de uitoefening van zijn taak. 'U kunt meerijden om op het bureau aangifte te doen.'

Dat aanbod wuif ik weg. 'Ik kom morgen wel even langs.'

'Dat moet u zeker doen. Er lijkt sprake van een aanslag, dat is een ernstig misdrijf.'

Ja, zeker als je weet dat ik ook al een kidnapping achter de rug heb, maar dat zeg ik niet. Ik ben er helemaal niet uit of ik dit wil delen met de politie. Misschien later.

'Weet u zeker dat we geen ambulance en dergelijke, u hebt bloed op uw voorhoofd,' zegt zijn collega.

Ik veeg met mijn mouw over de pijnlijke plek. 'Nee hoor. En bedankt dat u zo snel ter plekke was.'

Dan wandel ik, wat heet, strompel ik de straat uit, sla links af en bereik verder zonder ongelukken De Buurman, uiteindelijk met hooguit een kwartier vertraging.

Het is chaos in mijn hoofd als ik het café binnenloop.

Diederik is een rustige man die niet snel van zijn stuk raakt, een van de dingen die ik in hem bewonder. Ik zou ook zo willen zijn.

'Ik wil niet lullig doen, maar je had je wel een beetje kunnen soigneren als je een afspraak met me hebt. Hebben ze je onder de tram vandaan gepulkt?'

'Dag Diederik. Nee, ik heb met een motorfiets gevochten.'

'Verloren, zie ik.'

Ik ben Diederik dankbaar. Een luchtig gesprek is precies wat ik nodig heb om een shock en een dreigend trauma op afstand te houden.

'Integendeel, de motor moet als verloren worden beschouwd. Doe me nou eindelijk eens een bier. Of twee.'

Hij wenkt de ober en steekt drie vingers op. 'Je voorhoofd moet worden gehecht. Anders krijg je er weer een rimpel bij.'

Ik lach. Dat kan dus, een halfuur na een bijna-doodervaring.

Ik vertel Diederik van de confrontatie.

Hij kijkt me aan. 'Vanmorgen heb ik je een gratis advies gegeven. Moet ik het herhalen?'

'Nee, dank je. Ik heb nagedacht en besloten dat je bij hoge uitzondering gelijk had met je analyse. Ik trek me terug als therapeut en schouder van Maja de Ridder.' Ik toost en drink mijn glas leeg.

'Bravo. Eindelijk verstandig.'

'Maar ik ben wel moreel verplicht dat aan haar uit te leggen.'

'Daar ga je weer. Ze gaan je doodmaken, ouwe lul, als je contact hebt met je foute vriendin, dat was de boodschap van vandaag.'

'Ze probeerden het vandaag al.'

'Welnee. Dreigen, bang maken, intimideren, daar ging het om.'

Ik voel me enigszins tekortgedaan, maar laat het gaan. 'Dat deden ze dan wel behoorlijk overtuigend.'

Diederik knikt. 'Gelukkig maar, dat zal je leren. Ze houden je in de gaten, jongen, pas op.'

'Dan weten ze ook dat ik me aan de afspraak heb gehouden. Nou ja, bijna.'

Hij haalt zijn schouders op. 'Die lui gaan niet voor de lol met zo'n motor de aandacht trekken.'

'Hm. Of misschien was het gewoon een idioot die te diep in de pillendoos heeft gekeken. Een opgefokte zak die ook eens op YouTube wil.'

'Wat denk je zelf?'

'Je zult wel gelijk hebben. Even naar de plee.'

Daar inspecteer ik mijn hoofd: een horizontale snee van drie centimeter boven mijn rechterwenkbrauw. Niet erg diep maar het geeft me een sinistere uitstraling. Ik spoel de wond uit, was mijn gezicht, plas en loop terug. Bij de bar vraag ik om een pleister, ik bloed weer. Het barmeisje is zo lief me te behandelen. 'Alweer klaar, Scarface.'

'Je was ooit best een knappe jongen,' zegt Diederik.

Ik krijg een sms'je en kijk. 'Duidelijk?' Mijn darmen reageren direct.

'Wat is er?' vraagt Diederik. 'Je wordt wit.'

'Anoniem bericht. Of de boodschap is doorgekomen. Als je het niet erg vindt sla ik de bitterballen even over.'

'Jezus, Joep, dit wordt wel heel serieus. Heb je al aangifte gedaan?'

'Nee.' Gek genoeg valt het bier wél goed.

'First thing tomorrow.'

'Ik weet het nog niet.'

Hij buigt voorover en kijkt me aan vanonder de borstels boven zijn ogen. 'Pardon? Kidnapping, aanslag, vastgoed, wat wil je nog meer?'

'Ik kan niets bewijzen, Diederik, en de politie ook niet. Er is een motor van niemand, dat is alles. En verder ben ik bang dat het Maja in gevaar brengt als ze verhoord wordt, De Krom verhoord gaat worden en ga maar door. Ik ben bang dat ik iets in gang zet wat op een catastrofe uitdraait. Ik ben ook gewoon bang, trouwens, voor een fataal ongeluk bij het oversteken of een hartaanval, veel te vroeg is van ons weggeno…'

'Ho maar, ik snap je wel. Als je er verder over wilt praten, doe vooral.'

Ik wenk de ober. 'Ik geloof dat ik even heel graag doe of er niets aan de hand is.'

'Dan vind je het misschien leuk om te horen wat Alfred von Siedelssohn in 1768 overkwam.'

'Dat had ik je net willen vragen.'

'Von Siedelssohn was soldaat in het leger van Willem de Vijfde en tevens van de mannenliefde. Hij schrijft in een pamflet dat er een peloton was geformeerd dat geheel uit homofielen bestond.'

'Apart. En?'

'Niks en.'

'Dat was het? En hoe ging het dan verder met dat peloton?'

'Geen idee, zo ver ben ik nog niet.'

'Waanzinnig verhaal.'

'Vond ik ook.' Hij kijkt me aan. 'Nog een slagje?'

'Dacht het wel.' Ik voel me inmiddels beter, het klaart aanzienlijk op in mijn hoofd.

Drie slagjes verder zoeken we ruzie met een klierende dronken corpsbal die we 'godverdomme' horen roepen.

'Weet je wel over wie je het hebt?' zegt Diederik dreigend. 'Je beledigt twee miljard gelovigen.'

'Er zijn mensen voor minder de straat op gegaan,' zeg ik. 'Uit welk land kom je?'

De student is nu duidelijk in de war. 'Nou, gewoon, Nederland.'

'Dan gaan we eerst de vlag van Nederland verbranden,' zeg ik.

'En erop stampen,' voegt Diederik eraan toe.

'Wat denken die Nederlanders wel,' zeg ik. 'Waar staat de ambassade, jongeman?'

'Sorry?' Hij doet een poging weg te lopen, maar Diederik gaat voor hem staan.

'Doe niet zo naïef, de ambassade. Dan trekken we op naar de ambassade om daar leuzen te roepen. Kijk je nooit naar het nieuws of zo.'

'Sodemieter op,' zegt de bal, die zich aan het herpakken is. Hij beseft kennelijk dat hij een kop groter is dan wij.

Maar Diederik wijkt niet. Als hij ergens voor staat, voor de student in dit geval, blijft hij staan. 'We doen je in de ban.'

'Als ik jou was zou ik onderduiken,' zeg ik. 'Je bent een afvallige.'

De twintiger duwt Diederik opzij en loopt in de richting van de bar. 'Idioten,' horen we hem zeggen. We zien hem zelfs lachen, heel ongepast.

Diederik is gaan zitten, drinkt zijn glas leeg en kijkt me aan met een strak gezicht. 'Eeuwenoude cultuur verdient bescherming, ik ben blij dat we ons steentje hebben kunnen bijdragen.'

De uren tot sluitingstijd brengen we door, zoals altijd, met het ophalen van oude herinneringen, het opnieuw lachen om al honderd keer vertelde moppen, laatste slagjes bestellen, flirten met vrouwen die eenzaam lijken maar het niet zijn, geflirt worden door meisjes die een vaderfiguur zoeken en ten slotte met een goed gesprek, zoals dat op de late avond door twee vrienden wordt gevoerd.

'Pff, beetje lam.' Het duurt even voor het er fatsoenlijk uitkomt.

'We kunnen nog niet weg,' zeg ik. 'Verderop zit nog iemand.'

'Ik zie het. Hij probeert laatste te worden.'

'Dat zal hem niet lukken. Wij zijn altijd de laatsten, aan die traditie wordt hier niet getornd, wat denkt die vent wel.'

'Het moet niet gekker worden,' zegt Diederik.

'Normen en waarden: ho maar. De maatschappij verloedert, Diederik.'

'Zeg maar rustig: verhuftert.'

En zo babbelen we net zo lang door tot we, op het barmeisje na, alleen zijn.

'Ik stel voor dat we deze mooie avond afsluiten met een drankje,' zegt Diederik. 'Mag ik je iets aanbieden? Wat zal het zijn? Laat me raden. Annelien! Mag ik nog twee laatste biertjes?'

'Nee, Diederik, jullie hebben al vier laatste biertjes gehad. Je mag wel vegen.'

Buiten omhelzen we elkaar.

'Zal ik je thuisbrengen?' vraagt Diederik. 'Dan kan ik je beschermen als de NSB je weer lastigvalt.'

'Niet nodig, ik red me wel.'

'Het helpt als er een grote vent met je meeloopt.'

'Je bent kleiner dan ik.'

'Echt waar?'

Ik kom veilig thuis, duik in bed en slaap al voor mijn hoofd het kussen raakt.

# 31

Maja komt op onverwachte momenten mijn hoofd binnenzeilen, maar ik weet haar vriendelijk weer naar buiten te begeleiden. Af en toe overvalt me een sterk schuldgevoel en dreigt er zelfbeklag: ik ben een lafaard, ik laat haar in de steek, ik ben een slechte vriend. Als me dat 's ochtends in bed overkomt, sta ik onmiddellijk op en ga douchen. Dat helpt. Ook als mijn lichaam onverhoeds naar haar begint te hunkeren neem ik zo mogelijk een douche. Zo koud als ik aan kan. Mijn pik is verweesd.

Vandaag twee nieuwe aanmeldingen: een wethouder die door zijn ex wordt gechanteerd en een gestopte proftennisser in een zwart gat. Mijn praktijk houdt me op de been.

Fysiek gaat het me, vier dagen na de aanslag, redelijk goed, ik kan alles weer, zij het met beleid. De eerste dag was dat wel anders: een onderbroek of sok aantrekken met één hand valt al niet mee, een fles wijn opentrekken is niet te doen.

Aanslagen en dreigementen zijn verder uitgebleven, het lijkt erop dat ze weten dat ik geen contact meer heb met Maja. Hoe ze daar achter komen is me een raadsel. Ik let nog steeds goed op als ik de straat op ga, draai soms de 007-riedel af maar merk nooit iets van de aanwezigheid van Chainmannen of welke gangsters dan ook. Ik besef dat dat weinig zegt, ik ben een amateur die waarschijnlijk naar links kijkt als ze me rechts passeren. Niettemin koester ik de gedachte dat ze hun interesse voor mij aan het verliezen zijn.

Ik lees de krant aandachtiger dan ooit. Natuurlijk ben ik bedacht op een escalatie van de oorlog tussen Belvedère en Chain. Als Belvedère valt is dat sappig nieuws, zeker journaalwaardig.

Ook het misdaadnieuws houd ik bij, bedacht op spectaculaire ongevallen, plotseling overlijden of 'afrekeningen binnen het circuit', altijd goed voor een item in shownieuws. Niets van dat alles.

De avonden breng ik in eenzaamheid door, er zijn grenzen aan mijn toegankelijkheid. Ik gebruik methoden die demonen op een afstand houden: biefstuk-brood, witte wijn, *The Godfather 1, 2* en *3*. Dat schiet lekker op.

Kort na middernacht. Ik ben bekaf maar val niet in slaap, want na drie minuten schalt het volkslied van Albanië door mijn slaapkamer.

'Duvalier.'

Ik herken haar ademhaling.

'Met Maja. Gaat het goed met je? Kan ik even met je praten?'

Hier ben ik niet aan toe, alhoewel. 'Het gaat. En praten lijkt me op dit moment niet verstandig.'

'Joep, het loopt uit de hand. En het is niet wat je denkt, laatst in Chez Dré.'

'Ik denk niks,' lieg ik.

'Gelukkig. Ik kan het je allemaal uitleggen.'

'Dat hoeft niet.'

'Ja dat moet wel. Alleen is er nu geen tijd, Peter is even weg en misschien komt hij zo weer terug. Hij is weer compleet door het lint gegaan vanavond. Ik kon me nog wegdraaien, maar mijn rug…'

'Verdomme, Maja, je moet daar weg.' Ik zie haar voor me, een wanhopig hertje onder schot.

Ze hijgt een beetje. 'Ik weet het. Morgen pak ik wat spullen in en duik ik onder. Wil jij hem bellen?'

Ik had het weggedrukt. Heel flink afstand genomen van mijn dierlijke verlangens en redderfantasieën, mijn nuchterheid opgeklopt, de rede voorrang gegeven. Eén vraag van Maja stort me in existentiële onzekerheid, het zweet breekt me uit.

'Maja, je bedoelt…?' Ik zit tijd te winnen, zinloos, over een uur zal het niet anders zijn.

Ze fluistert nu, bang, kwetsbaar. 'Ja. Alsjeblieft, lieve Joep, help me, Peter draait door. Of ik. Help je me?'

Ondenkbaar dat ik haar nu niet steun; als ik haar laat vallen had ik geen psycholoog moeten worden maar een vastgoedjongen.

'Dat had ik beloofd,' zeg ik.

'O god, gelukkig. Dan red ik het misschien toch.'

Ik zit nu rechtop, in de war van mezelf. 'Wat wilde je ook weer dat ik doe?' Ik weet nog precies wat ze me vroeg.

'Paviljoen De Kaap,' zegt ze zachtjes. 'Je weet wel, dat snobcafé bij het meer. Het parkeerterrein. Als je om vijf uur met hem afspreekt, dan heb ik genoeg tijd.'

'En wat zeg ik?'

'Je kunt zeggen dat je manager bent van een investeringsfonds en wilt praten, bijvoorbeeld over deelname aan Belvedère. Peter zit zo omhoog dat hij graag zo'n gesprek aangaat en direct in zijn patserbak stapt.'

'Patserbak?'

'Ja, een dure Audi.'

Ik denk even na. 'En waarom spreken we af op het parkeerterrein en niet gewoon binnen met een drankje?'

'Peter zou het wantrouwen. Je kent de gewoonten in dat wereldje niet, Joep. Dit soort gesprekken wordt nooit gevoerd waar iedereen je kan spotten, dat is link. Noem het merk en de kleur van je auto en zeg dat je linksachter op het terrein staat. Peter vindt dergelijke afspraken heel normaal.'

'Hoe laat, zei je ook al weer?'

Maja klinkt nu vastberaden, een beetje opgewonden zelfs. 'Om vijf uur. Bel je hem dan morgenochtend?'

Ik kan niet anders. 'Ja.'

'O Joep, ik ben zo blij dat je dit wilt doen, het kan zo echt niet langer. En wil je me sms'en, mocht het niet lukken?' Ze geeft me De Kroms nummer door. 'Welterusten, Joep, ik laat gauw van me horen.'

'Doe voorzichtig. En goed dat je deze stap neemt. Dag Maja.'

Ze is al weg.

Ik besef te laat dat ik haar wel even met mijn laatste belevenissen had kunnen confronteren.

# 32

Na een onrustige nacht sta ik ruim een halfuur onder de douche. Het knaagt.

Straks bel ik De Krom, daar twijfel ik niet over. Ik zal mijn verhaal eerst op papier zetten, zodat ik rustig en zelfverzekerd overkom. Investeringsfonds. De Kaap. Linksachter. Ik repeteer alvast.

Maja wordt gemept, ook daarover geen twijfel. En hoe het ook zit met allerlei vorken en stelen, een vrouw die wordt mishandeld laat je niet vallen. Zeker niet als ze zich binnen mijn hersenen heeft ingegraven in het striatum, zoek maar op. Maja neemt het initiatief haar rampzalige situatie vaarwel te zeggen. Ze kan het eindelijk opbrengen de impasse te doorbreken, waar ik blij om ben. Niet alleen omdat ze veiliger zal zijn, ook omdat het de veiligheid van De Krom ten goede komt, Maja's moordneiging zal immers niet meer worden gevoed.

Blij ook omdat ik niet meer gegijzeld zal zijn door het beroepsgeheim: de kans op ongelukken neemt af. Onwillekeurig sijpelt er ten slotte iets van zelfvoldaanheid door, misschien heeft mijn interventie Maja geholpen deze stap te nemen.

Maar natuurlijk jeukt er ook iets, ik ben niet gek.

Ik kan er niet omheen dat Maja mogelijk nog andere motieven heeft om haar geliefde echtgenoot weg te lokken. De huiskluis plunderen waardoor hij definitief wordt geruïneerd, documenten opzoeken en meenemen die haar financiële toekomst veiligstellen,

De Kroms harde schijf met al zijn malversaties pikken waardoor ze vat op hem krijgt en veiligheid afdwingt, en zo kan ik even doorgaan.

Maar ook dat andere, bijna ondenkbare. Ik kan onmogelijk negeren wat Maja me heeft verteld toen ze nog cliënt van me was en evenmin haar ontwijkende houding als ik doorvroeg. Ze is niet voorspelbaar, wat me onzeker maakt.

Lichte twijfel. Zuchtje twijfel blijft twijfel, het laat zich niet glimlachend wegwuiven.

Ik zal Peter de Krom bellen, maar neem me nog iets anders voor. Om uit te sluiten dat ik mogelijk meewerk aan iets onherroepelijks zal ik de afspraak met De Krom nakomen, althans voor een deel. Ik zal hem niet ontmoeten, maar in de buurt zijn, dichtbij genoeg om te zien of er geen onverwachte gasten opdagen, of zich geen andere ongewenste gebeurtenissen voordoen. Voor de zekerheid, om elk risico uit te sluiten, bij twijfel niet inhalen, en ik besef dat het tamelijk belachelijk is wat ik van plan ben; laat me nu maar even genetisch beschadigd zijn. Mijn vader zei achteraf altijd: 'Zie je wel, ik had gelijk', wat de uitkomst ook was. Ik herken daar wel iets in.

Mocht er iets vreemds gebeuren, dan kan ik De Krom bellen dat het vandaag niet door kan gaan.

Na de koffie noteer ik wat ik ga zeggen en bereid wat antwoorden voor op lastige vragen. Ik heb geen idee hoe het gesprek zal verlopen en ben nerveus alsof ik mondeling examen moet doen zonder ooit een boek te hebben ingekeken.

Om tien uur toets ik De Kroms nummer in. Verrassend snel neemt hij op.

'De Krom.'

Ik herken zijn stem.

'Dag meneer De Krom, met Dries Sanders.' Ik draai mijn voorbereide riedel af op een lagere toon, ik wil niet dat hij herinneringen ophaalt. Als ik mijn voorstel heb gedaan blijft het even stil.

'Ik ken je niet. Wat bijzonder is, dit is een klein wereldje.'

'Nee, we kennen elkaar niet. Nog niet, tenminste. Daarover is nagedacht door mijn superieuren, meneer De Krom. Ze willen dat u onbevooroordeeld het gesprek aangaat.'

'Je maakt het wel spannend, Sanders. Voor welk bedrijf werk je?'

Daar was ik op voorbereid. 'Dat wil ik u niet door de telefoon zeggen. In ieder geval een groot gezond bedrijf dat altijd op zoek is naar interessante partners. Ik zal u er vanmiddag meer over vertellen.'

Hij laat een pauze vallen. 'En waarom zou ik de moeite nemen om naar die godvergeten parkeerplaats te rijden om ene X van bedrijf Y te ontmoeten?'

Ik zucht zorgvuldig in de microfoon. 'Omdat u weinig keus hebt, meneer De Krom. We begrijpen dat uw bedrijf in grote moeilijkheden verkeert, en hebben u een voorstel te doen.'

'Jullie zijn niet de enigen met wie ik zaken kan doen, Sanders, je overschat je hand.'

Ik zit nu aardig in mijn rol. 'U doelt op Chain.'

'Daar zeg ik niks over.' Zijn stem klinkt nu onvast.

'Chain, meneer De Krom, is een haai. Wij zijn een dolfijn.' Niet slecht.

'Luister goed, Sanders, ik ga mijn mooie zaak niet uitleveren aan ratten die bloed ruiken.'

Ik wacht even. 'Dolfijn, meneer De Krom. Geen roofvis, wij eten niemand op. Een eerlijke deal waar beide partijen baat bij hebben. Daar gaan we over praten na onze kennismaking vanmiddag om vijf uur. Goedendag.'

'Ho ho! Je komt alleen?'

'Ik kom alleen,' zeg ik rustig.

'En verder geen geintjes, Sanders.' Meneer realiseert zich de reputatie van zijn branche.

'Humor is niet onze corebusiness, meneer De Krom. Ik zie u vanmiddag.'

'De Kaap, achterin?'

'Zo is het.'

Het is gedaan, het is gelukt. Ik veeg zweet van mijn voorhoofd dat via de pleister mijn oog binnensijpelt.

Vanmiddag sta ik met een groene Jaguar op een parkeerterrein iets buiten de stad aan de rand van een klein meer. De huizen erom-heen worden bewoond door lieden die er een fortuin voor hebben neergeteld. Een neef van me die wegkwam met een wietplantage formaat Vondelpark, weliswaar in Frankrijk, medisch specialisten en mannen van het snelle geld.

Veel vastgoedjongens.

# 33

Ik heb geen groene Jaguar, zelfs geen zwarte Suzuki. Wel een opoe-
fiets met terugtraprem en snelbinders, gisteren aangeschaft bij rij-
wieloutlet 'Fiets voor Bijna Niets' voor een dikke tweehonderd
euro. De Kaap is volgens internet acht kilometer hiervandaan.

Vandaag heb ik twee afspraken, beide rond het middaguur. Het
kost me moeite mijn kop erbij te houden; één keer zeg ik Jenny
waar het Paula moest zijn, later meende ik dat het om penetratie
ging waar generatie werd bedoeld. Toch gingen beide cliënten volgens mij gesterkt naar huis.

Tegen drieën tref ik mijn voorbereidingen.

Ik pak een rugzak en stop er mijn camera in, chocola, een fles water. Zonnebril, mijn nepsnor voor noodgevallen, een pet. Mijn telefoon zit in mijn zak. Voor ik afreis drink ik een beker oploskoffie
als begeleider van een Elvissandwich.

Als ik om vier uur op mijn fiets stap komt de gedachte op dat ik
iets volkomen belachelijks aan het doen ben. Ik bel om een loze afspraak te maken waar ik toch opdraaf. Dat doe ik omdat ik het niet
helemaal vertrouw. Bel dan niet, idioot! Verzeilen andere mensen
ook in dit soort bizarre situaties of ligt het aan mij? Ik ga er langza-
mer door fietsen en overweeg om te keren.

Aan de andere kant, er is altijd een andere kant. Ik rij dus door en
realiseer me dat ik mijn veiligheidsroutine aan het verslonzen ben.
Daarom schiet ik een steeg in en neem een straat die parallel loopt

aan de eerste; ook kijk ik regelmatig om me heen. Alles lijkt in orde.

Een kilometer voor mijn bestemming zet ik mijn pet en zonnebril op, de snor laat ik voorlopig de snor. Via een kleine omweg, ik wil de gewone inrit vermijden, bereik ik Paviljoen De Kaap en zet mijn fiets naast het pand tegen een boom. Om de een of andere reden zet ik hem niet op slot, je ziet James Bond ook nooit zijn auto op slot doen.

Ik loop langs het paviljoen, een futuristisch bouwwerk, aan drie kanten omhelsd door een terras dat druk bezet is met veertigers in pak en mantelpak, tapas en wijnkoelers. Het parkeerterrein ligt achter me. Het is omzoomd met bosschages en jonge bomen, ideaal voor iemand die verdekt de omgeving in de gaten wil houden, een soort vogelobservatiepost als het ware. Linksachter op het parkeerterrein is voor mij nu rechtsvoor en via een omtrekkende beweging neem ik een positie in op dertig meter van het asfalt, beschermd door manshoge struiken. Onderweg kijk ik om me heen of ik Alfa's, BMW's of andere bekende wagens zie, maar niets van dat al. Het terrein is voor de helft gevuld met leaseauto's en Mini's, maar 'linksachter' is het zo goed als leeg; de afstand tot het paviljoen is van hieruit het grootst en niemand komt naar De Kaap om te wandelen. Het is duidelijk dat Maja de locatie goed kent, je kunt hier ongestoord en onbespied in een auto een praatje maken.

Het is kwart voor vijf. Mocht De Krom de zaak niet vertrouwen en vooraf de situatie willen inspecteren dan is daarvan niets te zien. Het verbaast me opnieuw dat er beroepsgroepen zijn die op parkeerterreinen afspreken, psychologen spreken nooit af op parkeerterreinen.

Ik drink wat, doe mijn zonnebril af en houd de camera bij de hand. Wat ik zou moeten fotograferen is me trouwens een raadsel. Ik veeg een spin van mijn wang en mijn broek. Er staat verderop geen groene Jaguar, alleen twee kleine Japanners, vermoedelijk van personeel.

Tot vijf voor vijf.

Er draait een Audi Q7 het terrein op die doorrijdt naar een plek in de uiterste hoek, achterwaarts parkeert en daar blijft staan. De lichten blijven aan, er stapt niemand uit; ik vermoed dat de motor loopt. Door de telelens van mijn camera zie ik dat de bestuurder niet alleen is, er zit iemand naast hem. Geen vrouw vermoedelijk, ik zie een snor. De bestuurder zou De Krom kunnen zijn, ik heb er geen goed zicht op. Om vijf uur is de situatie onveranderd, de lichten branden nog steeds. Twee minuten later stapt de bijrijder uit en steekt een sigaret op, hij gebaart iets naar de chauffeur, doet een paar stappen en kijkt om zich heen. Hij fixeert een moment de bosjes, maar ziet me niet. De man is slank, een jaar of veertig, is gekleed in een grijs pak en oogt als een lijfwacht van Obama.

De Krom, als het De Krom is, blijft zitten.

Een minuut later breekt de oorlog uit.

# 34

Van links scheurt een BMW het terrein op, rijdt via het midden in mijn richting en mindert dan vaart. Op dat moment duikt de roker de Audi in die, nog voor het portier is gesloten, gas geeft en langs de zijkant in de richting van de uitgang sprint. Seconden later is de wagen uit het zicht verdwenen.

De BMW stopt op nog geen veertig meter bij mij vandaan, naast het hek dat het parkeerterrein scheidt van de oever van het meer. Er stappen drie mannen uit, twee van hen ken ik. De Fin en de Kaukasiër roepen iets naar elkaar en wijzen in verschillende richtingen, waaronder de mijne. Ze knikken, ze zijn het eens. Dan lopen ze ieder een kant op, de donkere man langs de struiken in de richting van het paviljoen, de blonde lijkt te weten waar ik me bevind, hij komt me, in rustig tempo en om zich heen kijkend, tegemoet. De derde man blijft bij de auto staan.

Tijd om in paniek te raken of me af te vragen wat er hier in vredesnaam aan de hand is krijg ik niet, wel besef ik dat ik hier vooral niet moet blijven staan. De vijand is op jacht, ik ben binnen schootsafstand.

De Fin nadert, doelgericht, lijkt het. Ik zie hem door een centimetergrote opening tussen de bladeren van mijn dekking en kijk even achterom. Als ik in een rechte lijn achteruitloop kan ik ongezien een volgende struik bereiken die deel uitmaakt van een aaneengesloten jungle van bosschages, moeilijk doordringbaar maar ook met de mogelijkheid in de omgeving op te lossen. Zo schuifel ik, met één arm als een blindenstok naar achteren gericht en hopend dat mijn achtervolger zijn tempo niet heeft verhoogd, naar mijn volgende schuilplaats. Die bereik ik ongezien. Nu draai ik me om en probeer me een weg te banen tussen bladeren, stronken en bomen door, waarbij ik voortdurend moet bukken en soms kruipen omdat overhellende takken er alles aan doen om me te dwarsbomen. De natuur mocht hier zijn gang gaan in de gedaante van braamstruiken die het hier goed doen, maar die ik moet passeren om definitief uit het zicht te raken. Ik banjer er met hoog opgetrokken knieën doorheen en merk al na één stap dat mijn outfit aan gort gaat. En dat niet alleen, ik voel dat mijn handen en benen bekrast, gekerfd worden. Ik neem het waar, maar het is niet meer dan een onbelangrijke constatering die geen enkele invloed heeft op wat ik aan het doen ben. Ik probeer mijn leven te redden, een beslissing die genomen is buiten mijn bewustzijn om en die me opdrijft zonder redelijk overleg. Als instinct bestaat, is dit het.

Gejaagd vertrap ik struiken, sla takken aan de kant, duw mijn hoofd door een laag bladeren. Ik veeg zweet en spinnenwebben van mijn gezicht, de pleister laat los, maar ik loop door. Mijn rugzak blijft haken, ik ruk me los. Ik kijk over mijn schouder maar een achtervolger is niet te zien, al zat hij drie meter achter me. Als ik een moment blijf staan luister ik. Niets. Ik hijg en begin te geloven dat ik veilig ben. In een wat rustiger tempo loop ik verder. Het gaat nu makkelijker, het struikgewas wordt minder dicht, gaat gaandeweg over in een verzorgde ordening die je een tuin zou kunnen noemen en even later bereik ik een grasstrook. Daar buig ik voorover, handen op mijn knieën, ogen gesloten, uithijgend en wachtend op de immense opluchting en ontlading in de vorm van een korte jankpartij. Ik kijk opzij.

Vijftig meter verderop staat de Fin. Hij is omgelopen.

Hij ziet me, kijkt me aan. Ik kijk terug. Een moment, niet langer dan een seconde. Dan draait hij een kwartslag en rent in mijn richting terwijl hij iets uit zijn zak haalt.

Er zijn twee mogelijkheden. Terug het bos in of linksaf voluit sprinten naar het hek waarachter de soppige oever van het meer. Ik kies voor het laatste, voor een zorgvuldige afweging is geen tijd. Als ik het hek bereik weet ik dat het de verkeerde keuze was. Ik moet eroverheen, normaal gesproken een klus van niks, maar mijn rechterarm schreeuwt dat ik het zelf maar moet uitzoeken. Intussen hoor ik de voetstappen van de Scandinaviër en trek me moeizaam met links op. Mijn hoofd, mijn schouders worstel ik boven de horizontale stang uit, grijp met rechts de andere kant van het rasterwerk vast, negeer de pijn en sjor me over het hek heen. Bijna.

Mijn tweede been krijg ik niet mee, er zit een hand om mijn enkel. Ik hang nu voor driekwart aan de andere kant en ruk en trek om ook de rest van mijn lichaam terug te krijgen. Achter me probeert de Fin me met twee handen tegen te houden, wat hem lukt. Even later trekt hij me met korte rukken terug naar boven waardoor een steeds groter deel van mijn lichaam de fatale kant op gaat. Mijn rechterhand houdt het niet en pakt een volgende grip. Ik besef dat als mijn zwaartepunt over het hek kantelt, het gebeurd is. Overlevingsinstinct of niet, ik ben aan het verliezen.

Ik probeer me los te schoppen, maar de handen om mijn enkel bewegen soepel mee en centimeter voor centimeter schuif ik verder over het hek. Opnieuw grijp ik een houvast, weer iets hoger. Mijn linkerbeen heeft daardoor meer bewegingsruimte en ik blijf schoppen, zonder resultaat. Het heeft allemaal geen enkele zin. Ik vraag me af hoe lang ik dit volhoud, de vent is veel sterker dan ik.

Terwijl hij nu met volle kracht mijn been omlaag probeert te trekken daagt het dat ik daar misschien profijt van kan hebben. Ik trek mijn dijbeen iets omhoog, wat me ongeveer mijn hamstring kost, en stamp met alles wat ik heb naar beneden. De Fin helpt met zijn volle gewicht mee en ik voel dat ik iets raak, en hard ook. Op hetzelfde moment komt mijn voet los en laat ik me over het hek kantelen. Als ik op de grond sta zie ik de Fin aan de andere kant met een hand tegen zijn gezicht gedrukt. Dat zit onder het bloed, het druppelt langs zijn kin op het gras. Ik heb zijn neus geraakt.

Ik heb geen tijd om me te herstellen, de man springt in blinde woede tegen het hek op en trekt zich omhoog. Ik begin te rennen op de smalle strook klei die het hek van het meer scheidt. Meer dan twintig meter lig ik niet voor en ik merk dat hij me inhaalt. Ik stap in een kuil, val, sta op en ren verder. Mijn benen, mijn enkel, mijn arm doet pijn, mijn snelheid loopt terug. Er lijkt geen ontkomen aan.

Die inschatting klopt. De strook grond wordt smaller en het hek sluit uiteindelijk de vluchtweg af doordat het nog drie meter in het water is doorgetrokken, met stalen punten erbovenop. Zo kom je inderdaad moeilijk binnen, maar eruit lukt ook niet. Tenzij ik me het meer in stort, wat ik niet doe, ik ben geen zwemmer, meer het type dat bij het watertrappelen zijn neus dichtknijpt.

Ik grijp het hek vast in een desolate poging eroverheen te gaan, maar krijg de kans niet. De Fin rukt me aan mijn arm naar achteren, waardoor ik een halve slag draai en bijna mijn evenwicht verlies. Mijn lichaam heeft nog minder verweer dan een zak aardappelen, ik ben uitgeput. Als ik tegenover de man sta haalt hij uit en stompt me in mijn maag. Ik klap dubbel. Op hetzelfde moment trekt hij zijn knie op en raakt mijn kin, waardoor mijn hoofd weer omhoog schiet. Het doet geen pijn, maar de wereld kantelt alsof ik een looping maak. Daarna ben ik een moment blind en merk ik dat ik ofwel in een afgrond donder of gewoon het heelal word ingeschoten. Idioot genoeg herinner ik me opeens dat de Fin Heinz heet. Even later voel ik dat ik op mijn rug in de modder lig. Er zit iemand op me.

'Dag Heinz, jij ook hier?' Het schijnt dat ik het zeg, ik hoor mezelf.

Ik piep als ik adem probeer te halen, begrijpelijk, Heinz drukt met zijn rechterhand mijn hals tegen de grond.

'Dom, Duvalier, heel dom. Je was gewaarschuwd, maar je luisterde niet. Nou is het te laat.' Lage stem, smerige kop met bloed dat nog niet is gestold.

Terwijl hij me vasthoudt haalt hij met zijn andere hand een mobiel uit zijn zak. Ik realiseer me wat er dreigt te gebeuren. Tenzij ik nu direct word vermoord trommelt Heinz zijn collega's op om iets moois in scène te zetten.

Loskomen kan ik niet, maar ik heb mijn armen nog vrij en Heinz heeft er ook maar twee. En dus mep ik met mijn rechter- tegen zijn linkerhand die net naar zijn oor onderweg was, met als gevolg dat het ding met een boog drie meter verder met een plop in het meer verdwijnt. Mijn leven is niet gered, maar het voelt als uitstel van executie.

Een heel kort uitstel, want de Fin knijpt nu harder. Het is of mijn hoofd opzwelt en elk moment uit elkaar kan spatten, ademen gaat nauwelijks en mijn hart is een dreunende tamtam.

'Dat had je niet moeten doen, Duvalier,' zegt hij zachtjes. 'Nou moet ik het hier afmaken. Vandaag verdrink je.'

'Wacht!' Het is meer rochelen dan praten wat eruit komt. 'Het ging toch om De Krom! Ik heb me nergens mee bemoeid!' Mijn handen graaien naast me in de modderige grond. Nergens een pistool, geen mes.

De Fin kijkt me aan en schudt zijn hoofd. 'Hij was hier, jij was hier. Dom, Duvalier.' Hij legt nu ook zijn tweede hand om mijn hals.

'Ik heb belangrijke informa…' is het laatste wat ik uit kan brengen, mijn keel zit dicht. Ik graai. Geen pistool, geen mes. Ik graai, voel de beschoeiing en dreig weg te zeilen.

Een steen, ik heb een steen in mijn hand. *Niet wegdrijven! Doe nog één ding voor je doodgaat! Probeer het!*

Mijn ogen staan op ontploffen, mijn lichaam begint te schokken, Heinz grijnst. Ik knijp in de steen en zwaai mijn linkerarm omhoog met het laatste leven dat in me zit. Ik raak hem tegen zijn slaap, zie ik nog, waarna ik mezelf kwijtraak.

# 35

Traag word ik me ervan bewust dat ik niet dood ben, maar dat ik leef is te veel gezegd. Ik lig languit achterover, niet comfortabel, want er zit iets hards onder mijn rug. Vervelend is ook dat er een zandzak op me ligt. De zak stinkt. Als ik voorzichtig mijn ogen open zie ik naast mijn wang een kop met blond haar en bloedkorsten. Ik word omhelsd.

Door een lijk.

De Fin kijkt me aan, nee, door me heen. Walgend rol ik om waardoor hij op zijn rug draait. Ik ga moeizaam zitten, hoestend en met een bonkend hoofd. Ik kijk weer opzij. Het bloed uit Heinz' neus zit tot in zijn mondhoeken en ik vraag me af of er helden bestaan die in mijn situatie die afgrijselijke smerigheid vol op de bek gaan blazen. Zo'n held ben ik niet, dus besluit ik dat Heinz de consequenties van zijn daden maar manmoedig moet dragen. Aan zijn ouders en familie wil ik niet denken.

Ik hijg, doe mijn rugzak af en pak de fles water. De helft drink ik op, de rest giet ik over mijn hoofd. Dan doe ik mijn ogen dicht en probeer tot rust te komen. Ten slotte sta ik op, traag en onvast. Als ik om me heen kijk zie ik dat we alleen zijn. Het meer is rimpelloos, de zon spiegelt in het water, maar idyllisch is het niet. Ik zit hier opgescheept met een lijk, een gekneusde adamsappel en een kop met paniek. Mogelijke gevolgen en toekomstscenario's verdring ik, ik moet hier weg en wel direct.

Moet ik Heinz laten liggen? Wat als die andere idioot gaat zoeken en hem hier aantreft? Dan is mijn kostje gekocht, ik kan er niet omheen dat ze wisten dat ik hier was.

Ik pak mijn mobiel en staar naar het schermpje. Wat zal ik de politie vertellen? Alles wat er is gebeurd, dat spreekt vanzelf, dit is inmiddels zo uit de hand gelopen dat ik hulp nodig heb. Het is te groot voor een beginnende psycholoog, Chain moet worden gestopt. Als het Chain is, waar ik geen spat bewijs voor heb.

Ik toets de 1 in.

Ik realiseer me dat dit smerige avontuur grote gevolgen gaat hebben, ik lees de krant ook. 'Man slaat aanvaller dood'. Interviews met ministers, discussies over gepast geweld en ik word vastgehouden 'tot de toedracht duidelijk is'. Het is niet anders, ik heb geen keus.

Ik toets de volgende 1 in.

Of ze de dode Fin in verband kunnen brengen met een of andere criminele organisatie is maar de vraag, het lijkt erop dat zijn club professioneel genoeg is om buiten schot te blijven. Dan blijft de politie zitten met een onduidelijk lijk en een overduidelijke moordenaar. Geen fijn perspectief.

Mijn duim gaat naar de 2.

Als ik nu doorpak ligt de boel wel op straat. Iedereen, zijn baas incluis, weet dan dat ik Heinz heb doodgeslagen. De consequenties kan ik niet precies overzien, maar dat ik op een dodenlijst kom te staan lijkt me opeens heel aannemelijk. Moet ik dan verdomme onderduiken? Elders een nieuw bestaan opbouwen? Er overvalt me een gevoel van totale moedeloosheid, elke optie is een drama, wat ik ook doe, ik zit onherroepelijk klem.

Ik kijk naar de 2 en druk niet.

De Fin is nog steeds dood en we zijn nog altijd alleen. En dan besluit ik iets te doen dat altijd nog kan worden teruggedraaid maar misschien voorlopig mijn leven redt, en alles wat me verder dierbaar is. De politie loopt niet weg, als het moment daar is zal ik niet aarzelen ook de 2 in te toetsen. Maar nu even niet.

Ik hurk naast Heinz, doe mijn ogen dicht en bereid me voor op het goorste karwei in mijn bestaan.

Dat begint met onhandig gegraai in zijn zakken, die moeten leeg. Ik voel been, borst, buik, moet kokhalzen als mijn vingers merken hoe het vlees meegeeft en moet me dwingen door te gaan.

Sigaretten, een aansteker. Gebruikte tissues. Zonnebril. Een rijbewijs op naam van Martin Bock, een portemonnee met een creditcard op naam van Donald Hart, een paar honderd euro. Nog een rijbewijs, nu heet de Fin John van Halen. De man kan niet kiezen.

Drie sleutels met een vorm die ik niet ken. Een kluis? Een Finse voordeur? Een witgouden ring met inscriptie: 'Rebecca'. Ze is nu weduwe. Of eindelijk verlost.

En nog iets, ik zie pas wat ik beet heb als ik het uit zijn linker binnenzak haal.

Een pistool.

Jezus.

Zo'n ding heb ik nog nooit in mijn vingers gehad, hij is zwaarder dan ik had gedacht. Ik houd hem vast, niet in de schietpositie, maar zorg er wel voor dat de loop van me af is gericht; intuïtief ben ik bang dat het afgaat, alsof Heinz vooraf instructies heeft gegeven. Ik kijk nog eens goed en vind een schuifje dat de veiligheidspal zou kunnen zijn. Er is een rood en een groen icoontje. Hij staat op groen. Is groen: je mag schieten? Betekent rood: pas op, ik sta op scherp? Ik leg het wapen in het gras en concentreer me op de rest van mijn taak.

Als ik mijn rugzak leeg zie ik dat mijn camera zwaar beschadigd is. Het interesseert me niets, niets interesseert me, ik concentreer me, al was het maar om braakneigingen voor te zijn.

Er gaan acht stenen in mijn rugzak, zo groot is die niet. Ik sluit hem af met drie knopen en kom nu bij het smerigste deel van mijn taak. Een paar keer diep zuchten helpt nauwelijks, een moment naar de wolken kijken ook niet. Ik moet nu doorzetten.

Ik draai de Fin op zijn buik en ben geschokt hoe dood een dode is. Van Heinz is niets meer over dan een stinkende zak met ballast. Ik til de loodzware rugzak op zijn rug en sjor zijn armen door de riemen, wat nog niet meevalt als iemand weigert mee te werken. Over de rigor mortis heb ik gelezen, maar de Fin is nog alles behalve stijf, meer een macabere lappenpop op ware grootte. Ik rol hem op zijn zijkant, trek de rugzak over zijn schouders en besef dat hij het zaakje gaat verliezen als hij niet oppast.

Mijn broekriem is een optie, maar dat ding heb ik niet om uit modieuze overwegingen. Mijn schoenen hebben geen veters, het zijn instappers. Heinz heeft geen riem maar wel veters, waarmee ik de schouderbanden voor zijn borst aan elkaar knoop, zo degelijk als ik kan. Dan sleur ik hem naar de waterkant, een beroerd karwei, honderd kilo dood gewicht dat blijft haken aan elke oneffenheid; de Fin lijkt zich tot het laatst te verzetten tegen zijn uitvaart. Als ik hem op de rand heb gelegd sta ik op en kijk hijgend naar het lijk aan mijn voeten. 'Vaarwel Heinz,' mompel ik, 'we zullen je niet snel vergeten.' Daarna rol ik hem met mijn schoen het donkere water in.

Je verwacht in zo'n situatie een duidelijke plons, een verdwijnend lijk en een waterspiegel die zich herstelt alsof er niks gebeurd is.

Niets van dat al.

Heinz ligt op zijn best half onder water en de rugzak steekt er ver bovenuit. Verbijsterd constateer ik opnieuw dat ik een beginneling ben in dit vak, ik had op zijn minst een peilstok in kunnen zetten. Met mijn voet probeer ik hem vanaf de wal verder het meer in te duwen, maar die halve meter winst maakt geen verschil, meneer ligt nu op zijn rug naar de hemel te staren. Ik kijk om me heen en vind een zware tak waarmee ik hem begin te porren. Decimeter voor decimeter rolt hij verder, inmiddels onherkenbaar door de rommel waar hij doorheen is gewenteld. Hij ziet eruit als een veenlijk.

Ook twee meter van de kant is het meer zo ondiep als een pierenbad, dit is niet het zeemansgraf dat ik voor ogen had. Ik kan de Fin onmogelijk zo laten liggen. Wat moet ik dan? Begraven? Waarmee? Ik heb nog geen theelepel waarmee ik kan scheppen. Met takken en bladeren bedekken, dat lees je ook weleens. En wat als een stelletje na wat geflirt op De Kaap besluit een rustig plekje te zoeken om het contact verder handen en voeten te geven? Of als er wat cruisende heren het avontuur zoeken op dit idyllische plekje? Eén windvlaag en ze zitten met een pottenkijker die de lust voor jaren dooft. Het dringt langzaam tot me door dat er maar één ding op zit.

Koud is het niet, het zal tegen de twintig graden zijn, en met een fleece om de schouders is het ook in de wind prima te doen. Naakt is het een ander verhaal, het is stervenskoud. Het is voor een ongeschoolde naturist hoe dan ook wennen om in je blote kont door de openbare ruimte te banjeren, maar ik heb geen keus.

Mijn eerste stap in het troebele water gaat redelijk goed. Weliswaar zak ik tot mijn enkel weg in de modder, maar ik bewaar mijn evenwicht. Op het moment dat ik een volgende stap wil maken komt mijn eerste voet te laat los en duik ik voorover. Ik lig nu op mijn ellebogen en mijn gezicht raakt bijna de linkerarm van Heinz. Moeizaam kom ik overeind en waad om de Fin heen. Ik draai hem op zijn buik, grijp hem bij zijn kraag en begin te sleuren, verder van de kant af, in de desperate hoop dat het ooit dieper wordt.

Het wordt dieper, maar het schiet niet op. Vijftig meter verder sta ik tot mijn knieën in het water en ik begin te vrezen dat ik straks met de Fin aan de overkant sta. Zover komt het niet want opeens voel ik de bodem hellen, het is of ik een steil modderpad afloop. Als het water tot mijn schouders komt ruk ik Heinz, die al een poosje niet te zien is, nog één keer naar me toe en langs me heen. Met een voet duw ik hem nog iets dieper het meer in. Hier mag hij blijven, liefst tot niemand hem vindt.

Op de terugweg zwem ik een paar slagen en houd ik mijn hoofd even onder water. Het voelt als een rituele reiniging.

Als ik na moeizaam geploeter de oever bereik, hijg ik een poosje uit en droog me af met mijn T-shirt, dat halverwege geen vocht meer opneemt. Ik spoel mijn voeten af, rillend van de kou, en trek de rest van mijn kleren aan. Het shirt wring ik uit en vul het met mijn spullen: de camera, chocola, snor, pet, de spullen van Heinz en ten slotte het pistool. Ik heb overwogen het ding in het meer te gooien maar gezien mijn positie leek me dat niet verstandig. Ik ben beter met woorden, maar gelul schiet soms tekort als je leven op het spel staat.

Terwijl ik het shirt dichtknoop vraag ik me af hoe ik mijn fiets moet bereiken. Die staat aan de andere kant van het paviljoen; ik zal een omtrekkende beweging moeten maken, ruim om het parkeerterrein heen en weer via de struiken, inclusief bramen. Verder wil ik zien of de BMW er nog staat. Als dat zo is zijn ze op zoek naar Heinz die zich niet aan de afspraken houdt, zijn telefoon niet beantwoordt, en zich niet meldt.

Ik loop terug via de route die ik al ken en beklim het hek ontspannen en op routine. De bramen waarmee mijn tocht begon mijd ik, ik neem de omweg die de Fin ook koos. Zo kom ik uit bij de inrit van het parkeerterrein, waar ik een moment om me heen kijk. Er loopt hier niemand rond, af en toe rijdt er een auto het terrein op of af. Honderd meter verder, op de plek waar het allemaal begon, staat nog steeds de BMW. Ernaast loopt iemand te ijsberen met een telefoon tegen zijn hoofd. Het is niet de Kaukasiër, die kennelijk op zoek is naar zijn collega en zich nu loopt op te vreten omdat er een missie uit de hand loopt: De Krom ontkomt, het andere doelwit is zoek en de handlanger spoorloos. Hier wordt hij niet voor betaald.

Ik ren naar de overkant en loop onder dekking van de struiken in de richting van mijn fiets. Waar de andere Chainman aan het zoeken is, geen idee, maar hier in elk geval niet, waardoor ik ongezien weg kan rijden.

Onderweg neem ik alle bekende voorzorgen in acht, ik weet niet of er nog andere patrouilles zijn ingezet. Vlak voor ik aankom bij de straat waar ik woon stap ik af en zet mijn pet en zonnebril op. Het laatste stuk loop ik en als er ook maar iemand binnen tweehonderd meter staat te lanterfanten, ik zal het zien. Een fietser die naar mijn voordeur kijkt: betrapt. Een hond die tegen de deurpost plast: nog net niet verdacht. De enige plek waar een spion zich nog schuil zou kunnen houden is café Muskee, vanaf het tafeltje bij het raam heb je goed zicht op mijn huis, maar mijn intuïtie stelt me gerust, wat juist een reden zou moeten zijn er even te gaan kijken. Ik besluit de kroeg later vanavond aan een grondig onderzoek te onderwerpen.

Als ik eindelijk mijn nest binnenkom weersta ik de aanvechting me jankend en theatraal op mijn bed te laten vallen en een nieuw record aan zelfmedelijden te vestigen. Ik open een fles witte wijn, pak een glas en zijg neer in mijn stoel. Wel sta ik me een aantal diepe zuchten toe.

# 36

Het is zeven uur en ik schenk een tweede glas in. Ik merk nu dat ik stink, mijn lichaamsgeur houdt het midden tussen putlucht, stilstaand water en oud zweet, een combinatie die nog niet door de parfummaffia is ontdekt. Na dit glas douchen, neem ik me voor. Relax.

Er is nog geen begin van een verwerking van wat ik heb meegemaakt. Nu ik hier zit komt het me feitelijk voor als een totaal onwaarschijnlijk verhaal, alsof ik een fantast ben die zichzelf iets zit wijs te maken. Ik begin bijna te denken dat een lichte psychose bezit van me heeft genomen, met wanen die in mijn hoofd rondspoken. Er zijn mensen voor minder opgenomen. Heeft pa zijn genetische rommeltje toch bij me achtergelaten.

Maar zoals hij altijd ontkende, doe ik het ook. Ben je belazerd, ik ben niet gek! Welnee, mijn stinkende outfit is keihard bewijs. Ik ben bijna vermoord, heb een aanvaller gedood en verborgen, en moet nu iets nuttigs doen.

Mijn wijn opdrinken dus. Douchen. Eten. Domme invallen deleten. En vooral rustig zien te blijven.

Ik neem een bad, wat ik zelden doe. Dat heeft te maken met de licht ongemakkelijke ervaring dat je voortdurend naar je eigen lichaamsdelen zit te kijken. Maar nu doe ik het, met een glas wijn naast de shampoo.

Wat al uren op de achterdeur bonst laat ik nu toe. Chain, of voor wie de Fin ook werkte, is getipt.

Het is ondenkbaar dat Peter de Krom dat heeft gedaan, er was voor hem geen enkele aanleiding een paar moordenaars van de tegenpartij naar het parkeerterrein te lokken. Hij ging er als een idioot vandoor toen ze arriveerden, het was niets minder dan een vlucht; hij herkende ze. Bovendien werd De Krom een mogelijkheid geboden zijn bedrijf te redden, die ga je niet vergooien voor je zeker weet dat het een fakedeal betreft, en dat kon hij niet weten.

En stel het onwaarschijnlijke geval dat de BMW-mannen handlangers van De Krom waren en zij het louter op mij hadden voorzien, de opbeller, dan ging hij er kennelijk van uit dat ik een aanslag op hem ging plegen. Waarom geef je die mannen anders de opdracht mij te zoeken en af te maken? Krankzinnig.

Ik denk me suf over scenario's met De Krom als tipgever, maar strand, hoe bizar ik ze ook verzin.

Nummer twee die weet had van het rendez-vous ben ik. Ik ben er tamelijk zeker van dat ik er niemand over heb verteld.

Blijft over nummer drie, ik kan er niet onderuit.

Maja heeft me verneukt, gebruikt, verraden.

De consequenties van deze conclusie kan ik nog niet bevatten, het zal met bewustzijnsvernauwing te maken hebben. De helft van mijn hersens staat nog uit omdat mijn systeem de gruwelijke details van vandaag niet toelaat.

Ik droog me af, de huid van mijn tenen is geribbeld. Spijkerbroek, poloshirt met het logo van Amnesty International, mijn lievelingspolo, mijn troostpolo. Mijn maag is compleet van slag, net als mijn darmen, die nadrukkelijk aandacht vragen, om maar te zwijgen van mijn bonzende hoofd. Een minuut later ren ik naar de wc, waar ik net te laat aankom.

Na de schoonmaak voel ik me iets beter, misschien zelfs al in staat tot de oversteek naar Muskee. Dat stel ik uit met een glas wijn, dat ik met enige goede wil binnen moet kunnen houden.

Het gore T-shirt ligt nog bij de deur. Ik sta op, pak het uit en zie mijn verminkte camera en de andere verfomfaaide spullen. Zal ik die gebruikte zakdoekjes bewaren omdat er DNA op zit? Gadverdamme, ik moet niet gekker worden. Door de wc ermee, handen wassen. Het pistool had ik verdrongen, maar het ligt daar heel aanwezig te zijn. Ik leg het op tafel en start mijn laptop op voor een online cursus wapenkennis.

Op de zijkant van het pistool staat 'Walther PPK/s', verderop '9 mm'.

Ik lees dat het een Duits pistool betreft, ontworpen in 1922 en tot in de jaren negentig aangepast. Het werd door de Duitse politie gebruikt, maar, o ironie, het blijkt ook het favoriete wapen van MI6 en James Bond. Als ik dan toch een pistool in huis wil hebben, dan maar meteen een goeie, bedenk ik. Verder lezend blijkt het rotding nog een macaber trekje te hebben. In april 1945 schoot Hitler met een PPK een kogel door zijn hoofd terwijl hij naast de zieltogende Eva Braun zat; ze had net een cyanidepilletje geslikt. Ik wil dit allemaal niet weten, wel hoe het ding te gebruiken is.

Naast het schuifje op de linkerkant is een groene stip te zien. Het betekent 'veilig', ontdek ik, het wapen doet het niet in deze positie. Zet ik hem op rood, dan kan ik schieten. Ook zit er een knop waarmee je het magazijn uit de kolf kunt halen, het wipt er door een veertje uit. Er kunnen zeven patronen in, wat me een beetje tegenvalt. Met mijn duim kan ik ze er gemakkelijk uit schuiven, het magazijn zat vol. Erin gaat ook simpel, het doet denken aan het vervangen van batterijtjes. Laden door de bovenzijde naar achter te trekken en los te laten. Dan kun je direct schieten met het pistool, maar het eerste schot gaat zwaar. Beter kun je de haan naar achteren trekken, wat bovendien met een intimiderende klik gepaard gaat.

En zo oefen ik, magazijn erin, eruit, pal op rood, op groen, laden, legen, trekker overhalen. Een halfuur later heb ik het wapen onder controle, weet ik hoe het werkt en ben ik me bewust van de handelingen die je vooral niet moet uitvoeren. Alleen een echt schot heb ik niet gelost. Ik vraag me af of je met zo'n pistool moet schieten zoals cowboys: gewoon met één gestrekte arm, of op de FBI-manier, met twee handen, wat ik altijd een beetje aanstellerig heb gevonden.

Het is prettig tijdverdrijf, alsof ik een nieuwe hobby heb gevonden, maar ik weet wel beter. Als je je stort op eenvoudig handwerk hoef je niet na te denken en dat maakt mijn nieuwe speelgoed zo aantrekkelijk. Ik kan de verleiding niet weerstaan met de veiligheidspal op groen wat poses te oefenen. *'Hands up,'* mompel ik als ik met uitgestoken arm richt op de pot Nescafé. Dan, na een halve draai: *'You, don't move your ass or I'll blow your head off.'* Mijn schemerlamp is er niet van ondersteboven. Ook blaas ik denkbeeldige kruitdamp uit de loop. Dieper kan een mens niet zinken, ik weet het, maar ik loop naar de badkamer om in de spiegel te kijken hoe ik eruitzie in stoere houdingen. Nadat ik mezelf heb aangekeken, het pistool heb gericht en *'You talking to me?'* heb gezegd, geef ik het eindelijk op en laat me zakken op de wc. Ik begin te schokschouderen, wat een voorbode blijkt van een niet te stuiten golf van angst, woede, eenzaamheid en zelfmedelijden.

Een halfuur later ben ik uitgeperst, leeg, zowel psychisch als fysiek.

# 37

Een normaal mens gaat naar bed als hij uitgeput is, maar iemand die zopas een blonde atleet heeft doodgeslagen is geen normaal mens. Dat is iemand die bang is voor zijn bed vanwege niet te stuiten horrorbeelden en angstscenario's, en zich het liefst onderdompelt in simpel vermaak; alles is goed zolang het maar afleidt. Bovendien moet ik tot mezelf zien te komen, al was het maar omdat ik morgen met twee cliënten over ernstige problemen ga praten, helaas niet de mijne.

En zo zit ik op mijn kruk aan de bar van Muskee, een glas bier in mijn hand. Het is rustig vanavond, de omzet moet komen van een paar studentes en wat ouderen die ik inschat als theaterbezoekers die hier de niet helemaal geslaagde voorstelling komen goedpraten om toch tevreden op huis aan te kunnen. Een oudere heer maakt zich los uit het gezelschap en komt naast me zitten. Een slanke, elegante man met grijze bakkebaarden.

'Goedenavond,' zegt hij.

'Goedenavond,' zeg ik. 'Hoe vond u de voorstelling? Beetje tam, naar mijn mening.'

'Pardon?'

'De voorstelling. Niet echt op dreef. Had z'n dag niet. Terwijl de recensies goed waren.'

De man kijkt me bevreemd aan. 'Neem me niet kwalijk, maar ik weet niet waar u het over hebt.'

Soms kom je als psycholoog keihard je grenzen tegen. Mensenkennis bestaat niet, maar je tuint er toch weer in. 'O, ik dacht u te herkennen. U zat dus niet op de tweede rij naast die dame met dat gele jasje.'

Hij begint te lachen, welwillend. 'Ik zit graag naast dames met gele jasjes, maar helaas was daar vanavond geen sprake van.'

'Sorry voor het misverstand,' zeg ik. 'Kan ik u iets aanbieden voor het ongerief?'

'Dat hoeft helemaal niet, maar een biertje gaat er wel in.'

'Willem! Twee bier, er zitten hier een paar mannen te verdorren.'

'So!'

'En om welke voorstelling gaat het?' vraagt buurman.

Moet ik tegen een vreemdeling nu bekennen dat mijn professionele inschatting een fiasco was? 'Cabaretier Stijn van Duren. Nieuwe jongen, eerste voorstelling.'

'Nooit van gehoord.'

'Nee. Moet nog doorbreken. Proost. Ik ben Joep en ik woon hier tegenover.'

Hij knikt. 'Ik ben Gerard en woon in Groningen.'

'Leuke stad,' zeg ik. 'Dagje uit?'

'Ja en nee. Ik heb vandaag een biologencongres bijgewoond. Heb je enig idee hoe dat eruitziet, duizend biologen bij elkaar?'

Ik schud mijn hoofd. 'Ik zag ooit een foto met duizend roodharigen.' Het slaat nergens op.

'Precies! Zoiets! Maar dan natuurlijk anders.'

'Je bent dus bioloog.'

'Ja, verbonden aan een forensisch laboratorium.'

Toeval bestaat niet.

'Dus je werkt voor justitie? Met lijken?'

'Ook wel, ja. Zeker als er nog wat aan vastzit, dan kom ik in beeld.'

'Je houdt van je werk, merk ik.'

'Zeker! Het is altijd weer een avontuur waar je mee te maken krijgt.'

Ik neem een slok en kijk hem aan. 'En wat is het bijzonderste wat je hebt meegemaakt in je vak?'

Gerard neemt de tijd. 'Misschien was het dit. Op een snikhete septemberdag kreeg de politie de melding dat er in Groningen een motorrijder een kanaal in was gereden. Er werd gedregd en er werd inderdaad een stoffelijk overschot aangetroffen. Alleen had de man geen helm op. Over de schedel zat een muts en er zaten schaatsen aan de voeten.'

Ik blokkeer en onontkoombaar dringen beelden zich aan me op. Het kost me moeite te blijven zitten en niet naar de wc te rennen. 'Curieus,' weet ik uit te brengen.

'Ja, het was heel bijzonder. De man werd al ruim twee jaar vermist, maar er kon eindelijk een fatsoenlijke uitvaart worden georganiseerd. Hoe heet de barman ook alweer?'

'Willem,' zeg ik.

'Willem, mag ik er nog twee?'

Het is onweerstaanbaar, deze kans krijg ik niet weer, ik móét dit doen. 'Heel boeiend. Hoe gaat dat eigenlijk als een stoffelijk overschot in het water ligt? Verdwijnt het uiteindelijk?'

'Dat ligt eraan. Gaat het om een kanaal? De zee? Een bad? Zit het lichaam vast of niet? Speelt allemaal een rol.'

Ik knik. 'Zeg: een meer van een paar meter diep. Wat gebeurt er dan?'

'Dat is een leuke vraag die ook tijdens de opleiding aan de orde kwam. Mag ik weten wat je achtergrond is?'

'Ik ben psycholoog.'

'Ah! Jij graaft ook in mensen! Goedenavond, collega.'

'Ook zo.'

'Om op je vraag terug te komen, het lichaam verweekt vrij snel in biologisch rijk water en binnen een paar uur tot enkele dagen zullen de toegankelijkste lichaamsdelen, zeg de ogen, door vissen worden ontdekt. De geopende mond en de neus zijn aanvankelijk ook populair bij kleine vissen. Je kent ze wel, die kleine doorzichtige beestjes. Die dringen binnen de kortste keren via de neusholte de voorhoofdsholte binnen en daarna kunnen ze verschillende kanten op. En ook andere lichaamsopeningen zijn in het begin in zwang, zoals de anus en de vagi...'

'Gerard, even tussendoor, zijn dat collega's van je, daar verderop?'

'Dat klopt, grijze duiven, niks mis met duiven trouwens. Wat ik zeggen wilde,' de man is niet meer te stuiten, 'als grotere vissen het lichaam eenmaal hebben aangevreten, gaat het hard, er vallen dan gaten in, waardoor waterdieren zich vrij toegang tot het lichaam kunnen verschaffen. Zo zien we dat rivierkreeftjes zich vaak een weg vreten naar de hersenen, kennelijk een lekkernij voor ze. Vissen kiezen vaker voor ingewanden, maar ook het spiervlees vindt gretig aftrek. Er ontstaat als het ware een gangenstelsel waar de gasten zich doorheen werken. Tegelijkertijd verandert de fysische en chemische structuur van het overschot. De rotting is ingezet en er ontwikkelen zich gassen in het weefsel. Hierdoor verandert het soortelijk gewicht waardoor het lichaam in veel gevallen komt bovendrijven. Zo worden vermiste drenkelingen soms alsnog gevonden.'

'Je kunt er smakelijk over vertellen, Gerard.' Ik had een andere term in mijn hoofd. 'Een slimme boef zorgt er dus voor dat het lijk niet kan komen bovendrijven?'

'Heb je plannen?'

'Mijn vriendin bedondert me.'

'Dan moet ik je waarschuwen. Als je haar dumpt met een molensteen om haar nek is er een grote kans dat na verloop van tijd delen van haar lichaam loslaten, aan de oppervlakte komen en aanspoelen. Een dijbeen, delen van de romp, al zijn ze tegen die tijd moeilijk te herkennen. Maar meestal zijn het niet meer dan kleine vleesdelen, vlokken eigenlijk, die loskomen en dan weer een functie vervullen in de voedselketen. Uiteindelijk blijft er van het zachte weefsel niets over, bacteriën ruimen de laatste resten op.'

'Boeiend verhaal. Wat steekt de natuur toch mooi in elkaar.'

'Vind je niet? Dat cyclische, die recycling, dat is zo mooi, daarom ging ik biologie studeren. En wat doe jij als psycholoog?'

'Ik behandel mensen met een fobie voor rivierkreeftjes, verdrinkingsangst, moordneigingen, en een enkele obsessieve bioloog. Sorry, geintje.'

Het bier hakt erin, ik neig langzamerhand naar foute grappen, een chronische kwaal, maar gelukkig lacht hij.

'Je bent een gezellige vent, Joep, wist je dat?'

'Och,' zeg ik bescheiden.

'Nee, echt. Weet je, we hebben ook eens een penis op tafel gehad, dat was wel bijzonder. Hij was losgekomen van de romp, maar nog in vrij goede conditie.'

'Wonderlijk.' De bioloog begint op mijn zenuwen te werken.

'Ja, en weet je hoe dat kwam?'

'Geen idee, Gerard.'

'Er zat nog een condoom omheen. Bizar, niet? Gebruik jij weleens een condoom, Joep?'

Dit gaat niet goed. 'Ja, als waterzak op de camping.'

Ik krijg een hand op mijn schouder. 'Ik mag jou wel. Trouwens, ikzelf ben er heel serieus in. Ga je de artiesteningang binnen, dan alleen met condoom. Geen concessies is mijn stelregel.'

Ik sta op. 'Beste Gerard, ik moet ervandoor. Tot in Groningen.'

'Dat van je ontrouwe vriendin geloof ik niet, jongen. Kom, Joep, geef me even tijd.' Ik krijg een hand op mijn dij.

'Beste Gerard, misschien in een volgend leven, maar vanavond wordt het 'm niet. Toedeloe.'

Ik loop langs de bar en maak het opschrijfgebaar als ik Willem passeer.

Voor ik oversteek kijk ik om me heen, maar de kust lijkt veilig. Ik vraag me af waar ze zitten, wat ze doen en denken. Als ik de voordeur heb geopend krijg ik een deel van het antwoord. Op de grond ligt een klein metalen ding dat ik herken van mijn training als gunfighter: een patroon. Ik pak hem op en kijk ernaar terwijl ik de boodschap probeer te begrijpen. Is dit de aankondiging van mijn liquidatie? Lijkt me niet slim om het tevoren door te geven. Het moet een waarschuwing zijn. Iets als: we hebben je op de korrel, of: dit staat je te wachten bij een fout. Dat ze indruk willen maken met hun boodschap is duidelijk en dat doen ze heel effectief, de kogel rolt van mijn hand door het trillen. Enigszins wonderlijk is het wel, ook de motorrijder waarschuwde me voor de laatste maal en bizar is dat ik nu word geïntimideerd nadat Heinz me heeft geprobeerd te vermoorden. Beetje mosterd na de maaltijd lijkt me, tenzij de Fin op eigen houtje door het lint ging en hij oorspronkelijk een heel andere opdracht had. Zo zal het zijn, een scenario dat me op een of andere manier geruststelt. Ik word dus geacht me gedeisd te houden, iets wat ik me al had voorgenomen.

Ik loop naar mijn slaapkamer, kleed me uit en ga liggen. Het laatste wat ik zie zijn kreeftjes die een mond binnenkruipen.

# 38

Ik sta versteld van mezelf. Gisteren iemand gedood, met een pistool staan zwaaien en nu geconcentreerd in gesprek met meneer Stoop over zijn burn-out. Begin ik te wennen aan de krankzinnige dingen die me overkomen? Zo snel kan dat niet gaan, en anders moeten alle handboeken over psychologie worden herschreven.

Toch overkomt het me. Luisteren gaat me goed af, ik laat me niet afleiden. Stoop blijkt diep ongelukkig, wat maar ten dele met zijn werk te maken heeft. De arme kerel wordt thuis kapotgetreiterd door een zo te horen ernstig gestoorde partner, zonder een uitweg te kunnen vinden. Daar gaan we aan werken. Ook het gesprek met mijn andere cliënt, de jonge Veronica, verloopt bevredigend. Haar verstoorde zelfbeeld is hardnekkig, maar ze is bereid haar opvattingen ter discussie te stellen. Dat is een gunstige ontwikkeling.

Om drie uur zit het erop. Na een kop koffie pak ik mijn fiets, kijk vluchtig of me iets opvalt in het straatbeeld en rij linea recta naar de pont, waarna ik in tien minuten in de natuur beland, op een bankje aan een zompige kreek. Het is tijd om de zaken op een rij te zetten. Wat me overkomt is bizar, onlogisch, onvoorspelbaar en grotendeels onverklaarbaar, met als gevolg een chaos in mijn hoofd. En niemand gaat eens rustig naast me zitten om alles eens even uit te leggen.

De zon doet zijn best maar presteert waterig, net als mijn hersens. In de verte een dorp met kerktoren en molen, geflankeerd door loofbomen. Witte strepen in de lucht, een paar meerkoeten en een dikke vlieg. Het water een paar meter verderop is zwart, donkerder dan dat andere water. Er is niemand te zien, een geschiktere omgeving om tot jezelf te komen is er niet. Of om je eens ten diepste eenzaam te voelen, geheel overgeleverd aan krankzinnigen met krankzinnige plannen.

Ik geef niet toe aan mijn impuls tot zelfzieligheid omdat er geen publiek is, ik ben alleen en dus de enige die een corrigerende tik kan geven. Of een aai over de bol. Schiet op, Duvalier, doe waarvoor je hier kwam. Ik sta op en ga weer zitten, alsof ik opnieuw begin.

Vaststaat dat ik Peter de Krom naar De Kaap heb gelokt, dat Chain hem daar opzocht en dat De Krom er als een haas vandoor ging. Chain wist dat hij daar zou zijn. Die informatie kunnen ze alleen van Maja hebben gekregen omdat niemand anders dat kon weten.

De Krom vluchtte toen de BMW van Chain in beeld kwam, wat betekent dat hij de auto kent en ook de inzittenden. Uiteraard was hij al op zijn hoede vanwege onze wat merkwaardige afspraak, maar toen hij Chain ontdekte vreesde hij kennelijk het ergste. Aanslag mislukt.

Zo ver zo goed, dit is allemaal wel helder.

Maar dan. Chain berustte niet in de mislukking, ze dropen niet af, maar gingen vervolgens achter mij aan. Er werd gewezen en Heinz werd achter mij aan gestuurd. Tien minuten later probeerde hij me te wurgen. Hoe wist Chain in vredesnaam dat ik daar was? Maja kan dat niet hebben doorgegeven, die was niet op de hoogte van mijn plan naar De Kaap te komen. Hoe wisten ze het dan? Ik heb geen flauw idee.

Nog raadselachtiger: ging Chain op pad om twee aanslagen te plegen, op De Krom en op mij? Twee vliegen in één klap? Beetje domme tactiek, lijkt me, en Chain is niet gek. Er zit een gedachte, een plan achter, maar ik vat hem niet.

Waarom Heinz achter me aan kwam is ook niet duidelijk. Moest hij me weer naar zijn baas brengen en liep het uit de hand toen ik zijn mobiel het water in sloeg? Laat ik het daarop houden. Kennelijk hadden ze door dat ik me bemoeide met zaken die me niet aangaan, waar ze wel gelijk in hebben. De dreigkogel op mijn deurmat wijst daar ook op.

Cruciaal voor mijn veiligheid is hoe ze denken over de verdwijning van de Fin. Niemand anders heeft me gezien en het ligt niet voor de hand dat een gewapende professional zich laat aftroeven door een beginneling. En zolang er geen spoor is van Heinz zijn er allerlei andere scenario's denkbaar. Ik concludeer dat Chain mij op dit moment niet kan betichten van moord op de Fin, hooguit zal er een verdenking zijn dat ik met zijn verdwijning te maken heb. Dat is geruststellend, een wraakactie is dan onwaarschijnlijk.

En dan is er de rol van Maja. Ik aarzel daarover na te denken; graag houd ik positieve beelden van mensen intact en ik koester het mooie van Maja. Ik vind het hartverscheurend en gewoon kut dat misschien niets wat ik met Maja heb beleefd was wat het leek. Nuchter beschouwd heeft Maja gedaan wat ze aankondigde, of waar ze bang voor was dat ze zou doen: een poging tot eliminatie van haar man. Het was zelfs de reden dat ze contact met me zocht en hulp wilde. Ik was bang voor dit draaiboek, maar als dit een gevolg is van een stoornis kan de aanslag haar niet volledig worden toegerekend.

Maar zo nuchter ben ik natuurlijk niet, ik ben een beginnende therapeut die zich argeloos en gewillig liet betrekken bij zaken die hij niet kon overzien. Fijn cv. Ik wil er niet aan, maar kan er niet omheen: ze heeft me een rol toebedeeld in een zorgvuldig uitgewerkt plan om met De Krom af te rekenen. Ik ben door Maja gemanipuleerd, keihard, geraffineerd en weloverwogen.

Wanneer kwam het plan op? Bedacht ze het gaandeweg, na een paar ontmoetingen, of is dit waar het vanaf het begin allemaal om ging? Was alles, de kwetsbaarheid, de tranen, zelfs de seks, fake? Allemaal theater? Ik kan me nauwelijks voorstellen dat iemand tot zo'n spel in staat is. Het is ontluisterend.

En waarom ik? Het is niet logisch iemand in te lichten over je moordneigingen en diegene vervolgens te vragen een afspraak te regelen, dat wekt argwaan. Aan de andere kant, ze heeft me wel zover gekregen. Touché. Toch denk ik dat ze met veel minder moeite iemand anders had kunnen vragen even dat telefoontje te plegen.

Een vriendin had het kunnen doen, desnoods als secretaresse van de baas. Heeft Maja wel vriendinnen? Ik begin eraan te twijfelen.

De zon zakt naar de bomen naast het dorp, het zwarte water wordt omzoomd door bloeiende dodde, lipse, woppel, zaffe en andere planten waar ik ook nooit van heb gehoord, het is allemaal idyllisch en geschapen voor twee bejaarde fietsers die hier een appeltje eten en hun schoonzoon vervloeken. Of voor een jong stel dat hijgend van verliefdheid in elkaars kleding graait. En voor een psycholoog die dreigt te verdwalen.

Keurige analyse, Duvalier. Je bent er nu achter dat er meer vragen dan antwoorden zijn, je weet nu dat je vooral veel níét weet. Toch heeft de sessie me goed gedaan. Waar het eerst een onoverzichtelijke chaos was, heb ik nu de chaos tenminste in kaart gebracht, op een rij gezet. Het geeft een illusie van controle, van grip.

Ik stap op mijn fiets en rij naar huis. Als op de pont een rotjoch tegen mijn fiets schopt richt ik mijn wijsvinger naar zijn voorhoofd en zeg: 'Poef poef.'

Ik begin erin te komen.

# 39

Ik dineer met een restje rijsttafel uit de krochten van mijn vriezer, en wonderlijk genoeg smaakt het me. Zoals altijd hussel ik halverwege alle ingrediënten door elkaar, het geheel is meer dan de som der dingen. Al etende bedenk ik dat ik mezelf een paar vragen nog niet heb gesteld.

Ethische vragen, morele kwesties.

Peter de Krom werd erin geluisd en ik was ter plekke om hem te kunnen waarschuwen voor gevaar. Dat hij nog leeft heeft hij niet aan mij te danken, maar ik was bereid hem te redden. Moet ik hem nu bellen met de mededeling dat zijn vrouw de aanslag had voorbereid? Dat gaat een stap verder, want dan verlink ik Maja. Ik besluit het niet te doen, zoveel consideratie verdient deze gewelddadige eikel niet. Bovendien ben ik wel klaar met de Belvedères en Chains, het is hoog tijd dat ik me op mijn praktijk concentreer.

En Maja, mijn engel? Ik kan verhaal bij haar halen, haar van bedrog beschuldigen, haar inpeperen dat ze me heeft misbruikt. En dan? Dan niets. Het heeft geen nut, behalve dat ik mijn gekwetstheid kwijt kan. Ik maak mezelf wijs dat ze mijn boosheid en verdriet niet waard is, wat verbeeldt ze zich wel!

Wat ook meetelt is het welgemeende advies me nergens mee te bemoeien, een goede raad gezien mijn belevenissen. Ik ben een avonturier in het diepst van mijn gedachten, maar voor de rest van mijn leven was dit wel voldoende. Ik trek me terug en begin opnieuw waar ik een paar weken geleden begon.

JOEP DUVALIER, PSYCHOLOOG
Dat is eruit.

Naast mijn bord ligt het pistool. Ik pak het met drie vingers op en loop ermee naar de prullenmand. 'Toedeloe,' zeg ik, als ik het los laat. Mooi symbool van mijn afscheid van de onderwereld.

Ik zit net aan de koffie als er een sms-bericht binnenkomt. Als ik het heb gelezen krijg ik behoefte aan iets sterkers.

> Lieve Joep! Dank je wel! Het is allemaal goed gegaan, ik ben onder-
> gedoken bij een kennis die Peter niet kent. Tot binnenkort ;-)

Ik had er nog niet bij stilgestaan maar wat ze zegt is verrassend. Maja misleidt me met een smoes en volhardt nu in haar spelletje, alsof er niets gebeurd is. Uiteraard is ze zwaar teleurgesteld over de mislukking, maar daar laat ze niets van merken. Het is eigenlijk briljant. Maja zegt: ik weet van niks, en het bewijs van de oprecht- heid van mijn verzoek aan jou heb ik je nu gegeven. Ik heb Peter im- mers volgens afspraak verlaten? Ze zegt ook dat er na het drama van gisteren ('Wat is er gebeurd dan? Echt?') niets is veranderd binnen onze relatie. Dat is brutaal maar ook behoorlijk slim. Maja de Rid- der speelt een geraffineerd maar verloren spel.

Ik vraag me wel af waarom ze nog contact met me zoekt nu het opzetje is mislukt. Je zou zeggen dat ze me niet meer nodig heeft. Is ze van plan me opnieuw te gebruiken? Of wil ze mogelijke verden- kingen voor zijn?

Ik heb geen zin meer me hierin te verdiepen, genoeg is genoeg. Wat een gestoorde schaduwwereld, het verbijstert me opnieuw dat ik me erin heb laten trekken. Ze zoeken het maar uit.

Erg wijs is het niet, maar ik kan het niet laten mijn relatie met Maja af te sluiten met een gepast sms'je.

> Maja, niks binnenkort. Zoek vooral een (andere) therapeut. Je hebt
> hem harder nodig dan je beseft. Ik wens die therapeut veel sterkte.

Ik lees het bericht drie keer over voor ik het verstuur. De formulering bevalt me wel: afstandelijk, tikje arrogant, toefje vilein. Ze zal begrijpen dat er bij mij niets meer valt te halen.

Dat blijkt een vergissing. Nog geen minuut later:

> Ik schrik me dood! Waarom zeg je dat allemaal? Gaat het wel goed met je?

Nee, het gaat niet geweldig en ik zou op dit moment mijn kiezen, een nier en een hoornvlies afstaan voor een integere vriendin, uiterlijk onbelangrijk, die ik kan vertrouwen en met wie ik kan lachen. Dus sms ik terug:

> Het gaat heel goed met me. Met jou niet. Zoek hulp.

Ik wil niet kijken naar het antwoord, maar kan het niet laten.

> Als ik hulp nodig heb, liefst van jou. Je klinkt boos. Ben je boos?

Als ze denkt dat ik hier een boom ga opzetten over de oorzaken van mijn koele houding, heeft ze het mis. We zijn de discussie voorbij. Mevrouw De Ridder heeft alle kans gehad eerlijk en open over haar problemen te vertellen, mijn luisterend oor was in topvorm, maar het krediet is op. Wat me tot het volgende bericht brengt.

> Dat doet niet ter zake. Wel dat er nog een rekening van je openstaat.

Killer kan ik het niet bedenken, dit moet afdoende zijn. Ik onderschat Maja, niet voor het eerst.

> Je hebt gelijk! Sorry, is er helemaal bij ingeschoten. Komt goed. Kan ik je spreken? Ik wil graag dat je me uitlegt waarom je dit doet. Zo doet. Nou ja.

Het moet niet gekker worden. Ze sleurt me zonder enige bijsluiter een oorlog in en ik moet dingen uitleggen? Maja vertoont langzamerhand gedrag dat zelfs milde psychologen als psychopathisch zouden betitelen, waarmee ze de grens tussen cliënt en patiënt is overgestoken. Als ze niet gestoord is dan toch ernstig in de war.

Een paar dagen geleden was het ondenkbaar dat ik haar toenadering zou afwijzen, nu gaat het me makkelijk af. Niet verwonderlijk: narcisme en manipulatie zijn geen sympathieke combinatie.

> Nogmaals, Maja, zoek hulp. Wat mij betreft is ons contact hiermee beëindigd.

Ik had dat niet moeten zeggen, 'wat mij betreft', er blijkt ook een 'wat haar betreft'.

> Ik heb geen idee wat er aan de hand is, maar ik denk dat er te veel gebeurd is tussen ons om het hier bij te laten. Toch zal ik je beslissing respecteren. Het maakt me erg verdrietig.

Ik geloof er geen bal van, ze zit me weer in te pakken. Dat gaat me niet opnieuw gebeuren.

> So be it. Sterkte met je probleem en de rest van je leven. Mijn mobiel gaat nu uit.

Ik zet hem uit. Natuurlijk zet ik hem even later weer aan en vanzelfsprekend weet Maja dat ook. Ik besluit op haar verstuurde bericht nu toch eindelijk echt niet meer te reageren.

> Lieve raadselachtige, boze Joep. Ik zal je met rust laten. Helaas heb ik mijn zwakke momenten, dus honderd procent zekerheid durf ik niet te geven. Succes met je praktijk.

Aardig bericht, als het van tante Truus kwam.

Ik maak nog een kop koffie en permitteer me een klein glaasje ernaast. Vanavond neem ik vrij, ga ik mensen en cafés uit de weg, mag ik met mijn benen op tafel naar de onbenulligste tv-programma's kijken. Een reisprogramma over een jodeldorp in Oostenrijk lijkt me wel wat.

Ik vraag me opnieuw af of ik niet allang naar de politie had moeten gaan. Twee keer bedreigd, bijna vermoord, een kogel door mijn brievenbus, dat gaat verder dan burengerucht. Krijg ik bescherming als ik aangifte doe? Ik heb daar weinig vertrouwen in, tenzij er 24/7 een peloton ME bij me komt logeren. Verder heb ik iemand gedood, al moet ik er zo niet naar kijken, vind ik. Ik heb me verweerd, heb mezelf het leven gered, dat is iets heel anders. In het journaal en in de krant zijn er geen berichten verschenen over opgedoken Finnen of losgekomen delen van Finnen. Heinz lijkt zich voorlopig niet te verzetten tegen zijn laatste verblijfplaats. Moet ik zijn welverdiende rust verstoren door de politie in dat meer te laten wroeten? Als dit allemaal is overgewaaid zal ik er nog eens over nadenken.

Om halftien wordt er aangebeld en ik schrik ervan. Ik heb er spijt van dat ik geen camera bij mijn voordeur heb laten installeren, als het Maja is zou ik haar dan eenvoudig kunnen negeren. Misschien is het Diederik, maar die belt altijd van tevoren. Claar zou kunnen, hoewel, die zit volgens mij in het buitenland. Een cliënt?

Ik druk op de knop van de intercom. 'Ja, wie is daar?'

Een jongensachtige stem. 'Een pakket van UPS, meneer. Bent u J. Duvalier?'

'Jawel, maar ik heb niks besteld.' Ik loop naar het raam, geen bestelauto van UPS te zien. 'Waar staat de auto dan?'

'Om de hoek, we hebben meer leveringen in de buurt. Het gaat om, even kijken, een pakket uit Montel, Frankrijk. De afzender is Claar van Dalen, kent u die?'

Goeie ouwe Claar. 'Zet maar bij de trap en doe zelf een krabbel, ik kan hier niet weg.'

'Dat is goed, meneer.'

Ik druk op de knop.

Gestommel beneden, kennelijk een groot pakket. Droogbloemen? Lavendel? Wijn? Brocante? Claar is tot alles in staat.

Attente jongen, hij komt het pakket zelf boven brengen. Attente jongens, moet ik zeggen, het zijn er twee, zo te horen. Of drie. Het gaat of om een waanzinnig groot pakket of ik krijg bezoek van het voltallige hoofdkantoor.

Of van een paar idioten die nu de trap op komen om mijn kop af te hakken, realiseer ik me, waarna ik als een gek heen en weer door mijn kamer begin te rennen in de hoop iets te verzinnen om ze tegen te houden. De voordeur! Barricaderen! Hoe doe je dat eigenlijk? Een stoel onder de klink? Die stoelen in films passen altijd precies, maar die van mij niet. In paniek kijk ik rond. Is er een uitweg? Ja, er zijn ramen. Er is een zolder, een dakluik. Ik heb geen idee of ik erdoorheen pas.

De mannen zijn halverwege de tweede trap en ik heb geen tijd om weg te komen. Ik ren naar de voordeur en vervloek mezelf dat ik ooit genoegen nam met één slot. Wat moet ik in vredesnaam doen?

Ze zijn boven, twee keer bonzen ze op de deur.

'Duvalier? Je kunt de deur zelf opendoen of het aan ons overlaten.'

Ik sta te kijken en zeg niets, verroer me niet, ik kijk alleen maar naar mijn voordeur die stevig is maar niet bestand tegen de verwoestende aanval die hij ondergaat. De deur kraakt, beweegt, knarst en knalt uiteindelijk open. Direct daarop stormen drie mannen de hal in van wie ik er twee herken; de besnorde Aziaat en de keurige heer die me eerder het vriendelijke advies gaf me nergens mee te bemoeien, opnieuw keurig in het pak. Hij komt als derde binnen, de eerste twee duiken op me en draaien mijn armen op mijn rug. Het voelt alsof ze van mijn romp worden gerukt. Dan word ik de woonkamer binnengeduwd, klemt iemand zijn onderarm om mijn nek en doe ik mijn ogen dicht in afwachting van het einde. Ik zit vast, stik bijna, ben kansloos. Ik word in een stoel gekwakt en ze laten me los. Als ik opkijk staat de aristocraat voor me.

'U mag rustig blijven zitten, Duvalier, we willen even met u praten. Als u netjes meewerkt, laten we u daarna met rust.'

Ik geloof er geen barst van en probeer verontwaardigd te kijken. 'Wat is dit voor flauwekul? Eerst ontvoer je me, en dan breek je hier in! Terwijl ik me keurig aan de afspraak heb gehouden!'

De man gebaart naar de Aziaat en ik krijg een klap in mijn gezicht, met de vlakke hand. 'Wees verstandig, Duvalier, u bent niet in de positie om stoer te doen.'

Ik krijg nog een klap en besluit dat de vent een punt heeft.

'Bovendien hebt u zich helemaal niet aan de afspraken gehouden. U hebt in een café contact gezocht met mevrouw De Ridder en ook later nog met haar gesproken. Ook hebt u een afspraak gemaakt met Peter de Krom en daar gaan we het nu over hebben.'

Goeie god, ze weten alles, tot en met het verblijf van Claar in Frankrijk. Ik sluit mijn ogen en probeer het te begrijpen. Er loopt een druppel zweet langs mijn wang.

'U hebt De Krom gebeld voor een rendez-vous bij Paviljoen De Kaap, weet u nog? En wilt u me aankijken?'

Ik zie een beschaafd, niet eens onvriendelijk gezicht. 'Ik weet bij god niet waar je het over hebt.' Stel dat hij het niet zeker weet, dan moet ik het verhaal nu vooral niet gaan bevestigen.

Weer een klap, ik denk dat mijn neus bloedt.

'U hoeft het niet te ontkennen, Duvalier, ik heb het bewijs bij me. Weet u, dat is het mooie van ons vak in deze tijd, er zijn zoveel mogelijkheden om inlichtingen te verzamelen. Tapping, hacking, tracking en nog veel meer, hoewel de aloude camera en richtmicrofoon ook nog in gebruik zijn. Herinnert u het zich weer?'

Ik heb het gevoel dat ik de laatste dagen naakt heb rondgelopen, mijn hersens zijn gehackt en mijn kroeggesprekken getapt.

'Ik ben wel benieuwd naar dat zogenaamde bewijs; dit is een groot misverstand, meneer.'

Hij wijst naar de vervanger van Heinz, een onopvallende, slanke man van een jaar of veertig. 'Nu?' vraagt de assistent.

'Nu.'

De man haalt een smartphone uit zijn zak en drukt een paar toetsen in. Dan houdt hij hem omhoog.

'De Krom.'

'Dag meneer De Krom, met Dries Sanders,' hoor ik mezelf zeggen.

De baas steekt zijn hand op. 'Genoeg. Weet u het weer, Duvalier?'

Jezus, hoe lul ik me hieruit? Geen schijn van kans. 'O, bedoel je dat. Die afspraak is trouwens niet doorgegaan. Als jullie alles weten, weten jullie dat ook.'

'Daar hebben we het nog over. Eerst dit: waarover wilde u hem spreken?'

Hij is me aan het testen. Als ze mijn telefoon hebben afgeluisterd weet hij precies wat de bedoeling was. 'Ik dacht dat jullie alles al wisten, maar als je het nog een keer wilt horen: ik wilde hem helemaal niet spreken.'

'Dat dachten we al. En waarom lokte u hem naar die parkeerplaats?'

Ze willen weten of ik doorheb dat ik een rol speelde in een vuil opzetje. Of ik misschien heb gelekt. 'Het was een vriendendienst, dat is alles. Heel onschuldig allemaal, ik begrijp niet waar je je druk over maakt.'

De man steekt een sigaret op en loopt naar het raam. 'Het gaat goed, Duvalier. Als je zo doorgaat ben je over een paar minuten van me af. Nu de volgende vraag en luister goed naar me, Duvalier, we komen nu tot de kern van de zaak. U zegt dat de afspraak niet doorging, maar u bent wel degelijk naar De Kaap gegaan op de afgesproken tijd.' Hij keert zich om en gaat weer voor me staan. Wonderlijk hoe door één spiertje te vertrekken een vriendelijke glimlach in een sinistere grijns kan veranderen.

'Hoe kom je erbij!'

'We weten het, Duvalier, legt u zich daar maar bij neer. U was ter plekke. U hebt daar rondgelopen.'

Het gaat om de Fin. Het gaat ze alleen om de Fin. Alles mag ik toegeven, behalve dat ik Heinz heb gezien, dan ben ik dood. 'Goed dan, ik ben erheen gegaan uit nieuwsgierigheid, om zeker te weten of ik niet gebruikt werd voor iets heel anders dan me was verteld.'

'Raar verhaal, Duvalier. En wat was uw conclusie?'

'Er was gelukkig niets aan de hand. Ik ben naar huis gefietst en heb een biertje gedronken in mijn stamcafé.'

De man lacht kort, breed, een zenuwlachje. 'We hebben aanwijzingen dat u tijdens uw verblijf bij De Kaap contact hebt gehad met een van onze medewerkers. Klopt dat?'

Aanwijzingen, ze weten het niet zeker! Ze hebben me getrackt, getapt, gehackt en weet ik veel, maar wisten ondertussen niet waar ik precies was, waar Heinz rondliep, en of we elkaar hebben ontmoet! Ik moet blijven ontkennen, nu ze geen bewijzen hebben. Het is van levensbelang vol te houden dat ik niet meer ben dan Joep

Duvalier, psycholoog, een misschien wat naïeve maar goedbedoelende hulpverlener.

'Wie, zeg je? Moet ik die kennen?'

'U hebt hem eerder ontmoet, ja, hij heeft u kort geleden begeleid op een uitstapje.'

Ik denk een poosje na. 'Eh, nee, die heb ik eerlijk gezegd niet gezien. Dus die man was er ook? Wat toevallig, kleine wereld. Nou is De Kaap natuurlijk best een gezellige tent, dus ik kan me…'

Ik krijg opnieuw een klap.

'Duvalier, u onderschat de ernst van uw situatie. We zijn hier niet voor uw lol, maar voor een zaak die uw bevattingsvermogen te boven gaat. Ik verzoek u geen tijd te verdoen met flauwekul. U hebt onze medewerker ontmoet en mijn vraag is, wat is er vervolgens gebeurd? De grote lijn is ons bekend, we willen de details van u horen.'

Hij bluft, hij heeft geen benul wat er is voorgevallen. Ik steek mijn handen omhoog en probeer een deemoedige toon aan te houden. 'Luister, ik ben niet gek, als ik iets wist wat je wilt weten zou ik het je graag in geuren en kleuren vertellen. Je kunt je vast mijn positie voorstellen. Het is voor mij heel verwarrend, ik heb geen idee waarin ik verzeild ben geraakt. Ik heb er alle belang bij dit achter me te laten en jullie naar buiten te begeleiden. Begrijp je, ik heb namelijk niks te verbergen. Nog meer vragen? Ik zal ze met plezier beantwoorden.'

'Indrukwekkend, Duvalier, u bent een sieraad voor uw vak. Ondertussen hebt u nog geen bevredigend antwoord op mijn vraag gegeven. Voor de laatste keer: wat is er gebeurd nadat u mijn assistent hebt gesproken?'

Ik zucht zo diep als ik kan en schud mijn hoofd. 'Ik begin me ernstig zorgen te maken, beste man. Ik wil best iets verzinnen, maar daar heb je niks aan. Ik heb de man echt niet gezien, anders zou ik het je onmiddellijk vertellen. Misschien is het een idee het hem zelf te vragen?'

Dat laatste had ik niet moeten zeggen, ik krijg een klap. Harder nu, mijn wang is inmiddels beurs en vermoedelijk paars.

'Dom, meneer de psycholoog, erg dom. Ik had gehoopt op uw

medewerking. Nu zijn we genoodzaakt u te begeleiden naar een plaats waar geen buren zijn, geen ramen, geen pijnstillers en geen dokters. U zult ons uiteindelijk vertellen wat we willen horen, daar kunt u van op aan; we hebben veel ervaring met onze, en ik zeg het niet zonder trots, succesvolle aanpak. Misschien interessant om te weten: een DNA-onderzoek zal er deel van uitmaken. Wist u dat het vrijwel onmogelijk is geen DNA-sporen achter te laten? Ik geef u nog één mogelijkheid alle rompslomp te voorkomen. Aan u de keuze.'

Fijne keuze. Bekennen dat ik de Fin heb gedood is zelfmoord, ontkennen komt direct in de buurt, met een ellendig traject vooraf op de koop toe. Er zit weinig anders op dan met een kulverhaal te komen in de hoop dat ik word geloofd. Mijn vertrouwen ligt dicht bij nul.

'Goed, ik vertel wat ik weet, ik ben erg gevoelig voor dreigementen. Laten we dit in vredesnaam zo snel mogelijk afronden.' Ik kijk de man even aan. 'Je bent een slimme vent, je kunt je mijn paniek voorstellen toen ik die blonde zag. Ik dacht: dat is die vent die me ontvoerde, wat doet die hier? Niet weer, alsjeblieft! Hij liep langs het plantsoentje naast het parkeerterrein, ik stond honderd meter verderop tussen een paar struiken. Ik weet zeker dat hij me niet heeft gezien. Toen ben ik gaan rennen, ik was compleet in paniek. Het lukte me mijn fiets te bereiken en dat is alles. Nou, het is eruit, weet je dat het me zelfs oplucht? Pff.'

Het blijft even stil, een moment hoop ik ermee weg te komen.

'Geen slechte poging, Duvalier, je verdient een Oscar. Helaas schieten we weinig op, de rest van ons gesprek zetten we elders voort. Ik wil je vragen op te staan en rustig met ons mee naar buiten te lopen, we willen geen overlast geven, het is hier gehorig. Ik zou me geen gekke dingen in het hoofd halen, desnoods dragen we je naar beneden.'

Zo eindigt het dus. Geen uitweg, geen schijn van kans dat ik er me nog uit lul, hier of straks in een of andere godverlaten barak. Ik wil niet opstaan, ik wil hier blijven zitten met mijn ogen dicht, zoemend, tot alles vanzelf overwaait zoals altijd alles overwaait, desnoods zoem ik de hele nacht door, ik heb het vaker gedaan.

'Sta op, Duvalier.'

Ik heb geen keus, ik kan traineren, me verzetten, janken, smeken, het is allemaal zinloos. Er overvalt me een immens gevoel van machteloosheid, ik ben overgeleverd, een willoze plant, en begrijp voor het eerst in mijn leven het fatalisme van slachtoffers die weten dat ze hun executie tegemoet gaan. Er komt een moment dat je het opgeeft en beseft dat verzet het einde nog verschrikkelijker maakt. Onontkoombaar lot, laat maar gaan, laat het gebeuren, liefst snel.

Traag, alsof ik vijftig jaar ouder ben, kom ik overeind. Met gebogen hoofd, armen slap langs mijn lichaam, staar ik naar het kleed. Ik doe een voorzichtige stap. Het kleed, meer kleed. En nog een stap. Dan zie ik iets dat me opvalt, wakker schudt en ten slotte een storm in mijn hoofd bezorgt.

Een meter voor me staat de prullenmand.

# 40

Het pistool, half verscholen onder een tissue.

Heb ik een kans het ding te pakken te krijgen? En wat dan? Laten deze mannen zich intimideren door een amateur die voor het eerst in zijn leven serieus met een pistool staat te zwaaien?

Als ik niets doe is het met me gebeurd, er is geen keus. Moet ik een duik nemen en op goed geluk in die bak gaan graaien? Lijkt me kansloos, ze staan vlak achter me. Het moet anders, verholen, onopvallend, waardoor ik tijd overhoud.

'Schiet op, Duvalier.'

Ik heb een vaag, onuitgewerkt plan. De kans dat ik het overleef is hooguit tien procent, altijd nog een stuk groter dan als ik niets onderneem.

*Doe het! Nu!*

Ik kreun, draai met mijn ogen, zak langzaam door mijn knieën en val ten slotte voorover, waarbij mijn rechterhand in de prullenbak terechtkomt.

'Hé! Opstaan!'

Traag trek ik mijn knieën op en richt me op, waardoor de bak en mijn hand uit het zicht van mijn belagers blijven. Terwijl ik overeind kom heb ik het pistool tegen mijn buik gedrukt. Ik doe twee stappen naar voren, draai me langzaam om en richt zo rap als ik kan met gestrekte arm het wapen op de baas van het stel, een paar meter van me vandaan. 'Ho! Blijf staan! Nog één stap en ik schiet!' Het komt er schor en weinig imponerend uit, maar ik ben al tevreden dat het me lukt geluid te maken. Vervolgens richt ik kort op het hoofd van de andere mannen, die naast hun baas staan. 'Handen omhoog!' Alsof ik een cowboyspelletje sta te spelen, maar ik weet zo snel geen beter bevel.

Mijn actie is in zoverre succesvol dat het geteisem een moment in de war lijkt. Ze zijn blijven staan en kijken me verbaasd aan. Aarzelend gaan er een paar armen de lucht in; niet overtuigend, niet hoger dan de schouders, maar toch.

Op dat moment realiseer ik me dat het pistool net zo effectief is als een badeend zolang ik de veiligheidspal niet verplaats. Dat doe ik met mijn rechterduim. Voor de zekerheid trek ik de haan naar achteren, wat een eerste schot lichter maakt. Het ding is schietklaar en dat weten zij nu ook.

Met een ruime boog loop ik om de drie heen terwijl ik ze met gestrekte arm onder schot houd. Ze draaien mee. Mijn positie is nu beter, de mannen staan dichter bij de voordeur dan ik. Het is een patstelling, mijn opzet lijkt geslaagd, maar over het vervolg had ik nog niet nagedacht.

'En nu?' zegt de baas op rustige toon. 'U stelt zich een beetje aan, Duvalier. U realiseert zich toch wel dat u totaal kansloos bent tegen mijn jongens? Bovendien ligt schieten niet in uw aard.'

Daar heeft hij absoluut een punt, dus daar moet ik aan werken. Ik richt op de vloer voor zijn voeten en druk af. De ruk aan mijn pols valt me niet mee en ik schrik me wezenloos van het lawaai, maar volgens mij maak ik enige indruk met mijn actie. De mannen doen althans een stap terug. En de armen gaan iets verder omhoog. 'De volgende is raak,' zeg ik. 'Ik ben nogal nerveus, maak me vooral niet aan het schrikken.'

'Doe geen gekke dingen, Duvalier, over alles valt te praten.'

Ik richt het wapen op zijn hoofd. 'Mooi zo. Vertel me waarom jullie achter me aan zitten. Nu.'

Hij laat zijn armen zakken. 'Had dat eerder gevraagd, Duvalier, dan had ik je gewoon antwoord gegeven. Doe dat pistool weg en ga zitten, dan praten we verder.'

'Ik ga over een paar seconden schieten, het kan me allemaal niets meer schelen, meneer. Tenzij je me vertelt waarom ik voor jullie een risico ben.'

Hij zucht. 'Duvalier, het is heel simpel, en het valt me tegen dat u het niet zelf kon bedenken. Mevrouw De Ridder kan een beslissende invloed hebben op het voortbestaan van het bedrijf van haar man. En in uw positie kunt u een beslissende invloed hebben op mevrouw De Ridder. Begrijpt u me? U bent een hinderlijke horzel die de picknick volledig kan verstieren.'

Het komt niet goed door wat de man zegt, hoe kort en helder de verklaring ook is. Ik ben aan het overleven, met alle bewustzijnsvernauwing van dien.

'Jullie gaan met je armen in de lucht naar de voordeur. Achteruitlopend. Als iemand een hand in zijn zak steekt schiet ik hem dood.'

De deur hangt er scheef bij. 'Naar de hal. Nu!' Ik loop op gepaste afstand mee. 'Trap af! Schiet op! Laat me godverdomme met rust! Over twee minuten is de politie hier, stel idioten!'

'Dom, heel dom, Duvalier!' hoor ik nog roepen.

Dan zijn ze uit het zicht. De voordeur kan onmogelijk dicht, mijn huis is lek en ik maak me geen enkele illusie over mijn aanvallers. Ze staan beneden en hergroeperen zich. Als de politie arriveert, trekken ze zich terug. Voor even, om vervolgens het beleg te hervatten.

Maar de politie komt niet, besef ik als ik naar beneden kijk. De politie kan me, als ze mijn verhaal al geloven, niet redden als Chain me dood wil hebben, volslagen onmogelijk, tenzij ik met een nieuwe identiteit een woning op de Zuidpool betrek. Chain zelf is niet aan te pakken omdat elk bewijs van hun betrokkenheid ontbreekt. En zelf raak ik ongetwijfeld verstrikt in mijn verklaringen: er is een lijk, een pistool en ik heb ook nog een praktijk en cliënten die ik niet in de steek mag laten. Het is niet het moment om te bellen maar ik verlang intens naar een sessie bij de recherche waarbij ik mag leeglopen. Ooit.

Ondertussen zit ik gevangen. Nahijgend kijk ik naar beneden, de PPK in mijn hand. Ik moet hier weg voor ze terugkomen.

De straatkant is geen optie, ik moet een andere route zoeken. Er is geen brandtrap langs de achtergevel, een touwladder heb ik niet en over abseilen heb ik alleen gelezen. Ik zou voorzichtig de eerste trap naar beneden kunnen nemen waar zich de ingang van mijn praktijk bevindt, maar ben bang dat ik dan alsnog verrast word. Dus loop ik naar de deur in mijn woonkamer die toegang geeft tot een klein balkon, een smalle lelijke uitwas waar ik nooit zit en die ik alleen gebruik als opslag voor lege flessen en vuilnis. Ik sta hier tweehoog, voor iemand met hoogtevrees meer dan voldoende voor kramp in de onderbuik. Onder mij is een identiek balkon dat aan mijn praktijk zit geplakt. Die drie meter moet te overbruggen zijn.

Ik ruk de vitrages van mijn ramen, de rails komt mee. Vier keer twee meter moet volstaan voor een vehikel dat me een verdieping lager brengt en daarna liefst tot op de begane grond. Hoe sterk is vitrage? Ik heb geen tijd om me daarin te verdiepen en knoop de lappen stevig aan elkaar. Dan kijk ik om me heen.

Ik kan niet alles onbeheerd achterlaten en zonder mijn paspoort, telefoon, laptop, usb-sticks en externe harde schijf besta ik niet, en zijn de praktijk en mijn cliënten verweesd. Dus gris ik een rugzak onder mijn bed vandaan en prop die vol met de essentie van mijn bestaan. Met het ding om loop ik naar het balkon, knoop mijn levenslijn vast aan de gammele balustrade en gooi de rest van het zaakje overboord. De vitrage wappert heen en weer en komt tot aan de grond. De eerste etappe bedraagt drie meter, een klimmetje van niks, toch maakt het volgens mij niet zoveel uit of je honderd meter naar beneden valt of zes.

Ik ben verbaasd over mijn doelgerichtheid. Normaal rommel ik maar wat aan, pak iets op en leg het weg, overweeg zus om vervolgens zo te doen, en is er steevast iets dat mijn plannen verstoort. Ik had me daarbij neergelegd. Nu gedraag ik me bijna machinaal, alsof er iets met me op de loop gaat. Mijn handen trillen niet eens, en mijn angst zit verstopt. Dus doe ik wat ik normaal nooit zou durven: ik stap over het balkonhek, houd me vast aan de spijlen en zak door mijn knieën zodat ik het gordijn kan pakken. Op dat moment hoor ik voetstappen en is de paniek terug van weggeweest. Nog voor ik hang zie ik de mannen van Chain de woonkamer in lopen, rechtstreeks naar de open balkondeur. Of ze me gezien hebben weet ik niet, maar tijd om me met beleid te laten zakken heb ik niet. Ik stap van de rand af en daal hand voor hand af, de vitrage tussen mijn benen geklemd. Hijgend realiseer ik me dat het pistool in mijn broekzak onbereikbaar is. Als ik halverwege ben zie ik het hoofd van de Aziaat boven me.

'Hier,' zegt hij, in keurig Nederlands. 'Geef je mes.' Hij heeft het niet tegen mij.

Ik moet nog een meter, maar als ik loslaat val ik langs het balkon alsnog te pletter. Mijn armspieren zijn niet getraind om mij als een acrobaat naar beneden te helpen, ze raken overbelast en mijn pauzes worden langer. Ik kan bijna met mijn rechtervoet bij de balustrade onder me als ik zie dat de Nederlandse Aziaat mijn gordijn doorsnijdt. Je weet dat het gaat gebeuren, maar als het gebeurt ben je te laat.

Bijna te laat. Ik val en steek mijn armen uit die met een klap op het balkonhek terechtkomen. Ze schampen erlangs maar mijn handen grijpen de rand en ik hang. Ik vind houvast met mijn voeten, trek me op en duik over het hekje. Uit het zicht blijf ik liggen om mezelf terug te vinden. Dan sta ik op, uitgeput en met armen waar met een paar hamers op is getimmerd. Ik kijk naar beneden. De weelderige binnentuin van buurman Arie ligt er mooi bij, met een appelboom die ik met een tarzanduik zou kunnen bereiken, als ik Tarzan was. De vitrage vormt een wit bergje, als een schattige kerstversiering.

Ik kan hier niet blijven, ze gaan nu zonder twijfel inbreken in mijn praktijk. Dertig seconden, meer heb ik niet.

Drie meter. Kun je dat springen zonder enkelbreuken? Ik klim over het hek en laat me zakken tot ik aan de rand hang. Dan laat ik los. De klap valt mee. Ik ren naar de schuttingdeur vijftien meter verderop. Die is natuurlijk op slot en bijzonder degelijk uitgevoerd, waardoor ik weer een lichte paniek voel opkomen. Als ik achteromkijk zie ik twee van mijn drie achtervolgers op het balkon van mijn praktijk verschijnen. Een van hen heeft een pistool in zijn hand.

Er is maar één uitweg: eroverheen. Ik doe drie stappen achteruit en neem een korte aanloop. Met mijn linkervoet raak ik de schutting en zet me af omhoog. Het lukt me met een hand de rand te grijpen, ik trek me op, sla een been naar de andere kant en sjor me over het dode punt heen. Even later sta ik in de schemerige steeg waar het naar urine stinkt. Ik begin te rennen, niet naar de zijstraat rechts maar naar links. Het komt goed uit dat ik de omgeving goed ken, de steeg maakt deel uit van een wirwar van gangen, stegen en smalle straatjes die die naam nauwelijks verdienen. Na drie afslagen sta ik op de hoek van een gracht, hemelsbreed niet meer dan honderd meter van mijn vertrekpunt, maar voor een auto alleen te bereiken met een omweg van een kilometer.

Ik neem de tijd om op adem te komen en luister of ik iemand hoor rennen. Het lijkt erop dat ik voorlopig ben ontkomen en vraag me af waar ik naartoe moet.

Ik zit op een muurtje en kijk regelmatig achterom; ook heb ik goed zicht op de smalle weg langs de gracht. Het is tamelijk druk; nu het donker wordt komen vooral studenten en dertigers uit alle hoeken en gaten, het café lonkt. Een stel luidruchtige Duitse jongens klampt me aan en vraagt de weg naar coffeeshop Zen. Ik krijg een klap op mijn schouder, waarvoor ik niet in de stemming ben.

'Coffeeshop Zen is afgebrand,' zeg ik.

'O mein Gott. Weet u een andere?'

'Ja, in Kopenhagen. Dat is hier rechtdoor, tweede straat li…'

Zonder te bedanken lopen de jongens door.

Ik weet inmiddels waar ik heen moet. Diederik zal zijn kluizenaarsbestaan een poosje met me moeten delen, het zal hem zwaar vallen, maar ik weet dat ik op hem kan rekenen. Even overweeg ik hem te bellen, maar bedenk me nog net. Mijn smartphone is niet te vertrouwen, Chain heeft mijn gangen nauwkeurig kunnen nagaan. Als het ding te traceren is moet ik hem droppen, en wel zo snel mogelijk. Dat kost me een paar honderd adressen en telefoonnummers, maar de belangrijkste heb ik ook elders opgeslagen. Ik ben gehecht aan het ding, het afscheid valt me zwaar. Als eerbetoon gun ik hem een mooie laatste reis; naast me staat een bestelwagen met geopende klep, half op de stoep. De thuishaven is een stadje veertig kilometer hiervandaan. Ik zet mijn mobiel aan, schuif hem naast het reservewiel en dek hem liefdevol toe met een poetslap. 'Dag jongen,' mompel ik. Daarna begeef ik me tussen het jachtige volk langs de gracht.

# 41

'Je bent welkom, Joep, maar je moet beseffen dat ik al twintig jaar alleen woon. Dan ga je gewoonten en ideeën ontwikkelen die normale mensen een beetje vreemd vinden.'

'Och, dat herken ik wel.'

'Dat betwijfel ik,' zegt Diederik. 'Ik heb bijvoorbeeld een lege boekenplank. Daar mag je absoluut niks opzetten, anders word ik onrustig. Dat is de plank met mijn boekenproductie.'

'Zei je "leeg"?'

'Ja, optisch nog leeg, maar virtueel gevuld. Daar kan echt niets meer bij. Er zijn meer van die dingen. Zo ben ik gewend mijn lichaamseigen geluiden alle ruimte te geven omdat me dat een soort geestelijke bevrijding geeft. Moet je ook proberen, en, o ja, mocht je een keer willen koken, dan mag je de rechterachterpit niet gebruiken.'

'Waarom niet?'

'Die bakt altijd aan.'

Ik begin te lachen.

Diederik niet. 'Ik zweer het. Die pit spoort niet. Nou ja, ik zal een lijstje maken, dan weet je waar je op moet letten.'

We zitten aan de rode wijn. Het is tegen enen en de sfeer is een stuk minder gespannen dan toen ik bij hem binnenwankelde. Diederik ving me op zoals het een vriend betaamt, inclusief een arm om me heen waardoor mijn gesnik alleen nog maar heviger werd.

Het lukte hem me weer enigszins rustig te krijgen door me vaderlijk en warm toe te spreken.

'Lul! Je zou je nergens meer mee bemoeien, en dan ga je toch een afspraak regelen voor die, met zero respect, hysterische doos! Terwijl je weet dat ze je op de korrel hebben! En nou vind je het gek dat ze gaan hakken. Je bent een stomme idioot, vriend.' En meer van dat hartelijks, waarmee hij de regressie waar ik ten diepste naar verlang resoluut een rotschop geeft. Ik ben hem dankbaar.

Diederik woont op een vertimmerd vrachtschip van vijfentwintig meter lang, in een gracht net buiten het centrum. Hij heeft een touw langs de gammele loopplank gespannen nadat hij een paar keer tussen wal en schip was geraakt. Een stylist zou het interieur 'vintage' noemen, persoonlijk houd ik het op 'Waterlooplein'. Niettemin is het gezellig in de van lappen en kussens vergeven pijpenla die als woonvertrek dienst doet. Het meubilair bestaat uit een kleine tafel, tevens bureau, met twee keukenstoelen. Tegen de zijkant zijn lange planken gemonteerd. De bovenste is dus leeg, de andere zijn bezet door stapels papieren, mappen, ordners en boeken met raadselachtige titels, als 'Onder en boven Denise van Waerdinghe'.

Er is een kleine slaapkamer waar Diederik de nacht doorbrengt, de masterbedroom in zijn woorden. En helemaal voorin is een krappe ruimte vrijgemaakt die de logeerkamer wordt genoemd. Je kunt er niet rechtop staan, maar daar is het hok ook niet voor bedoeld. Er is een douche, een wc en een keukenhoek aan boord, en tot mijn verbazing werkt alles, afgezien van een enkele gaspit. Al met al een prima onderduikadres, ook vanwege de naam van het schip: 'Nooit Thuis'.

'Wat zei die gek nou precies toen je hem ging doodschieten?' vraagt Diederik.

'Ik heb het maar half verstaan. Iets als: Maja heeft invloed op Belvedère en ik heb invloed op Maja.'

'Wat bedoelt hij daarmee?'

Ik schud mijn hoofd. 'Ik begrijp het niet. Kennelijk weten ze dat Maja hulp bij me heeft gezocht en zijn ze bang dat ik haar beïnvloed. Dat kan ik nog volgen. Maar dat Maja het voortbestaan van dat bedrijf bedreigt of juist niet, snap ik niet. Ze heeft niets met die club, ze spuugt op dat wereldje. En ze is inmiddels ondergedoken.'

Diederik trekt een nieuwe fles open. 'Of wil je naar bed? Je zal wel uitgewoond zijn.'

'Ik ben klaarwakker.'

'Goed. Toch denken ze dat die Maja een belangrijke rol speelt. Of kan spelen. Ik heb al eerder gezegd dat ze je belazert, jongen, dat blijkt nu opnieuw. Ze is een heks.'

'Wel een mooie, lieve heks,' zeg ik.

'Ze heeft je nog steeds te pakken, lul.'

Diederik heeft niet helemaal ongelijk. Ik heb heel rationeel het verstandige besluit genomen Maja niet meer toe te laten, maar op momenten dat ik geen dekking heb, tijdens halfslaap of als de erotische demon me overvalt, heb ik geen verweer.

'Ik doe mijn best.'

'Dat is niet genoeg. Op de brandstapel ermee, zonder verdoving. En die BMW-mannen die achter je aan zitten, die kende je dus.'

Ik kijk in mijn glas en knik. 'Chain.' Ik vertel hem kort over de oorlog tussen Belvedère en de overnametijger uit Texas.

'Hoe weet je dat Chain erachter zit?'

'Eigenlijk weet ik dat helemaal niet, misschien ligt er nog een partij op de loer om Belvedère te kapen. Alleen is daarover niets op internet te vinden. Blijft staan dat Maja een ontmoeting had met een Chainman. Nou ja, met iemand die ik uit het Chaingebouw zag komen. Wat denk jij dan?'

'Ze haat haar echtgenoot en onderhandelt met Chain om hem kapot te krijgen, dat denk ik.'

Ik laat het op me inwerken. 'Ik zei al dat ze geen rol speelt in dat bedrijf.'

'Beetje naïef. Er zijn legio vuile trucs die ze kan uithalen. Haar man in diskrediet brengen bij geldschieters, geld wegsluizen, weet ik veel.'

'Zo gehaaid is ze niet.'

'Nee? Weet je het zeker? Nou, zo'n vastgoedrat in ieder geval wel. Je bent bijna vermoord vandaag, knul.'

'Ik probeer andere scenario's te bedenken, dat is alles. Verdomme, Diederik, ik weet het ook niet meer.'

'Relax, jongen. Iets anders, ik begrijp dat je een pistool hebt afgepakt? Dat gebeurt toch alleen in films?'

Ik was het ding vergeten en haal de PPK voorzichtig uit mijn broekzak. 'Niet afgepakt, hoor. Gewoon meegenomen.'

'Mag ik hem even vasthouden? Nooit een echte gezien.'

Ik geef hem.

'Best zwaar.' Hij richt op denkbeeldige doelen, met twee handen zoals de FBI dat doet. En op mijn hoofd. *'You must die, son of a bitch!'* Hij lacht erbij.

Op dat moment realiseer ik me dat ik de veiligheidspal niet heb teruggezet.

'Ho! Weg met dat ding! Hij staat op scherp!' Ik duik omlaag.

*'You bet, motherfucker! Make my day!'*

'Nee, echt! Niet op mij richten, idioot! Stop ermee!'

Hij legt het pistool uiteindelijk op de tafel. 'Geintje.'

Ik zet de pal op groen en steek het wapen in mijn zak. 'Ik had dood kunnen wezen, vriend.'

'Niet overdrijven, zo goed kan ik niet richten. Waar hadden we het over?'

'Over Maja en waarom ze achter me aan zitten. En dat we er niet uitkomen.'

'O ja. En wat ben je verder van plan? Je wilt niet naar de politie, heel onverstandig vind ik, maar ik zal ze niet tippen. Hoe moet het met je praktijk?'

Ik heb er nog niet over nagedacht en haal mijn schouders op. 'Morgen heb ik geen afspraken. Misschien neem ik een hotelkamer waar ik mijn cliënten tijdelijk kan ontvangen.'

'Je mag ook mijn keukenhoek gebruiken, als je maar van die pit afblijft.'

'Dank je, je bent een echte vriend. Zou je morgen naar mijn huis willen gaan en de deuren dichttimmeren? Het is nu open huis.' Het zou mooi zijn als hij ook mijn zelfvertrouwen kan ophalen en onderweg mijn angsten bij het grofvuil wil zetten.

Ik krijg een klap op mijn rug. 'Natuurlijk. Dan neem ik ook wat kleren voor je mee en andere spullen die je nodig hebt, pindakaas of zo.'

'Wees voorzichtig,' zeg ik. 'Misschien houden ze de zaak in de…'

'Rustig maar, ik heb vroeger veel thrillers gelezen.'

# 42

Terwijl ik op mijn matras in het materiaalhok lig te woelen besef ik dat er iets moet gebeuren om de stroom van ellende in te dammen. Ik kan hier moeilijk gaan zitten wachten tot de heren eruit zijn of tot ze me vinden en doodmartelen. Als een gang naar de politie onvermijdelijk is, moet dat maar. Toch doe ik liever eerst een poging, hoe desperaat ook, die idioten ervan te overtuigen dat ze veel te verliezen hebben door me te blijven achtervolgen.

Bij Chain binnenstappen is gekkenwerk, zelfmoord. Ik zou contact kunnen zoeken met Maja, ware het niet dat ik geen idee heb waar ze uithangt en ik haar telefoonnummer met een bestelauto heb meegegeven. Daarnaast zijn er goede argumenten om haar juist te mijden als de pest. Ik zal het dichter bij de bron, de aanjager van de vastgoedguerrilla moeten zoeken, een pad dat onontkoombaar leidt naar een figuur die ik al helemaal niet wil ontmoeten. Peter de Krom is een onuitstaanbare eikel die zijn vrouw terroriseert en mept, een doorgeslagen narcistische projectontwikkelaar die zijn ingestorte imperium fanatiek verdedigt, en waarschijnlijk ook een man die in staat is zijn moeder bij de Gestapo aan te geven, feit is dat hij de hoofdrol speelt in het drama dat mij straks de kop gaat kosten.

Diederik heeft ongelijk. Het moment dat ik me kon terugtrekken om zo buiten het strijdgewoel te blijven is allang voorbij, nietsdoen is wachten op de fatale afloop. Alleen het wanneer, hoe en waar is nog onbekend.

Ik zweet, de metalen wanden maken mijn slaapplaats tot een oven, maar daar ligt het niet aan. Het is het vooruitzicht dat ik De Krom ervan zal moeten doordringen dat er doden vallen, ik bijvoorbeeld, als hij vasthoudt aan zijn strategie. Dat er misschien een andere weg is waarmee hij zijn bedrijf, feitelijk zijn gezicht, kan redden. Dat hij kan kiezen voor een kleine winst, tegenover het risico op een groot verlies. Dat justitie zijn plannen uiteindelijk doorkruist. Ik heb nog veel meer argumenten waarmee ik hem kan bestoken, maar weet als ervaringsdeskundige dat een man in nood zelden vatbaar is voor een verstandig advies. Niettemin is een poging hem te overreden in te grijpen het enige zinnige wat ik kan doen. Een wanhoopspoging, maar elke andere is hopeloos.

Psycholoog Duvalier zal alles wat hij heeft moeten inzetten om de zaak te doen kantelen. Stoere praat, ik weet het. Het leidt tot een nieuwe zweetaanval.

Kort voor ik ten slotte wegzeil vervallen alle grenzen van de realiteit en komt Maja naakt en glimlachend op me af met een Elvissandwich in haar hand.

Bij nader inzien is het een pistool.


Diederik heeft brood gebakken, wat smakelijker klinkt dan het is, tenzij je een liefhebber bent van ongerezen zwart zuurdesembrood. Terwijl ik de eerste hap brood al vijf minuten in mijn wangzak probeer te vermurwen, eet Diederik de ene na de andere boterham weg of het om speculaasjes gaat.

'Jaws,' mompel ik.

'Wah?'

'Niks. Lekkere jam.'

'Ja. Zelfgemaakt, van weggemieterde abrikozen. Waren overtijd. Als je de schimmel eraf snijdt is er niks mis mee. Wist je dat rottende abrikozen alcohol produceren? Je zit dus eigenlijk likeur te eten. Nog eentje?'

'Ik drink niet voor vijven,' zeg ik, 'uitzonderingen daargelaten. Hoe ziet jouw dag eruit?'

Diederik hapt een stuk brood af, wat klinkt alsof hij marmer eet.

'Ik ga zo naar je huis. Zijn er nog dingen die ik mee moet nemen?'

'Wat kleren, zie maar. Mijn fiets. Verder red ik me voorlopig wel. Diederik?'

'Jawel.'

'Dank je.'

'Laat maar zitten. Weet je trouwens hoe Eveline Mandemaekers in 1781 een dag met drie keer seks noemde? Let wel, met verschillende personen?'

'Ik heb geen flauw idee.'

'Denk daar dan maar eens goed over na. Dat houdt je af van verkeerde gedachten en foute plannen. Tot we zien wel.'

Als ik even later in mijn eentje met een kop koffie aan Diederiks tafel zit vraag ik me af hoe ik De Krom moet benaderen. Aanbellen bij zijn residentie of zijn kantoor lijkt me niet verstandig, hij zal me herkennen als de man die kort geleden ruzie zocht. Bovendien kan ik niet uitsluiten dat hij zich omringt met heel foute beveiligers, De Krom is ongetwijfeld een parel binnen zijn beroepsgroep. Bellen is een mogelijkheid, en vooral mailen, omdat ik hem dan duidelijk kan uitleggen dat hij gezien mijn ervaringen zijn koers beter kan verleggen, wil hij niet in de bak of het crematorium eindigen. Aan de andere kant: hij krijgt vast vaker vreemde of dreigende mails van onbekenden, een irritante bijkomstigheid van zijn werk. Een beetje vent in de vastgoedbranche haalt zijn schouders erover op.

Ik zal De Krom rechtstreeks moeten confronteren, face to face, op een moment dat hij zich niet kan verschuilen in zijn bunker.

Op straat.

Ooit kwam ik erachter dat De Krom met zijn oldtimer puzzelritten reed. Maar hij had nog een hobby.

Peter de Krom tennist bij de vereniging Fifty Love.

Er is een website en een telefoonnummer, dat van het clubhuis kan zijn of van een bestuurslid. Ik heb een telefoon nodig, die van Diederik zet ik liever niet op de vastgoedkaart. En dus begeef ik me omzichtig naar de dichtstbijzijnde belwinkel waar ik een prepaid niemendal aanschaf. Tien minuten later ben ik terug in het krappe ruim van mijn onderkomen en toets het nummer in.

Na een paar seconden: 'Tennispark De Wende, met Bonnie.'
Een vriendelijke vrouwenstem.

'Goedemorgen Bonnie, met Thijs.'

'Thijs?'

'Laat maar. Zeg Bonnie, ik heb Patrick de Wael van Fifty Love beloofd een keer te komen kijken als hij dubbelt, maar nu ben ik kwijt wanneer hij moet spelen. Zou je het even willen nakijken?'

'Ogenblik, ik pak even het schema, blijf aan de lijn, hoor!'

Het is of ik Bonnie al jaren ken.

'Meneer Thijs?'

'Ik ben er nog, zeg het maar, Bonnie.'

'Hier staat dat Patrick de Wael morgenavond om halfzeven speelt tegen John Mosterd en Wim Prakke.'

'Weer met Peter de Krom, neem ik aan?'

'Dat klopt, meneer.'

'Morgenavond, jammer, dan kan ik niet. Andere keer dan maar. Evengoed bedankt, Bonnie! Pas goed op jezelf en tot kijk!'

# 43

De rest van de dag heb ik besteed aan het lezen van een achttiende-eeuws erotisch boek, 'een must', volgens Diederik. Het was een verfrissend werkje waaruit bleek dat binnen het kloosterleven van die dagen verheugend vaak gesekst werd.

Ook heb ik een hotelkamer geregeld voor de komende week, een rib uit mijn lijf, maar ik kan mijn klanten niet in de steek laten. Ik belde ze om te vertellen dat ik waterschade heb en de sessie op een andere plek zal plaatsvinden. 's Avonds heeft Diederik pizza laten aanrukken en hebben we tot veel te laat de wereld doorgenomen. Toen ik hem over mijn plannen vertelde dreigde hij me op te sluiten, aan te geven en me uit zijn testament te schrappen, maar uiteindelijk legde hij zich erbij neer met een welgemeend: 'Typisch geval van extreme inteelt en onbehandelbaar hersenletsel.' Hij was zo lief om alvast een tekst te bedenken die hij op mijn uitvaart zal voorlezen.

Eén cliënt kwam vandaag niet opdagen, met de andere twee had ik een bevredigend gesprek, hoewel het even wennen was dat ik praktijk hield naast een tweepersoonsbed. Henry Stoop kon er wel om grinniken, niet slecht voor iemand met een zware burn-out.

Om zes uur stap ik op mijn door Diederik terugveroverde fiets en peddel, getooid met pet en zonnebril, naar sportpark De Wende, niet meer dan een kilometer of vier verderop. Er is een blaashal en er liggen vijftien tennisbanen die door twee verenigingen worden gebruikt. Het complex wordt omringd door kantoorkolossen net buiten de ring van de stad.

Ik heb me natuurlijk afgevraagd hoe ik mijn ontmoeting met De Krom moet regelen. Als hij mensen om zich heen heeft kan hij zich aan de confrontatie onttrekken, ik kan hem niet dwingen naar me te luisteren. Dat betekent dat ik hem moet aanschieten, overvallen is een beter woord, als hij alleen is. Bijvoorbeeld op het moment dat hij in zijn auto wil stappen, als hij weer huiswaarts gaat. Deze aanpak heeft als nadeel dat ik moet wachten tot het De Krom belieft te vertrekken. Niet alleen de wedstrijd kan uitlopen, ook de nazit, en ik verdenk De Krom ervan dat hij daar serieus werk van maakt. Toch zie ik geen andere mogelijkheid dan me schuilhouden tot ik hem op de schouder kan tikken.

Als ik behoedzaam langs het kleine parkeerterrein fiets zie ik de Audi staan die een paar dagen daarvoor met grote snelheid een ander terrein verliet. De Krom houdt zich gelukkig aan zijn afspraken. Het is tien over halfzeven en in de verte zie ik tennissers rennen, maar herkennen doe ik ze niet.

De voorzienigheid heeft gezorgd voor een viskraam pal voor de oprit, ik ben zielsdankbaar dat ik niet een paar uur tussen de bosjes hoef zoet te brengen. Het betreft een hut met een kleine overdekte ruimte waar drie hoge tafels en een paar krukken staan. Het zicht op de ingang van De Wende en de Audi is uitstekend en visboer Piet ('Vis van Piet, Wie lust dat niet') is een vriendelijke vijftiger die ook blikjes bier in het assortiment heeft. Ik neem plaats bij het raam.

Veel heb ik niet gegeten en de baklucht hier is aanstekelijk, zodat ik een lekkerbekje bestel. Ik kijk op mijn horloge: kwart over acht. Mochten ze nog spelen, dan de derde set. De laatste kantoormannen verlaten het pand.

'Meestal sluit ik de tent rond deze tijd,' zegt Piet. 'Maar voor jou blijf ik nog een kwartiertje open.'

'Bedankt. Weet je, Piet?' Ik haal een briefje van vijftig euro uit mijn zak. 'Ik voel me hier op mijn gemak, even helemaal eruit, ken je dat? Even niet met moeder de vrouw op de bank voor de tv?'

Hij poetst de frituur. 'Mijn moeder de vrouw zit sinds vorig jaar met een ander voor de tv. Ze had genoeg van die stinklucht in mijn haar, zei ze. Kutsmoes.'

'Dat is rot, ja. Mag ik hier nog een uurtje blijven zitten, Piet?' Ik leg het flapje op de balie. 'Hou maar.'

'Je bent gek, maar vooruit. Nog een visje?'

Er lopen mensen in trainingspak het complex op en af, maar het duurt tot halftien voor Peter de Krom eindelijk in beeld verschijnt, goddank alleen. Hij heeft een tas over zijn schouder met meerdere rackets, zoals het een zelfingenomen tennisser betaamt. Op het moment dat hij koers zet naar zijn auto, veertig meter verderop, neem ik afscheid van Piet. Mijn route is iets korter dan die van De Krom en ik doe of ik een ander doel heb. Hij kijkt niet op of om. Her en der staan auto's, verder is het terrein praktisch verlaten.

Ik loop naar de wagen die naast de Audi staat en verander op het laatste moment van richting, waardoor ik schuin achter De Krom sta als hij naast zijn auto stilhoudt.

'Peter de Krom, schrik niet, ik heb een belangrijke mededeling.'

Hij schrikt wel degelijk en kijkt over zijn schouder. De uitdrukking op zijn gezicht kan ik niet goed duiden, het lijkt een mix van paniek, haat en irritatie. Dan draait hij zich om. Het duurt even voor hij woorden vindt.

'Ik ken jou. Jij bent die dronken idioot van laatst, eh… Sodemieter op, man!'

'Absoluut niet! Ik ken jou ook en je gaat even naar me luisteren, mister Belvedère.'

Hij trekt het portier open. 'Fuck off, man, ik heb helemaal geen zin in gezeik van jou.' Hij gooit zijn tas naar binnen en wil gaan zitten.

'Dat begrijp ik, maar ik zou het toch maar doen. Tenzij je vanavond de politie op bezoek wilt hebben.'

Hij kijkt me aan vanaf zijn zitplaats, ik hou het portier open. 'Wat bedoel je, verdomme! Ben jij van de politie? Dacht het niet.'

'Klopt, maar ik heb genoeg redenen om ze te bellen. Er vallen doden, De Krom, in je oorlog met Chain. Vertel ik iets nieuws?'

Hij lijkt te zoeken naar een logische verklaring voor deze bizarre ontmoeting. 'Wie ben jij?'

Ik betwijfel of hij dat inmiddels nog steeds niet weet. 'Het is uiterst belangrijk dat je naar me luistert, De Krom, voor jou en voor je bedrijf.'

'Vijf minuten, meer niet. Stap in.'

Als ik naast hem zit kijk ik hem aan. 'We gaan niet rijden, we blijven hier staan.'

'Schiet op.'

'Goed. Door omstandigheden buiten mijn schuld ben ik betrokken geraakt bij jouw sores.'

'Ik luister.'

'Er is een aanslag op me gepleegd, ze hebben geprobeerd me te vermoorden en jij bent daarbij betrokken, De Krom.'

'Wat een gelul. Waarom denk je dat?'

Maja is ondergedoken, heel diep, hopelijk veilig en ver weg. Ik kan er niet onderuit. 'Het heeft met je vrouw te maken. Ik ben gewaarschuwd haar uit de weg te gaan, wat niet helemaal lukte. Daarna werd ik bijna omgelegd. Ik heb geen idee waarom, maar jij vast wel. Jij weet waarom ik gevaar loop, De Krom, en dus weet je ook hoe je dit moet stoppen. Jij wilt niet dat je in verband wordt gebracht met maffiapraktijken, dat maakt je positie alleen maar kwetsbaarder.'

Hij schudt zijn hoofd. 'Wat een flauwekul. Ben je klaar met je onzin?'

'Maja heeft je verlaten, en niet zonder reden.'

'Pardon?'

'Ze liep gevaar.' Deze move is niet goed, ik moet terug naar de essentie.

'Ha! Zegt ze dat?'

Ik ontspoor. 'Dat heb ik begrepen, ja. Leg maar eens uit.'

'Meneer X, ik weet niet wat ze je heeft verteld, maar mijn lieve Maja is een nymfomane pathologische leugenaar. Ze pakt iedereen in en ik ben er ook ooit ingetuind.'

Nu ben ik even uitgepraat.

'En een intrigant. Het verbaast me niets dat je door haar in de problemen bent geraakt. Wacht even, heeft dit te maken met je gestoorde optreden van eh…'

'Dat zou kunnen.' Ik probeer terug te keren naar mijn oorspronkelijke strategie. 'Je hebt een hoop uit te leggen, De Krom, en dat ga je binnenkort doen, ik garandeer het je. Zoek een deal, weet ik veel, stop dit, je kunt je er misschien uit redden. Niet alleen je bedrijf loopt kennelijk gevaar, jij ook.'

'Gaan we dreigen? Je hebt geen idee waar je mee bezig bent.'

Die komt me bekend voor. 'Misschien niet, maar als je de politie erbuiten wilt houden, is het verstandig om...'

'Dit is het adres van een van mijn kantoren.' Hij haalt een kaartje uit het voorvak. 'Ik verwacht je morgenavond om zes uur, als je tenminste geïnteresseerd bent in een verklaring voor de bespottelijke situatie waarin je je hebt gemanoeuvreerd. En dan mag je ook leeglopen over het verschrikkelijks wat ze je allemaal hebben aangedaan. Goedenavond.'

# 44

Ik heb een sterke behoefte aan vergetelheid en een ontspannen gesprek, maar een bezoek aan mijn stamkroeg is onmogelijk. Diederik is op pad met zijn vriendin. Het verstandigst is me schuil te houden in de roef van 'Nooit Thuis', en vooral niet toe te geven aan de neiging het kleine grachtencafé tien meter verderop binnen te gaan. Aan de andere kant, als ik zorgvuldig de omgeving spot en er is geen onraad, ben ik in een paar stappen waar ik wezen wil. Je moet je leven niet laten leiden door irrationele angsten en spoken, zei mijn vader al, die zeker wist dat de wijkverpleegster aan zijn drankvoorraad had gezeten. En dus bevind ik me op een kruk in een pijpenla die geen lyrische beschrijving verdient. Er zijn nog twee andere gasten die zwijgend naar hun smartphone zitten te kijken. De derde klant heeft zijn ogen dicht.

Met een bier voor mijn neus haal ik het kaartje uit mijn zak dat ik van De Krom kreeg toegestopt. Veel valt er niet uit op te maken, behalve dat De Krom kennelijk niet alleen Belvedère runt. Dit bedrijf heet 'BYRB BV', zonder nadere uitleg. Het is gevestigd in Villa Pilus, aan een weg die me niets zegt, maar makkelijk is te googelen.

Ik probeer het gedrag van De Krom te interpreteren, maar het lukt me niet. Natuurlijk liet hij niet het achterste van zijn tong zien, hij probeerde vooral de onwetende, de buitenstaander te spelen. Ik weet niet eens zeker of hij doorheeft waar ik het over had. Is hij zich bewust van het riool waarin hij intussen terecht is gekomen? Of is

hij zo wanhopig dat hij inmiddels deel uitmaakt van het laagste al-
looi van zakenlui voor wie een pallet stenen meer waard is dan, om
iets te noemen, een psycholoog die in de weg loopt? Speel ik een rol
in zijn spel? Het lijkt me te veel eer, de gedachte duidt op een nar-
cistisch trekje, ben ik bang. De Krom herkende me van ons treffen
op de rallyborrel, meer kan ik er niet van maken.

Wat me opviel was dat De Krom direct bereid was zijn vrouw tegenover een vreemde af te vallen. Niet chic. Mogelijk beoogt hij er
wat mee, maar waarschijnlijk is de werkelijkheid banaler en is hij
gewoon een lul.

Misschien had ik het handiger kunnen aanpakken, maar het is
me wel gelukt door zijn arrogantie heen te breken. De Krom heeft
me niet als een hinderlijke voorbijganger genegeerd, integendeel.
Hij wil verder praten. Dat is winst. Een ijdele man die niet zal toegeven dat het water hem tot de lippen staat, maar beseft dat hij zich
geen nieuwe risico's kan permitteren. De Krom wil de controle
houden, daarom wil hij mijn verhaal horen. Hij zal me proberen in
te pakken, zich verdedigen, me uithoren, me omkopen voor mijn
part. Heel goed. Als het hem maar duidelijk wordt dat hij zijn ondergang maar op één manier kan ontlopen: door die van mij te
voorkomen.

Ik heb nog een dag voor mijn huiswerk.

Villa Pilus is een statig huis, honderd jaar geleden gebouwd voor
Ine van Doornik, weduwe van een planter die fortuin had gemaakt
op Java. Het heeft jugendstilelementen, veel houten sierwerk en
een elegant torentje. De villa is kolossaal en op de vierde verdieping
bevindt zich een ruime zolder met kleine vensters. De familie Van
Doornik heeft er gewoond tot de laatste telg overleed, waarna het
pand verschillende eigenaren heeft gehad. De laatste is BYRB BV,
sinds een klein jaar. Google geeft geen uitsluitsel over de activitei-
ten van het bedrijf, er is geen website.

De villa is goed te zien op Google Streetview, maar ligt een eind-
je van de weg af, omringd door een tuin die je een klein landgoed
zou kunnen noemen. Iepen, esdoorns, kastanjes, bosschages, een
groot gazon, alles perfect onderhouden. Het is een lommerrijke

wijk, een van de weinige in de buurt van de stad. Ik weet van het bestaan ervan, maar ben er nooit geweest.

Vanaf twaalf uur heb ik twee gesprekken met cliënten, die wat moeizaam verlopen; het valt me zwaar mijn hoofd erbij te houden. Bovendien zitten beiden in een fase waarin er een stap moet worden gezet, een keuze moet worden gemaakt die angst aanjaagt, maar noodzakelijk is voor een positieve ontwikkeling op de langere termijn. Als ik terug ben op het schip maak ik aantekeningen op een kladblok over mijn aanpak straks, tijdens mijn gesprek met De Krom.

Om drie uur komt Diederik thuis na een halve dag van onduidelijke werkzaamheden. Hij is opgetogen, zoals zo vaak.

'Kijk eens wat ik hier heb! Twee flessen Briour uit '95! Die gaan wij dus samen met respect en decorum uitlepelen, als het ware! Briour! Jongen, wat een buitenkans!' Ja, Diederik spuugt er niet in.

'Praat me even bij,' zeg ik. 'Wat is Briour?'

'Wijn, man! Wat ben jij slecht opgevoed.'

'En wat is er zo speciaal aan die Bri… Bri…'

'Briour.'

'Aan die Briour?'

'Ik heb geen flauw idee, hoe moet ik dat nou weten? Hij was in de aanbieding. Zal ik er een opentrekken?'

'Dat mag, maar ik sla even over. Ik moet om vijf uur weg om op tijd bij Villa Pilus te zijn. Zodra ik terug ben zet ik de sluizen open, goed?'

Hij knikt me stralend toe. 'En jij gaat niet fietsen, ik breng je wel even, anders ben je al kapot voor je je punt hebt gemaakt, gezien jouw conditie.'

'Dat is aardig van je, maar dan moet ik terug lopen.'

'Goed voor je. Nee, geintje, ik wacht wel even. Ik blijf gewoon in de auto zitten, beetje lezen, tot je zin hebt om naar huis te gaan. Overigens ben ik nog steeds van mening dat je beter de politie kan tippen dan de Don Quichot uit te hangen.'

'Je doet hem tekort, hij is een tragische held en beroemd.'

'Vooral erg dood, mijn vriend. En waarom nodigt hij je eigenlijk niet thuis uit, of op zijn hoofdkantoor?'

Dat had ik me ook al afgevraagd. 'Ik neem aan dat hij er toch moest zijn. Dan is het praktischer om me daar te ontvangen.'

'Je bent de slimste domme lul die ik ooit ben tegengekomen, Joep.'

Ik ga dat niet weerspreken.


Tegen vijven richt Diederik de lelijke eend in voor zijn verblijf bij Villa Pilus met drie versleten boeken, een halve fles Briour, iPad, Marsrepen en een pakje sigaretten. Hij rookt weliswaar niet meer, maar dat gaat alleen goed zolang hij ze bij de hand heeft.

'We gaan,' zegt hij, 'we mogen de vastgoedbaron niet laten wachten, daar komen maar ongelukken van in Amsterdam-Zuid.'

'Je ziet spoken, alle boeven zijn al dood.' Het ingewikkelde is dat ik geneigd ben de zaak nog drie keer erger op te blazen dan Diederik, maar die drang moet ik onderdrukken, wil ik niet eindigen als mijn vader. Mijn genen zijn paranoïdevrij heb ik inmiddels besloten en daar hebben ze zich maar aan te houden.

'Weet je het echt zeker of zullen we doorrijden naar De Vier Jaargetijden voor een strakke pizza en rode wijn?' vraagt Diederik.

'Ik moet het doen, voor ze me vinden en mijn kop afhakken.'

'Nou vooruit. Maak je punt en bluf dat Belvedère kapot gaat als ze zich blijven ingraven.'

'Ik heb me goed voorbereid. En De Krom weet toch al dat hij geen kant op kan. Hij zal Chain tegemoet moeten komen, hij heeft geen keus. Hij beseft ook dat ik niet zal aarzelen naar de politie te stappen.'

'Je aarzelt wel.'

'Ja, maar dat weet hij niet.'

Het valt even stil terwijl Diederik de eend flink overhellend een bocht door stuurt en de ringweg op draait.

'Bel me als het uitloopt of als je me nodig hebt,' zegt hij. 'Je hebt mijn nummer in je ding.'

Twintig minuten lang weidt hij uit over minnaressen van stadhouders en hun bastaardzoons, heel boeiend, maar ik heb er mijn hoofd niet bij. Ik oefen mijn speech.

Rustig rijdend zien we rechts het kapitale pand waar ik moet zijn, waarna Diederik de auto langs de stoep parkeert, niet ver van de toegang tot de lange oprijlaan.

'Hier blijf ik staan. Je bent trouwens te vroeg, geniet nog even van de mooie omgeving.'

Als ik uitstap zwaait hij naar me. Ik ben blij met Diederik.

Mijn benen zijn zwaar alsof ik gisteren de marathon heb gelopen. Ik waad door water, iemand probeert me met een elastiek terug te trekken. Een weifelend brein geeft zijn boodschap door aan de spieren, die het nu ook niet meer weten. Ik moet me beheersen niet stil te gaan staan, mijn plan op te geven en met Diederik een parallelle wereld op te zoeken waarin alleen behulpzame, vriendelijke boeven bestaan.

Schoorvoetend wandel ik de honderd meter naar de monumentale voordeur en merk dat ik de PPK nog steeds in mijn zak heb. Het voelt niet goed, ik had het ding achter moeten laten.

De oprijlaan splitst zich even voor het huis. Linksaf draait het pad om het huis heen, rechts gaat het voorlangs, om dan met een korte lus terug bij de oprit uit te komen. Er is geen parkeerplaats; als er auto's zijn dan staan ze uit het zicht.

Ik nader het huis en zie dat het wordt geschraagd door een souterrain dat de gehele oppervlakte bestrijkt. De ruimte binnen moet gigantisch zijn.

Een paar treden leiden naar een bordes van een meter of tien breed. De dubbele paneeldeuren zijn hoog en massief, ernaast hangt een klein bord met de naam van het bedrijf, zonder verdere informatie. Alles ademt rust en verlatenheid. Als hier wordt gewerkt, dan vooral denkwerk in stilteruimten.

Het is één minuut over zes en ik bel aan. Nog voor ik me kan omdraaien om de deskmanager tijd te geven de juiste knop te vinden gaan de deuren open.

'Komt u binnen, meneer Duvalier,' zegt een jongeman in een grijs pak en met een zorgvuldig kapsel. Hij ruikt naar gel.

Ik sta in een grote hal met een brede trap voor me en links en rechts gangen naar de vleugels. Naast de trap een liftdeur.

'Ik breng u naar een restroom; u wordt zo opgehaald. Wilt u me volgen?'

De man drukt op de liftknop en even later sta ik naast hem terwijl de deur sluit. Hij kijkt een moment opzij en glimlacht. 'Was het makkelijk te vinden?'

Ik voel me als een mens-erger-je-nietspecialist in het casino van Monaco. 'Het was even zoeken, maar gelukkig…'

'Fijn zo.'

Tot mijn verrassing gaan we naar beneden, een ritje van niks. Vanuit de lift lopen we een schaars verlichte gang in, waar ik mijn begeleider staande probeer te houden.

'Wat is BYRB, of hoe je het uitspreekt, eigenlijk voor bedrijf?'

De man kijkt me een moment aan, met een zweem van arrogantie. 'BYRB, meneer Duvalier, beheert Villa Pilus.'

Dat schiet lekker op. 'En wat doet Villa Pilus?'

Het is nu geen zweem meer, maar onverholen arrogantie. 'Villa's doen niets, meneer, maar om u in te lichten: het gebouw is multifunctioneel en wordt gebruikt voor workshops, meditatie, vergaderingen, trainingen en nog meer. Ook zijn er fitnessruimten en vertrekken waarin het kloosterleven kan worden beleefd.'

Pater De Krom, het moet niet gekker worden. 'Ik dacht dat Belvedère in vastgoed zat.'

'U vist, meneer Duvalier, maar ik verkeer niet in de positie u inzicht te geven in welke bedrijfsvoering dan ook. Volgt u mij.'

We lopen twintig meter door een brede gang voor hij halt houdt en met een magneetkaartje een deur opent. De ruimte is net zo schemerig als de hal waar we vandaan komen.

De jongeman draait zich voor de deuropening om. 'U kunt binnen plaatsnemen, het zal hooguit voor een paar minuten zijn. Er is vruchtensap, mocht u er zin in hebben. Misschien vindt u het interessant, deze kamer is een exacte kopie van een kloostercel in Montsarde, Noord-Frankrijk. Met dat klooster hebben we de afspraak de regels te volgen die daar gelden. Daarom wil ik u vragen uw mobiele telefoon af te staan voor de duur van uw verblijf in deze ruimte.' Hij steekt zijn hand uit.

Het bevalt me helemaal niet, deze poppenkast; ik kom hier voor een kort en stevig gesprek, niet om een ondergrondse kloosterervaring te ondergaan, laat staan uit een godvergeten oord in de Ardennen.

'Alstublieft, meneer Duvalier, dat zijn de regels. Ik leg hem hier in dit vakje, u krijgt hem zo terug.'

Ik geef hem mijn mobiel. 'Nogal bizar,' zeg ik, 'maar vooruit.'

'Dank u. U kunt nu naar binnen gaan.' Hij doet een pas opzij.

Als ik over de drempel stap gaat er een snerpende zoemer af. Ik schrik me rot.

'U betreedt een gewijde plek, althans virtueel, meneer Duvalier. Wij respecteren de voorschriften van Montsarde, dus moet ik u vragen de metalen voorwerpen die u bij zich hebt naast uw telefoon te leggen.'

Ik begin te transpireren en vraag me van alles af, bijvoorbeeld waarom ik mijn zorgvuldig voorbereide teksten aan het vergeten ben, wat ik met mijn pistool aan moet en of ik die vent voor zijn kop moet slaan met een welgemeend 'Broeder Duvalier groet u!' om vervolgens terug te wandelen naar Diederik om het eens flink op een drinken te zetten. Wat ik uiteindelijk doe komt voort uit de diepe behoefte het karwei af te maken, het allemaal achter de rug te hebben, ondanks de krankzinnige ontvangst die me hier ten deel valt. En dus vouw ik uit het zicht de PPK in mijn zakdoek en leg hem naast mijn mobiel.

'Dank voor de medewerking, meneer Duvalier,' zegt de gladde jongeman, met een vage glimlach.

Er valt me iets in, nu pas, wat weer eens bewijst dat onder druk de helft van je hersens niet functioneert. 'Is het niet eenvoudiger om me boven te laten wachten? Met een kop koffie of iets anders beleefds?'

Hij knikt even. 'Dat had gekund, maar we houden hier van goede stijl, gastvrijheid en comfort. Mag ik u verzoeken?'

Ik doe drie passen vooruit en kijk over mijn schouder om de overjarige corpsstudent te vragen of de middeleeuwse verlichting wat omhoog kan, maar de man is vertrokken en de deur valt met een beschaafde klik in het slot. Ik ben alleen.

De kamer, ongeveer drie bij vier meter groot, is niet oncomfortabel ingericht met een smaakvolle bank tegen de muur en een kleine tafel ernaast. Twee antieke rechte stoelen en een kleine kast met wat lectuur, glazen en een paar flessen fruitsap. Als dit een kopie is van een spartaanse kloostercel in Frankrijk kunnen ze daar wel een bed and breakfast beginnen. Ik geloof er niets van. Het ritueel van zopas doet me denken aan het hocus pocus van mensen die zich een gereïncarneerde indiaan wanen en met opgewarmde kiezels en gelispelde spreuken ongeneeslijke kwalen te lijf gaan. Het is niet mijn wereld, het vastgoed.

Ik ben te onrustig om te gaan zitten. Bovendien sta ik liever als De Krom binnenkomt omdat ik ongeduld wil uitstralen en niet de onderdanigheid van een scholier die moet nablijven. Het is van vitaal belang vanuit een gelijke uitgangspositie te beginnen.

Mijn horloge mocht ik omhouden, heel genereus van de monniken van Montsarde. Het is tien voor halfzeven en ik begin me een beetje op te winden, De Krom speelt het spelletje 'belangrijke mensen komen altijd wat later' en dat bevalt me niet. Om halfzeven heb ik er genoeg van en besluit ik mijn telefoon te pakken om meneer te bellen. In drie stappen ben ik bij de deur.

Die niet opengaat.

Hij zit niet klem, hij gaat niet zwaar, nee, de deur zit gewoon op slot. Ik sta in de war naar mijn hand te kijken en weet niet wat er aan de hand is of wat ik moet doen. Het brengt me tot overspronggedrag, zoals een kat zich gaat likken als hij niet kan kiezen tussen aanvallen of vluchten. Ik begin dus te hoesten en wild om me heen te kijken, volkomen nutteloze handelingen.

Ze hebben me opgesloten. Doen ze dat ook in Montsarde? Wat is dit voor stijl en gastvrijheid? Het is volslagen krankzinnig en als De Krom een punt wil scoren vóór ons gesprek is hij daar glansrijk in geslaagd. Ondertussen begint de hele gang van zaken me danig de keel uit te hangen. Ik kan verdomme Diederik niet eens bellen dat de zaak uitloopt. En wat ik niet wil toelaten maar zich onontkoombaar opdringt: het deugt niet. BYRB stinkt, Villa Pilus stinkt, deze cel stinkt en aan de hele ontvangst zit een putlucht.

Er is een klein raam vlak onder het plafond en als ik op een stoel ga staan lukt het me naar buiten te kijken. Ik zie gras en rechts een kleine struik, een uitzicht van niks. Wat ik ook zie zijn twee kunstig vormgegeven spijlen waarmee inbrekers worden geweerd. En uitbrekers.

Ik loop naar de deur en begin, zonder veel illusies, te bonzen en 'Hallo!' te roepen. Toch heeft mijn actie resultaat, want na een paar minuten zwaait de deur open. Als ik zie wie er voor me staan schrik ik me een hartfibrillatie.

# 45

De mannen van de BMW.

De Kaukasiër, maat van Heinz. Naast hem diens opvolger, de onopvallende veertiger die me te grazen nam in mijn huis. De ex-student staat achter ze.

Het tolt in mijn kop alsof ik bedwelmd ben, dit kan niet, zij kunnen hier niet zijn, dit is Belvedère, de vijand van Chain, noodgedwongen mijn bondgenoot. Ik moet me vasthouden om niet te vallen. Wat is dit? Heeft De Krom me naar zijn tegenstanders gestuurd? Waarom, in godsnaam? Ik word gek, het is toch gebeurd.

'Loopt u rustig mee, meneer Duvalier,' zegt de jongeman die me eerder ontving. 'We gaan naar boven. Ho, heren, een beetje voorzichtig, ik denk dat meneer Duvalier rustig zal meewerken.'

Rustig niet, meer als een robot. Ik merk dat ik loop, voor me de student, achter me de andere twee. In de lift zie ik een vinger die op de 3 drukt, goh, 3, denk ik. Het kolkt in mijn kop, maar er zijn geen samenhangende gedachten. Ik tril van ongerichte emoties, ik kan ze niet benoemen. Meer dan volgen en deze halfslaap ondergaan is onmogelijk en zo staar ik naar de oplichtende iconen in de lift: BG, 1, 2, 3. Kling.

Die kling heb ik eerder gehoord, lang geleden, toen ik nog een optimistische jonge psycholoog was met een praktijk en een fijne kroeg voor de deur. Een lift en die kling. Ik ben hier eerder geweest voor een onaangenaam onderhoud. Ik ben in de Chainbuilding.

Ik ben niet in de Chainbuilding, dit is Villa Pilus. De gekte wil niet uit mijn hoofd, het groeit en ik heb er geen greep op.

We stappen uit de lift en lopen door een gang en ik weet hoe ver het is. Als ik opkijk zie ik aan het einde van de gang twee mensen staan. Maja, onbeschrijfelijk mooi, ze zweeft bijna. Achter haar Peter de Krom. Ik hallucineer. Een moment later word ik de kamer in geduwd die ik ken. De man achter het bureau ken ik ook, een keurige heer met kort grijs haar en een dure bril. Ik word als een willoze pop voor hem neergezet.

'Zo Duvalier, prettig dat u ons geheel vrijwillig komt bezoeken. Wilt u iets drinken? Ik raad u aan niets af te slaan zolang het nog kan.'

Ik sta, in feite val ik net niet om, kijk de man aan en krijg de neiging om in hysterisch gelach uit te barsten, al was het om me een houding te geven. Ik ben panisch op zoek naar een houding.

'Whisky. Een dubbele. Een spel. Jullie spelen een spel met me. Lachen, of niet? Jezus, jullie hebben wat afgelachen. Beetje pingpongen met Duvalier. Chain-Belvedère, final set, new balls please. Hebben jullie hier een doorkijkspiegel? Staat De Krom te kijken? Met zijn lieve Maja? Dag Peter! Hallo Maja!' Ik ratel door in een poging mijn hersens onder controle te krijgen, wat langzaam lukt. Als ik gek ben hebben we dat maar te accepteren, mijn waanwereld is de wereld waar ik het mee moet doen. *Toe maar, Joep, geef je over.*

'En op de parkeerplaats bij De Kaap, onbetaalbaar! Mij wijsmaken dat jullie De Krom gaan omleggen en dan achter mij aan gaan! Jullie waren daar helemaal niet voor De Krom, hè? Beken het maar!'

'U mag even uw emoties kwijt, Duvalier, we zijn geen beesten. Om op uw opmerking in te gaan: natuurlijk waren we daar niet voor Peter de Krom. Laat staan om hem daar, zoals u het noemt, "om te leggen". Waarom zouden we? We hadden u op het oog en Peter de Krom was zo vriendelijk zijn auto en een medewerker als lokaas in te zetten. Toen duidelijk was dat u in de buurt rondliep zat de taak van de chauffeur erop en kon hij vertrekken. Vervolgens namen wij het over. En daar willen we al een poosje met u over praten.'

Het begint weer te duizelen. Er was geen aanslag, zegt deze vriendelijke foute klootzak. Maar ik heb het toch zelf gezien? Dat de Audi wegscheurde, dat De Krom ervandoor ging toen de BMW in beeld kwam? Het dringt langzaam door. Ja, de Audi reed weg toen de BMW verscheen. Nou en? Is dat een aanslag?

Geen aanslag, zelfs geen poging, dat is wat de man zegt. Ik moet hem geloven, De Krom loopt hier tenslotte onbekommerd in dit pand rond. Het besef leidt tot een nieuwe knal voor mijn kop. Stel dat het verhaal klopt, dan is niets wat het leek of waarvan ik zeker was.

Maja. Ze heeft dan geen aanslag voorbereid. Ze heeft me niet misbruikt voor haar morbide plannen. Ze vroeg me om haar te helpen te vluchten, dat is alles, de rest heb ik ingevuld, gefantaseerd. Ik heb Maja gedemoniseerd, doordachte theorieën ontwikkeld, een werkelijkheid opgebouwd die nu instort. Hoeveel meer bewijs is er nodig dat ik een ware zoon van mijn vader ben?

Maar toch, altijd een toch. Het hoort bij het ziektebeeld, besef ik, tegen beter weten in blijft er verzet.

Wat doet Maja hier? Ze was toch ondergedoken? Of was het echt een hallucinatie toen ik haar zag?

'Duvalier? Bent u er nog? U gaat toch niet flauwvallen? William, geef hem een stoel.'

Ik laat me er als een honderdjarige in zakken. Het is me onmogelijk te overzien wat me overkomt.

'Goed,' gaat de man verder. 'Ik begrijp dat Heinz niet meer onder ons is, een groot verlies. U gaat me nu vertellen wat er is gebeurd en waar hij is.'

Ik ben murw en daas van de klappen, de angstregulatie is ontregeld, maar het spraakcentrum kennelijk nog intact.

'Wie?'

'Heinz. Onze blonde collega.'

'Heinz met zijn grijns.'

De man loopt naar me toe en geeft me een stomp in mijn maag. Ik klap dubbel, probeer weer rechtop te komen en merk dat ik lach, terwijl ik weet dat janken meer op zijn plaats is. Ik ga met mezelf op de loop.

'U hebt een gewaardeerde medewerker gedood, Duvalier. U kwam hier met zijn pistool in uw zak.'

'Pistool, pistool, tweede viool,' hoor ik mezelf zeggen.

Nu op mijn wang, vrij hard, maar pijn voel ik nauwelijks.

Hij kijkt me aan. 'Waar is Heinz?'

'Heinz probeerde me te wurgen, dat was heel vervelend, meneer. Zoiets moet je niet willen.' Ik koester mijn gekheid, alles beter dan terug te keren naar een realiteit die ik niet aankan.

'En toen hebt u hem gedood.'

'Nee, hoor, het was een ongeluk.'

'Een ongeluk.'

Ik knik, geloof ik.

Opnieuw een ram voor mijn hoofd, nu de andere kant. Er komt ergens bloed uit, het zit op mijn mouw.

'Waar is hij?'

Volgens mij komt het uit mijn neus, het lijkt of ik leegloop.

'Ja, waar is hij. Waar zijn wij, zijn we waar we zijn? Je weet het niet.' Ik weet het werkelijk niet.

Volgens mij kijkt hij me weer aan en het lijkt me passend hem vriendelijk toe te lachen.

'William, breng hem terug, meneer Duvalier is een beetje in de war.'

Het gaat vanzelf. 'U wordt vriendelijk bedankt, en neem er zelf ook een.'

Ik word uit mijn stoel gehesen en naar de deur geleid.

'Nog even dit, Duvalier. Het is dat de directie nog andere plannen met u heeft, anders had u inmiddels met een blok beton in een kanaal gelegen. Koester het uitstel.'

De student pakt mijn arm beet en leidt me naar de deur, de gang, naar de lift en naar het souterrain. Het is prettig dat hij me vasthoudt, ik heb de neiging erbij te gaan zitten. Terug in mijn cel word ik op de bank gezet.

'U krijgt zo dadelijk opnieuw bezoek, meneer Duvalier. Als ik u was zou ik proberen mijn kop erbij te houden, er hangen levens van af.' Dan verlaat hij de ruimte.

Goed advies, je kop erbij houden. Hoe doe je dat? Ik sta op en loop heen en weer, nog een keer en opnieuw. Twintig keer. Het begint wat op te klaren, ik kom van ver.

De BMW is van Chain of van Belvedère of van alle twee. Er was geen aanslag. Bij De Kaap kwamen ze louter voor mij. Maja is in dit gebouw. Ik zit opgesloten. Ze gaan me doodmaken. Maar eerst krijg ik bezoek, begrijp ik.

Vijf minuten later al.

Eerst komt de Kaukasiër binnen, dan Peter de Krom. De Aziaat blijft bij de deur staan.

'Duvalier, je bezorgt ons een hoop ellende, maar dat wist je al.' Hij ijsbeert terwijl hij naar de vloer kijkt.

'Pardon, dat wist ik helemaal niet.' Mijn stem klinkt normaal, tot mijn verbazing. 'Ik dacht dat Chain achter me aan zat, anders zoek ik toch geen contact met jou? En nou blijkt dus dat je samen met Chain aan de slag bent. Ik begrijp er niets meer van, het was toch oorlog tussen jullie?'

Hij lacht kort. 'Chain? Je bedoelt die club uit Texas? Losers.'

Opnieuw begint de grond te deinen. 'Chain ontvoerde me, Chain overviel me in mijn huis.'

'Welnee, Duvalier. Charly hier is een trouwe medewerker van me, net als de andere heren die je inmiddels kent. We hebben je vanaf het begin in de gaten gehouden, wat niet zo moeilijk is als je ingevoerd bent in moderne technologie.'

Het druppelt langzaam binnen. 'Dat klopt niet, op de oldtimerdag wist je niet wie ik was.'

De Krom blijft staan en zucht. 'Ik wist van je bestaan, maar niet hoe je eruitzag. Een fout van me. Wat een ongelooflijk irritante vent ben jij. Wat was je bedoeling eigenlijk?'

'Ik wil koffie, en de toezegging dat ik straks naar huis kan.'

'De koffie kan ik je toezeggen. Nou? Wat was je opzetje?'

'Ik wilde zien wie je was. Kijken hoe je zou reageren.'

'Rare actie, maar vooruit. Luister Duvalier, en val me niet in de rede. Ik weet van meet af aan dat je contact had met Maja. Wat ze je allemaal verteld heeft interesseert me niet, ik heb je al gezegd dat ze een ziekelijke leugenaar is. Verder vermoed ik dat je op de hoogte bent van wat zakelijke problemen rond mijn bedrijf. Kun je me tot zover volgen? Je ziet er niet erg intelligent uit, momenteel.'

'Ga verder.'

'Mijn geliefde echtgenote heeft enige invloed op het voortbestaan van Belvedère, en ik weet dat ze twijfelde over de keuze die ze moest maken. Het was direct duidelijk dat jij een groot risico voor ons was omdat Maja nogal labiel is. Helaas voor jou heb je onze waarschuwing niet begrepen, een halsmisdrijf in onze kringen. Duidelijk?'

'Zoiets had je gisteren al verteld.' Maar niet zo expliciet als nu, niet zo dodelijk kristalhelder. Het zweet op mijn voorhoofd is misplaatst, ik krijg het koud.

'We hebben door de loop der gebeurtenissen ons beleid aangepast, Duvalier. Eerst wilden we je op afstand houden, nu geven we je een taak. Jij gaat Maja inderdaad beïnvloeden, maar nu in het voordeel van Belvedère.'

Ik ben gaan zitten en probeer beelden van de afgelopen weken en rondschietende gedachtenflarden tegen te houden, het is essentieel dat ik luister en De Kroms woorden begrijp.

'Waarom zou ik dat doen? Dood maken jullie me toch.'

'Kijk me aan, Duvalier. Goed zo. Dat ga jij doen omdat je niet anders kan. Mijn medewerker en vriend, de man die je inmiddels goed kent, heeft deze mooie constructie bedacht, waar hij absoluut een bonus voor krijgt. We wilden niet dat je mevrouw De Ridder zou beïnvloeden, maar nu juist wel. Ironisch, vind je niet?'

'De vent is een schoft.'

'Ik negeer je opmerking. Luister Duvalier, dit is de reden waarom je gaat meewerken. Je bent psycholoog en naar ik begrijp, geen beunhaas. Je kunt Maja's leven redden door haar te overtuigen Belvedère te redden.'

Zover is hij dus bereid te gaan, de man is volslagen doorgeslagen. 'Je gaat je eigen vrouw niet vermoorden voor je bedrijf, De Krom, raar verhaal.'

'Ik vermoord niemand, maar ziekte en pech kan iedereen overkomen. Maja dreigt mijn bedrijf kapot te maken en dat moet ze niet doen. Belvedère kan niet omvallen, onmogelijk.'

De man is gestoorder dan ik. 'En als ik Maja overtuig, maken jullie me af.'

'Ha! Dat is dus het aardige van het plan: als mijn vrouw zich door jou laat overtuigen, voorkomt ze jouw dood. Begrijp je, Duvalier? Dit is een win-winsituatie. Jij redt Maja's leven, Maja dat van jou en samen redden jullie Belvedère.'

Ik begrijp hooguit de helft. 'Waarom heeft Maja invloed op jouw bedrijf?'

'Dat zal ze je zelf vertellen.'

Dat schiet lekker op. 'Waarom overtuig je haar zelf niet? Ze loopt hier nota bene rond. Je echtgenote is niet helemaal eerlijk tegen me geweest, ze vertelde dat ze je verlaten had. Ik heb geen enkele behoefte Maja te ontmoeten of me met jouw zaken te bemoeien, De Krom.'

Hij lacht, een beetje scheef. 'Ik zei je al dat ze een notoire leugenaar is, maar om je in te lichten, mijn vrouw is hier niet uit vrije wil gekomen.'

Het duurt even voor de betekenis doorkomt: waarschijnlijk vergis ik me voor de zoveelste keer in mevrouw De Ridder. 'Niet uit vrije wil?'

'Dat lijkt me de juiste formulering. Ze verkeert in dezelfde positie als jij, Duvalier, ze heeft geen andere keuze dan tot de juiste beslissing te komen. Dat is haar inmiddels duidelijk gemaakt.'

Ik wil De Krom aankijken, maar hij staat met zijn rug naar me toe. 'Heb je wel in de gaten hoe gestoord je bent, meneer De Krom? Dat je bereid bent je vrouw op te offeren voor je louche zaakjes? Ik heb het dan niet eens over mezelf.'

'Eén ding moet je goed begrijpen, Duvalier. Ik ben geen crimineel, ik ben een zakenman, een harde voor mijn part, en principieel. Mijn vrouw is niet loyaal, ze verraadt me en heeft me vernederd. Ik ben haar niets verschuldigd. Als je dat niet begrijpt heb je het verkeerde vak gekozen.'

Zo gek als een deur, maar andersom is voor psychopaten de rest van de wereld gestoord. 'En hoe zou ik Maja moeten overtuigen?'

'Dat laat ik helemaal aan jou over, ik heb alle vertrouwen in je overredingskracht. En in je wil om te overleven. Charly, laat haar binnen.'

Ze krijgt nog net geen duw, maar ik heb nog nooit iemand zo onvrijwillig een ruimte binnen zien gaan. Ik schrik als ik zie hoe ze eruitziet. Op het oog niet fysiek mishandeld maar wel geknakt, kleiner, ouder. Haar gezicht doet daar niet helemaal aan mee, er schemert verzet. Mooi is ze nog steeds.

'Jullie krijgen een uur om eruit te komen. Een sneller akkoord stel ik op prijs, ik laat een telefoon achter die uitsluitend mijn nummer kan bellen. Ten overvloede, dit gebouw is een vesting, verdoe geen tijd en energie met domme plannen. Red elkaar, het lijkt me een mooie taak. Tot straks. En, o ja, er is hier een camera, jullie blijven in beeld.'

Ze verlaten de cel en we zijn alleen.

Ik sta in een hoek van de kamer, Maja twee meter voor me. Ze kijkt me aan en ik zie dat ze niet weet of ze dichterbij mag komen. Uiteindelijk doet ze het toch en raakt mijn wang aan met haar hand. Ik wil dat prettig vinden, maar het lukt me niet goed omdat ik al een tijd niet meer weet wat een aanraking van haar betekent. Als ik dat al ooit heb geweten.

'Lieve Joep, sorry. Mag ik je even vasthouden?' Ze kijkt me eindeloos tragisch aan.

Ik heb geen verweer en knik. Zo staan we een paar minuten bijna roerloos tegen elkaar aan. Zij streelt heel voorzichtig, beschroomd, lijkt het. Ik uit beleefdheid, er zit geen spontaniteit in. Dan laat ze los.

'Ze hebben je gepakt omdat je contact met mij had. Ik vind het verschrikkelijk en hoop dat je gelooft dat ik geen idee had dat het zo zou lopen.'

'Ik weet niet wat ik moet geloven, Maja, ik ken je niet.'

'Dat is mijn eigen schuld, ik weet het.'

Ik pak een stoel en ga zitten. 'We zitten niet in de kroeg, ik begrijp dat we nog vijftig minuten hebben om te overleggen over iets waar ik niets van begrijp.'

Ze blijft staan, onrustig. 'Ik zal het je uitleggen.'

Ik ben nors, ongeduldig en bang, geen goede luisteraar, en moet me dwingen haar de kans te geven. 'Graag.'

'Peter hield me in de gaten en ik wist het niet. Hij heeft me laten halen op mijn onderduikadres, ik was er nog geen dag. In feite word ik gegijzeld. Dat hij achter jou aan zat wist ik al helemaal niet, anders had ik me allang teruggetrokken, dat moet je geloven.'

'Vooruit.'

'Je zag me in Chez Dré met Richard, je zult je wel afvragen wat ik daar deed.'

'Ik ben niet geïnteresseerd in je privéleven.'

Ze gaat ook zitten. 'Richard werkt bij een bedrijf dat Belvedère wil overnemen.'

'Chain.'

'Jezus, hoe weet jij dat?'

'Ga verder.'

'Het was een zakelijk gesprek, Richard probeerde me over te halen hun kant te kiezen. Dat je niet denkt…'

'Ik denk niks. Ga verder.'

'Als ik zou meewerken hadden ze daar vijf miljoen voor over.'

Ik sta op en schenk twee glazen vruchtensap in. 'Dat klonk zeker wel aantrekkelijk.'

'Welnee,' zegt ze zachtjes.

'Waarom praatte je dan met ze?'

Ze haalt haar schouders op. 'Ik wilde horen wat ze te vertellen hadden en hoeveel ze wilden betalen. Gewoon een beetje nieuwsgierig, dat is alles. Ik heb helemaal geen geld nodig.'

'Pardon?'

'Wist je dat niet? Maar dan weet je dus ook niet waarom ze zo bang voor je zijn! Jezus, Joep.'

Ik neem een slok en kijk Maja aan. 'Ik vraag het me al weken af en ben tot de conclusie gekomen dat iedereen stapelgek is geworden. Misschien kun jij het me eindelijk eens uitleggen.'

Ze knikt. 'Ik heb het je nooit verteld omdat er geen reden voor was, maar mijn vader, en daarvoor zijn vader, runde een internationaal oliebedrijf dat hij vlak voor zijn overlijden verkocht aan Shell. Het gevolg is dat ik beschik over een vermogen dat ik niet eens goed kan overzien.'

'Er begint me iets te dagen.'

'Het kapitaal staat op mijn naam. Zodoende kan ik zonder enige moeite de zaak van Peter overeind houden, als ik dat zou willen.'

'En dus probeerde Chain je over te halen het geld in je zak te houden.'

'Precies. Andersom zet Peter me onder druk geld vrij te maken om hem te redden.'

Ik laat het even tot me doordringen. 'Feitelijk bepaal jij of Belvedère omvalt en wordt overgenomen, of niet.'

'Die invloed heb ik, ja.'

'En omdat wij met elkaar omgingen dachten ze dat ik… via jou… ik had geen flauw benul. Dus dat was het.'

'Dat neem ik aan. Ik ben vreselijk naïef geweest, het is geen moment bij me opgekomen dat jij hierbij betrokken zou worden. Het spijt me verschrikkelijk, Joep. Ik had ook niet voorzien dat Peter volkomen zou doorslaan, dat het zo'n obsessie zou worden. Hij is nu tot alles in staat.'

Eindelijk begin ik iets te begrijpen van de chaos waarin ik ben verzeild. Er zijn nog vragen genoeg, maar de belangrijkste is beantwoord: waarom ik staatsvijand nummer één ben voor sommige vastgoedgangsters. Niet dat die helderheid me ook maar een centimeter vooruit helpt op weg naar de uitgang, maar niettemin.

'Is het lastig, geld vrijmaken voor Belvedère?' vraag ik.

'Welnee. Als ik mijn zaakwaarnemer bel zorgt hij voor de benodigde papieren. Ik hoef alleen een paar handtekeningen te zetten.'

'Maar dat wil je niet.'

'Nee. Belvedère mag samen met Peter de Krom worden doorgetrokken. Direct door naar het riool, lijkt me.'

Ik schenk haar glas bij, ze kijkt me aan, onzeker. Het lijkt me langzamerhand het moment me over mijn twijfels heen te zetten, niet voor het eerst. Niemand zo plooibaar als een psycholoog. Als ik haar een korte kus wil geven neemt ze het over.

'Maja,' zeg ik, een beetje buiten adem, 'we hebben nog een halfuur.'

'Ik weet het. Er zit niks anders op, ik zal tekenen, een paar miljoen voor een mensenleven, geen geld eigenlijk.'

Ik schud mijn hoofd. 'Het heeft geen zin, Maja. Denk je echt dat ze mij laten gaan na alles wat er gebeurd is? En jij bent een nog groter risico voor ze. Stel dat je naar de politie gaat en de zaak terugdraait? We schieten er niets mee op als je tekent, Maja, en dat weet je. Zolang je het niet doet ben je waardevol voor ze.'

We zitten een paar minuten in stilte te verspillen.

'Waar zit die camera? Heb jij hem gezien?' vraagt ze.

Ik sta op en tuur naar de muren, het plafond, het weinige meubilair. De schaarse verlichting werkt niet mee, buiten schemert het. 'Misschien zo'n miniding, ik kan niks vinden.'

'Bluf, denk ik.'

'We moeten hier weg, liefst binnen vierentwintig minuten. Heb jij een idee? Bellen we Peter met een smoes? Gaan we vechten?' Ik word moedeloos van mijn loze voorzetten en neig weer naar ogen dicht en zoemen.

'We kunnen het raampje stuk slaan en gaan schreeuwen,' zegt Maja. Zij heeft tenminste een begin van een plan.

'Niet slecht.'

'Maar dan staan ze binnen een minuut voor onze neus. Ander plan, nou jij.'

Bellen kan niet, schreeuwen is zinloos, tralies doorzagen kan, maar we hebben geen vijfentwintig jaar. En dan realiseer ik me dat op honderd meter afstand een bondgenoot op me wacht. Onbegrijpelijk dat het nu pas bij me opkomt.

'Diederik!' zeg ik.

'Wie?'

'Een vriend van me. Hij heeft me gebracht en staat zich verderop af te vragen waarom het verdomme zo lang duurt. Waar kijkt het raam op uit, denk je? Zitten we aan de voor- of achterkant?'

Maja pakt een stoel, gaat erop staan en houdt een hand boven haar ogen. 'De voorkant, volgens mij. Ik zie auto's rijden.'

'Zie je ook een geparkeerde eend?'

Het duurt even voor ze antwoordt. 'Nee, maar het is moeilijk te zien. Er zijn bomen en het wordt donkerder.' Ze klimt weer naar beneden. 'We moeten zijn aandacht trekken. Als hij daar is.'

'Als hij daar is, ja. Maar hoe? Ik heb een aansteker in mijn zak, we kunnen de zaak in de hens steken.'

'Het lijkt me geen fijne dood,' zegt Maja, 'als de brandweer net te laat komt.'

In films weten ze er wel raad mee, hoe wanhopiger de situatie hoe briljanter de ontsnapping. Mijn televisieheld MacGyver had nu ongetwijfeld een kleefbommetje opgehoest van wangslijm, een lucifer en een tampon, maar alleen hij weet de precieze dosering.

Ik kijk om me heen en mijn blik blijft hangen bij een staande schemerlamp, twee meter metaal zonder franje, met een jarendertigkap. Hij zit aan een snoer van een paar meter. Veel licht geeft het ding niet, maar hij doet het.

Ik weet niets beters te bedenken. 'We gaan zwaaien. Met de lamp, wat vind je?'

Ze raakt me vluchtig aan. 'Het is te proberen, wie weet valt het Diederik op.'

'Zoiets, ja.' Ik haal de kap van de lamp en stoot het raam kapot met de stalen onderkant. Wat er in de sponning blijft zitten tik ik voorzichtig weg. Dan klim ik op de stoel en steek het ding naar buiten. Als dat is gelukt begin ik de lamp onhandig heen en weer te bewegen. Hij slaat maximaal twee meter uit, maar ik stel me voor dat iemand die het ziet zich afvraagt wat daar gebeurt. Hoop ik. *Laat het zo zijn!*

'We hebben nog een kwartier, Joep. Sorry, ik wil je niet nog meer onder druk zetten.'

'Dat zou je niet lukken, ik sta al in het rood.' Ik voel me volkomen belachelijk, zoals ik daar met een spaarlamp op een stok sta te mieren.

'Je doet het goed,' zegt ze lief. 'Ik zal je helpen.' Even later zie ik dat de lamp begint te knipperen, Maja heeft de schakelaar te pakken. 'Als ze dit niet zien zijn ze blind.'

En zo sta ik wanhopig een mislukte vuurtoren te imiteren.

'Volhouden, Joep, zal ik het overnemen?'

'Nee, hoor, blijf maar knipperen.' Niet voor het eerst weet ik bijna zeker dat deze dingen niet in het echt gebeuren.

'Gaat het? We hebben nog vijf minuten. De kans dat iemand het ziet wordt elke minuut groter, besef je dat, Joep?'

Het is fijn dat ze de moed erin probeert te houden, maar ik denk dat het andersom is. Het wordt steeds duidelijker dat geen mens dat geroei met die verlichte roeispaan opmerkt.

Dat heb ik mis.

Twee benen met broekspijpen die ik ken en twee verschillende sokken verschijnen in beeld.

'Hallo? Problemen?'

Normaal zou ik nu volschieten, maar niets is normaal. 'Diederik! We zitten vast! Ze gaan ons vermoorden! Bel 112! Nu!'

Ik merk dat Maja het licht heeft uitgedaan.

'Jezus!' roept Diederik. 'Ik hoop dat ik hem heb opgeladen, je kent me. Waar ben je nou weer mee bezig, man!'

'Schiet op!'

'Ja, komt goed. Hij ligt in mijn auto, volgens mij, even geduld.' Hij bukt en zijn hoofd komt in beeld. 'Niet weggaan, hoor!' Dan richt hij zich op en ik zie dat hij begint te rennen. Een meter of tien, dan houdt hij in en loopt terug.

'Ik had hem toch in mijn zak.' Hij gaat weer door de knieën, toetst een paar cijfers in en houdt de telefoon tegen zijn oor, secondelang. 'Wat gek, ze nemen niet op. O, wacht, ik had 221 ingetapt.'

'Diederik!'

'Geen paniek, daar gaat hij weer! Eén, die is goed. Eén, ook goed. Twee. Dat is hem, Joep! Wat zal ik zeggen?'

'Wat ik jou heb gezegd en geef ze het adres.'

Het lukt hem, hij legt onze hopeloze situatie opvallend kort en efficiënt uit. 'Ze komen eraan. Nog even volhouden.'

Op hetzelfde moment zie ik door het raam drie paar broekspijpen die om Diederik heen gaan staan. Even later verdwijnt het gezelschap links uit mijn gezichtsveld.

'Het is gelukt,' zegt Maja.

Ik stap van de stoel af. 'Ja, maar ze hebben Diederik te pakken.'

We staan te staan, zwijgend, wachtend, er gaat binnen een paar minuten iets gebeuren.

Langer dan een halve duurt het niet. Charly en kantoorman William stormen naar binnen, de laatste met een pistool in zijn hand.

'Meekomen! Loop voor ons uit! Linksaf naar de trap!'

Waar we heen gaan, geen idee, maar ze willen de centrale hal kennelijk mijden.

'Naar boven! Schiet op!' roept Charly. Als we een etage hoger zijn: 'Volgende trap!'

Maja loopt vlak achter me en struikelt. Daardoor is haar gezicht heel even dicht bij mijn rechteroor. 'Ze ruimen ons op voor de politie er is,' fluistert ze. 'We moeten iets proberen.'

Ik knik. Haar opmerking helpt me over een dood punt heen, ik neigde naar de definitieve overgave, een drang die ik herken. We moeten iets proberen, ja, maar wat? Twee professionals achter ons, minstens één pistool, het lijkt me een kansloze missie.

Normaal gesproken.

Er moet dus iets abnormaals gebeuren, iets onverwachts. Verrassing, schrik, verwarring. Alleen abnormaal gesproken hebben we een kans.

Nu struikel ík over een trede. Maja werkt mee en buigt iets voorover.

'Wacht op een kans,' zeg ik. 'Help me als ik iets probeer. En als jij…' Verder kom ik niet, ik krijg een klap met de loop van een PPK op mijn achterhoofd. Het dreunt na, toch hoor ik sirenes, nog ver weg, maar ze komen dichterbij. Niet één maar een heel konvooi, lijkt het. Ze nemen de melding serieus, wat fijn is, maar tegelijkertijd onze beulen zal opfokken. Intussen zijn we op de tweede etage en ik vraag me opnieuw af wat ze in vredesnaam met ons van plan zijn. Niet een vlucht via de achterdeur kennelijk. Zijn we op weg naar een of ander verborgen hol in dit immense huis? En dan?

We gaan niet verder omhoog maar worden door de lange dwarsgang gedreven tot we moeten blijven staan voor een deur die Charly met een sleutel opent. Met een ongeduldige handbeweging gebaart hij dat we naar binnen moeten. Hij zweet, zie ik. Net als ik. De ruimte ligt aan de achterkant van het gebouw. Een paar stoelen, een tafel aan het raam, verder is de kamer leeg.

De sirenes zijn nu goed te horen en onmiskenbaar voor ons bestemd. Ze worden luider, de wagens zijn nog in beweging.

William loopt naar een raam en gooit het open. 'Hoogtevrees is geen optie, we gaan naar buiten.'

Dus toch. Twee beugels van glimmend aluminium, direct achter het kozijn. Zo'n verplichte brandtrap die er voor de vorm hangt en nooit wordt gebruikt, tot hij dienst mag doen om gijzelaars naar een onbekend graf te helpen. Via de achtertuin naar een auto, onder schot op de achterbank, slippend naar een hek in het bos en een uur later verdwijnen in een diepe kuil, rivier of bouwput. Geen lijk is geen bewijs, het scenario lijkt me duidelijk.

Maja kijkt me een moment aan en ik begrijp haar. Deze situatie is niet alledaags voor Charly en zijn maat, met die ladder hebben ze geen ervaring. Als ik eerst mag, ga ik rennen. Maja net zo, wed ik. Dat beseffen de klootzakken kennelijk ook.

'Ik ga eerst,' zegt Charly. 'Dan mevrouw De Ridder en dan jij. Geen gekke dingen, je krijgt een kogel in je hoofd als je niet meewerkt.' Hij klimt achterwaarts uit het raam en verdwijnt een paar seconden later.

'Nou jij.' William gebaart naar Maja.

'Nee.' Ze bedekt haar gezicht met haar handen.

'Schiet op, verdomme!' Hij zwaait met zijn pistool en richt dan op haar hoofd. 'Nu!'

'Ik durf niet, schiet me maar dood,' zegt ze zachtjes. Ik herken Maja's stem niet, haar angst is hartverscheurend. Ze draait zich om naar de man, trillend van paniek, ogen dicht, armen half omhoog. 'Alsjeblieft!'

William is nu duidelijk in de war en vraagt zich waarschijnlijk af of hij Maja nu moet duwen of dragen. Hij besluit te trekken en pakt haar mouw met zijn linkerhand. Omdat Maja niet meegeeft en begint te huilen, wordt de man ongeduldig. Hij gebruikt nu ook zijn andere hand om haar vlot te krijgen, wat ze schoorvoetend toelaat.

'Schiet op! Naar buiten!' schreeuwt hij, sjorrend en rukkend.

Het moment, ik mag niet langer wachten. De asbak op de tafel is van glas, oogt zwaar en ligt goed in de hand. Ik houd hem achter mijn rug.

'Wacht maar, ik help haar wel even,' zeg ik en doe een stap naar voren. Op het moment dat er iets van opluchting op zijn gezicht verschijnt raak ik hem vol, iets boven zijn oor. De opluchting zet nu door terwijl hij als een blok opzij valt. Ik heb zo hard mogelijk uitgehaald omdat ik geen idee heb hoe je gedoseerd iemand bewusteloos krijgt. Laat hem niet doodgaan, roept een dun stemmetje in mijn hoofd. Voor de tweede keer in een paar dagen doe ik iets wat niet kan; van psycholoog naar commando. Ik ben buiten adem, niet van de inspanning, maar van mezelf.

'Je kunt zo bij de film,' zeg ik tegen Maja. 'Sterk spel.'

'Dank je. Hij leeft trouwens nog.' Ze heeft de pols van de man in haar hand. 'Nog net.'

Ik loop naar het raam en kijk naar buiten. Tien meter lager staat de Kaukasiër, nu ook met een pistool in zijn hand. Als hij me ziet roept hij dat we verdomme moeten opschieten. Hij kijkt schichtig om zich heen, wat ik begrijp; sirenes zijn niet meer te horen, de politieauto's staan aan de andere kant van het gebouw.

'Mevrouw De Ridder is flauwgevallen!' roep ik. 'Even geduld!' Ik doe het raam dicht en draai me om naar Maja. 'Weg hier.'

'Ik denk dat we deze engerd moeten vastleggen. Straks komt hij bij en zit hij weer achter ons aan.'

Maja denkt verder dan ik, ze heeft gelijk. Een paar minuten later heb ik de polsen van William met een gordijnkoord aan de verwarming geketend met knopen die in geen enkel theorieboek staan beschreven, maar los komt hij voorlopig niet.

'Niemand te zien,' zegt Maja, als ze de gang in kijkt.

Ik gris het pistool mee. 'Ken jij dit gebouw?'

'Niet zo goed. Ik ben hier een paar keer geweest, maar alleen op Peters werkkamer.'

'Dit is Belvedère toch niet?'

'Het pand is van Belvedère en hij werkt hier soms. Daar, trouwens, verderop in de gang.'

'Dan gaan we de andere kant op. Ik wil naar de politie, nog nooit heb ik zo naar ze verlangd.'

Ik maak me zorgen over Diederik. Het is goed mogelijk dat hij in het souterrain wordt vastgehouden, maar misschien zijn ze bezig ook hem naar buiten te smokkelen. Arme Diederik. Ik moet naar hem op zoek.

De gang is nog steeds verlaten. Maja kijkt me aan, ernstig, rustig, vastberaden, geen zweem van angst of twijfel.

'Geef me het pistool.'

Ze overrompelt me, míjn angst en twijfel zijn vermoedelijk van mijn gezicht te scheppen.

'Pardon?' Onwillekeurig knijp ik in het ellendige ding.

Ze kijkt me dwingend aan, ook nieuw voor me. 'Het pistool. Geef het me.'

Ik herstel me enigszins en ben niet van plan mijn wankel evenwicht op het spel te zetten. 'Waarom? Ik weet hoe hij werkt.'

'Ik ook. Geef maar, het is goed.'

'Wat wil je ermee?'

'Als ik dat zeg dan geef je hem niet.'

Ik steek hem in mijn zak. 'Goed zo. Laten we gaan.'

'Kom op, Joep. Ik verraad je niet, sterker, ik… maar dat vertel ik later wel. Vertrouw me.'

'En dat zeg jij.'

'Joep! We hebben haast! Geef hier!'

Het zal mijn niet te verwoesten vertrouwen in de goedheid van de mens zijn dat me overhaalt, maar ook Maja's kus speelt een rol. Ik geef haar de PPK.

Onmiddellijk loopt ze de gang in, de verkeerde kant op. Twintig meter verder opent ze een deur die ze daarna achter zich dicht gooit. Ik hoor geschreeuw en een schot. Een paar seconden later rent ze terug naar de kamer waar ik me nog steeds vertwijfeld sta af te vragen wat ik aan het doen ben.

'Peter heeft zelfmoord gepleegd,' zegt Maja. Ze hijgt een beetje.

'Weet je het zeker?'

Ze knikt. 'Er zit een gat in zijn hoofd en hij heeft een pistool in zijn hand. Ik denk dat hij het verlies van zijn bedrijf niet aankon.'

Opnieuw verbijstert ze me, maar ik steiger niet eens, stel geen vragen, alsof ik eraan gewend raak. Waarschijnlijk heb ik het verkeerde beroep gekozen en had ik, ook leuk, schrijver moeten worden. Of loodgieter.

'Tragisch,' zeg ik.

'Ja, een menselijk drama.' Ze kijkt me aan met een blik die ik niet kan interpreteren. Er zit een verlegen lachje in, en ogen die ik herken van een vrijpartij, lang geleden. 'We moeten hier weg, Joep.'

'De trap!' Ik begin te rennen, Maja komt achter me aan.

Het is een verkeerde keuze, we zijn halverwege de lange gang als de grijze heer de hoek om komt, met in zijn kielzog twee jongere mannen. Eén heeft een pistool in zijn hand. Ze beginnen te rennen als ze ons zien.

'Terug!' schreeuw ik, volkomen overbodig. Het andere uiteinde is ver weg, ik ben bang dat we een makkelijk doelwit zijn.

'Hier naar binnen!' Maja gooit een deur open en doet hem achter ons op slot. 'Er is hier nog een deur naar het voorhuis.'

Ik loop achter haar aan en zie het dan pas: achter zijn bureau zit Peter de Krom, een beetje scheef achterover, met een PPK in zijn hand. Zijn mond hangt open, aan de zijkant van zijn voorhoofd is het failliet van zijn schedel te zien, een smerig gezicht.

Maja heeft er geen enkele aandacht voor, ze staat al bij de volgende deur.

'Op slot!' zegt ze. 'We zitten in de val.'

'Het raam!' Ik zie een kleine binnentuin, zeven meter lager. Springen is geen optie.

'Er is hier geen brandtrap,' zegt Maja, voor het eerst met angst in haar stem. 'De politie moet nu echt opschieten.'

Of die inmiddels binnen is, geen idee, en als het zo is dan wordt het nog een hele klus om dit kapitale pand leeg te vegen. Die klootzakken op de gang hebben voorlopig alle tijd en daarnaast tien ontsnappingsroutes of misschien wel meer. Via het dak, achterdeuren, ladders, zijdeuren, dienstingangen, weet ik veel.

Ze proberen de deur te forceren. Eerst gebonk van schoenen en schouders, dan van iets massievers, ze beuken nu met grof geweld en ik zie hem iets meegeven. Niet meer dan dat, de deur is degelijk en blijft dicht. Het lawaai neemt af.

'Goddank,' fluistert Maja. 'Ik dacht even…'

Een schot, splinters vliegen de kamer in, een gat net onder de klink. Gebiologeerd staar ik ernaar, het ding gaat nu op en neer, maar de deur geeft het nog niet op.

Een tweede schot, opnieuw splinters.

Maja duikt naar het bureau een paar meter verder en gebaart me hetzelfde te doen. Een seconde later hurken we achter het zware meubel, een dekking van niks. Terwijl ik langs de rand de toegang in de gaten houd springt Maja op alsof ze zich bedenkt, maar een moment later zit ze weer naast me. Ik kijk haar aan en ze glimlacht even, alsof ze de zaak onder controle heeft.

De deur begeeft het en de grijze man doet een stap over de drempel. Daar blijft hij staan en neemt even de tijd om te laten doordringen wat hij ziet: zijn baas die overduidelijk zijn ex-baas is. Daarna kijkt hij rond, met een gejaagde blik. Hij heeft nu ook een pistool in zijn hand die hij gestrekt voor zich houdt, richt op drie denkbeeldige doelen, maar ziet ons niet. Een kwestie van seconden, besef ik, al is het hier tamelijk donker. Achter hem de beide anderen.

'Maja, Duvalier, kom maar, het is over.' Hij laat zijn arm zakken en doet een stap naar voren. 'In de kast? Het gordijn? Achter het bureau? Het maakt niet uit. We gaan het probleem eenvoudig oplossen door het te laten verdwijnen, door alles weg te poetsen, we hebben nog tijd. Dat Peter de Krom het niet heeft gered is onhandig, maar voor Belvédère maakt het geen verschil, ik ben vennoot en al een tijd mede-eigenaar. En een stuk verstandiger, Peter was toch een beetje te zacht voor dit vak. Zeg, moet ik jullie echt gaan zoeken?' Hij doet weer een stap.

Eén seconde, twee seconden, drie, het blijft stil, maar ik weet dat het voorbij is.

Maja raakt me aan, laat zien wat ze in haar hand heeft en ik besef dat zij er heel anders over denkt.

'Hartman, gooi dat pistool weg of ik schiet je dood, ik heb geen andere keuze. Nu.' Maja klinkt of ze dertig jaar bij de recherche heeft gewerkt.

Hij begint te lachen. 'Maja de Ridder, dus daar zit je. Heb jij je echtgenoot neergeschoten? En, heb je ervan genoten? Hou op met deze flauwekul, ik heb hier nog twee mannen.' Weer een stap naar voren, hij richt zijn pistool. Nog zes meter.

'Ik ga schieten, Hartman.'

Maja gebaart dat we van plaats moeten wisselen, wat we doen. Het maakt geluid, maar dat is volkomen onbelangrijk.

'Op deze afstand raak je alleen iets als je geluk hebt. Wij hebben drie pistolen, stop dit infantiele spelletje, je weet niet waar je mee bezig bent.'

Hartman schuift zijn rechtervoet naar voren en wenkt zijn mannen. Op dat moment schopt Maja de prullenbak opzij de kamer in, richt zich op en schiet. Drie keer, binnen twee seconden.

De afstand is helemaal niet te groot.

Hartman valt niet, klapt niet dubbel, schreeuwt niet, hij kijkt alleen naar zijn buik terwijl hij het pistool laat vallen. Dan zoeken zijn handen de plek waar de kogel naar binnen ging. Als hij opkijkt, probeert hij te lachen, wat niet goed lukt. Hij gaat door zijn knieën en heeft moeite in balans te blijven.

'Je bent een moordwijf, Maja, altijd al gevonden. Jongens, maak ze af.'

Dat gebeurt niet, de jongens bloeden beiden, de een ligt voorover, de tweede op zijn zij. Ze kreunen met een Amsterdamse tongval.

Maja gooit het pistool op het bureau en in een paar stappen zijn we bij de deur. De laatste stap kan ik niet maken omdat mijn linkervoet ergens aan vast zit, waardoor ik voorover klap. Ik vloek en zie dat Hartman zijn handen om mijn enkel heeft geslagen. Hij trekt me naar zich toe en grijnst alsof hij me wil opvreten.

'Maja!'

Ze kijkt achterom. Een seconde later heeft ze de PPK van de man te pakken, een meter naast hem op de vloer.

Ik probeer Hartman van me af te trappen maar het lijkt hem alleen maar aan te moedigen. Vermoedelijk heb ik zijn neus gebroken, er stroomt bloed dat zijn open mond binnenloopt. Hij ziet er afgrijselijk uit.

Maja haalt uit met de kolf van het pistool en hamert als een bezetene op zijn achterhoofd. Uiteindelijk verslapt de greep om mijn enkel en laat Hartman los. Hij draait langzaam op zijn rug en oogt verregaand dood, al ademt hij nog en komt er geluid uit. En een bel van bloed en speeksel. Als die knapt begeeft mijn maag het bijkans, terwijl ik moeizaam overeind kom.

We rennen de gang in, nu in de richting van de centrale lift. Het duurt minuten voor hij arriveert en we kijken voortdurend om ons heen, Maja vastberaden, ik eerder schichtig, wachtend op meer ellende.

Als de liftdeur op de begane grond opengaat staan we tegen de wand gedrukt, klaar om te rennen als het moet.

Het hoeft niet.

In de hal lopen agenten rond, sommige in een soort wapenuitrusting, andere in burger. We worden opgevangen door een strengogende man van dienst die niettemin bijzonder vriendelijk is. We vertellen kort wie we zijn en wat er het afgelopen uur is gebeurd, waarna hij een jonge agente vraagt ons naar een van de ambulances te begeleiden. We schijnen er nogal gehavend uit te zien.

'Ze hebben mijn vriend ook te pakken,' zeg ik. 'We moeten hem zoeken; ik denk dat ik weet waar hij is. Als hij er nog is.' Er zijn beneden meer kloostercellen dan alleen de onze.

'U doelt op Diederik van Geel? Hij is in veiligheid, meneer Duvalier. We troffen hem aan in een toiletgroep in het souterrain, waar hij zich gebarricadeerd had; het kostte enige moeite hem te bevrijden. De heer Van Geel vertelde dat hij erin was geslaagd zijn belagers om de tuin te leiden en te ontsnappen.'

Het verbaast me geen moment.

'Daar is hij trouwens.'

Diederik loopt op me af, blijft even staan, kijkt me ernstig aan en omhelst me. Nog nooit heb ik een man zo lang vastgehouden.

# 46

De weken die volgden waren hectisch en vooral de eerste dagen haalde de zaak de landelijke pers. Een televisieploeg van een commerciële zender heeft mijn vernielde voordeur gefilmd en zelfs Claar werd opgespoord. 'Duvalier geen Rambo' luidde de kop van het interview, waarmee ik me toch iets tekortgedaan voelde. In actualiteitenprogramma's werden alle registers opengetrokken waarbij de laatste smerige vastgoedaffaires weer eens op een rij werden gezet.

Mijn praktijk heb ik zo goed en zo kwaad als het ging opgepakt en vooral bij Tine Jansen, meneer Stoop, mevrouw De Geer en Veronica is er vooruitgang. Het houdt me op de been.

Justitie is met groot materieel op de zaak gedoken en dat heeft me veel tijd gekost. Ik heb kunnen uitleggen waarom ik niet eerder aan de bel trok ('beroepsgeheim') en dat ik graag zou getuigen in voorkomende rechtszaken, wat een leugen is. Mijn confrontatie met Heinz is niet ter sprake gekomen. Er werd niet naar gevraagd en ik ben er ook niet over begonnen. Alleen Heinz en ik weten wat er is gebeurd en dat wil ik graag zo houden. Hoe ik de traumatische gebeurtenis zal verwerken is nog onduidelijk, maar ik neem me voor de angst, het afgrijzen en de tragiek te verdringen en er een soort verzetsdaad van te maken. Een psycholoog kan me nog meer vertellen, maar je moet ergens beginnen.

Maja wordt niet vervolgd voor het neerschieten van Hartman en zijn mannen, het was overduidelijk noodweer. De grijze man zelf heeft na het buikschot door bloedverlies een hersenbeschadiging opgelopen, waardoor de verhoren al snel werden gestaakt. Hij kon zich het vuurgevecht niet herinneren, wel een kleutervakantie in Zandvoort, maar daar was de politie niet in geïnteresseerd.

De neergeschoten handlangers blijken freefightfanaten met wortels in Amsterdam-Noord. Ze zitten vast in een gevangenishospitaal; hun verwondingen zijn niet ernstig, al is topsport geen optie meer. Charly is voortvluchtig en als hij verstandig is zoekt hij zijn heil aan de andere kant van de Karpaten. William heeft die kans niet, hij zit gewoon in de bak. De student komt in de nasleep niet voor, justitie heeft geen zicht op het volledige netwerk van De Krom. Ik had de politie een beschrijving van de jongeman kunnen geven, maar liet het gaan. Misschien pakt hij zijn studie bedrijfskunde weer op en komt het toch nog goed met hem.

Peter de Krom is door zelfmoord om het leven gekomen, is de conclusie van justitie. Ze baseert haar oordeel op de getuigenis van mevrouw De Ridder ('Ik heb het pistool uit zijn hand gegrist toen we ons moesten verdedigen') en de kogel in zijn hoofd die uit het gevonden wapen afkomstig is. Verder werden DNA-sporen van de vastgoedman op het pistool aangetroffen.

Belvedère zal waarschijnlijk failliet worden verklaard, er wordt een curator gezocht die zich met de afwikkeling gaat bezighouden. Chain is in beeld om de loze hoop stenen over te nemen maar maakt weinig kans; door de zaak-Belvedère is hun kwalijke reputatie breed uitgemeten in de pers.

Met Diederik heb ik een eerste evaluatiegesprek gehad in café De Buurman. Hij heeft onze vriendschap formeel opgezegd vanwege verregaande krankzinnigheid en roekeloos gedrag van mijn kant, maar was later op de avond bereid me een laatste kans te geven. Daarna hebben we vergeefs met dezelfde vrouw geflirt, heeft hij me een pornografisch gedicht uit 1771 voorgedragen en hebben we als kroegpolitie geprobeerd twee hooligans de tent uit te gooien, wat niet lukte. Later bleken het trouwens aardige jongens, zo zit de wereld in elkaar, en hebben we ze onder tafel gedronken.

Claar mailde dat ze binnenkort terugkomt en vaart wil zetten achter haar afstuderen, 'want het theoretische handwerk schoot er de laatste tijd wat bij in'. Ook is ze benieuwd of er nog 'vibes' zijn tussen ons. Dat zou best kunnen, alleen weet ik niet van wie ze dan zijn.

Maja heb ik de laatste weken weinig gezien, ze had het net zo druk als ik met de nasleep, en de herstart van haar leven. Ze blijft wonen in het riante pand waar ze zo vaak is afgerost. Kennelijk weegt ze herinneringen anders dan ik en moet ik opnieuw concluderen minder van mensen te begrijpen dan waar ik voor ben opgeleid.

Ze stelde voor samen te gaan eten in een brasserie die onze geschiedenis niet kent.

En daar wacht ik nu op haar.

Het Gouden Kalf is schemerig, zoals het een brasserie betaamt. Er zijn natuurlijk kaarsen en de kaart staat vol spitsvondigheden als 'uit de klei getrokken asperges' en 'een zwaargeschapen T-bone steak', wat fataal is voor mijn eetlust.

Maja wekt nog steeds gemengde gevoelens bij me op. Ik ben chronisch onder de indruk van haar verschijning en gevoelig voor de hartelijkheid en intimiteit waarmee ze me benadert, maar het wantrouwen zit diep: ze heeft me te vaak op een verkeerd been gezet, en de koele vastberadenheid die ze uitstraalt in noodsituaties is zowel bewonderenswaardig als verontrustend. Ik zal het vanavond op me af laten komen.

Ze arriveert een halfuur te laat, wat ze compenseert met een adembenemende outfit en glimlach, een charmeoffensief waarmee een beter doel gediend zou zijn, laten we zeggen de wereldvrede.

De eerste twee gangen verlopen gemoedelijk maar enigszins stroef, geheel mijn schuld. Later word ik losser, wat zowel aan Maja als aan de wijn te danken is. De lachdichtheid wordt groter, net als het aantal aanrakingen. Als ze een mes laat vallen kust ze gaandeweg het oprapen mijn dij en bekent dat er van een ongelukje geen sprake was. Bij het toetje aangeland, dat we beiden overslaan, verzeilen we in nostalgie.

'Je was toch wel een aparte cliënt toen je je aanmeldde,' zeg ik.

'Dank je.'

'Ik bedoel, je verhaal was natuurlijk nogal onsamenhangend. Beetje bizar.'

Ze kijkt me een poosje aan. 'Je geloofde me niet.'

Ik lach even. 'Later niet nee, natuurlijk niet, vind je het gek?'

'Ja.' Ze fluistert.

'Kom op, Maja, alles wat er vervolgens gebeurde, de rol die je speelde, de dubbele agenda's, wat verwacht je dan?'

'Koffie.' Ze streelt mijn hand. 'En dat je niet dingen invult die er niet waren en er nooit geweest zijn. Jij maakt er iets van wat er niet is, daar schrik ik van. Heb je dat vaker?'

Ik neem vijf minuten om op de wc enige orde aan te brengen en win nog wat tijd door koffie te bestellen. Als ik terugloop glimlacht mevrouw Freud naar me.

'En acht jaar geleden was je volgens mij betrokken bij een moordaanslag op een advocaat,' probeer ik. 'Sorry, ik heb je gegoogeld.'

Maja begint nu hardop te lachen. 'Echt waar? Wat spannend! Weet ik niks van, vertel!'

Ik ga zitten en probeer de vertwijfeling te verdrijven door hard in de stoelleuning te knijpen. 'Laat maar, er staat zoveel onzin op internet.'

'Luister, Joep, ik vind het verschrikkelijk dat je betrokken raakte bij Peters smerige spel, ik heb er veel spijt van dat ik het niet heb voorzien, maar ik ben altijd eerlijk tegen je geweest. Besef je dat?'

Ik moet het doseren, vriendelijk uitleggen. 'Je hulpvraag was…'

'Bizar, dat zei je al. Weet je eigenlijk nog wel waarom ik je opzocht?'

Ik kijk Maja aan, maar wil het haar zelf laten zeggen.

'Ik zocht aandacht, een beetje warmte, ik heb je dat verteld. Het was thuis hel, ik vond dat ik er recht op had. Ik had je eerder gezien op een feest van iemand van wie ik de naam ben vergeten en hoorde dat je een praktijk begon. Zo kwam ik bij je terecht, ik zag dat je luisterende oren had. Lach niet.'

'En toen kwam je met dat vage verhaal.' Ik wenk de ober, het is hoog tijd voor een hartversterking.

'Vaag? Ik vertelde je dat ik bang was om gewelddadig te worden, dat ik ervan droomde, dat het met me op de loop zou gaan, weet je nog? Daar is niets vaags aan. Je zou me ermee helpen.'

Ik heb geen antwoord.

Peter de Krom dood.

Drie schoten in twee seconden, drie mannen geraakt. Vage glimlach erna.

'Joep?'

'Sorry, ik denk na over wat je zegt.'

'Dat is lief. Die rare neiging is trouwens over, de praktijk valt toch wat tegen.'

Ik kijk Maja aan. 'Het klopt allemaal. En dat wantrouwen, dat zit in mijn hoofd,' zeg ik zachtjes.

Ze zoent me lang en zacht en ik laat me gaan in een roes die me overtuigt, al weet ik niet precies waarvan.

'Ik wil je wel behandelen,' zegt ze. 'Langdurig en intensief.'

'Lekker.'

'Ik heb wel tegen je gelogen.'

Ze doet het weer, ik word opnieuw ontregeld.

'Pardon?'

'Peter heeft me niet mishandeld, dat heb ik ervan gemaakt. Het spijt me.'

Ik ben onthutst. 'Maja, dus…'

Ze straalt. 'Je tuint er weer in, lieve Joep, je moet niet alles geloven wat ze zeggen.'